KB177865

목공소녀

목공소녀

박정윤 소설

자음과모음

차례

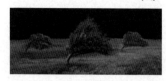

초능력 소녀

미지근한 강물이 발목을 적셨다. 종아리와 허벅지에 닿았던 물이 순식간에 허리와 가슴을 꼭 죄었다. 어깨와 목을 휘감은 물은 검고 단단했다. 더 살아야겠다, 라고 결정했다. 그래서 발을 들고 고개를 숙이고 밤의 강을 가로질렀다. 검은 물에 휩쓸리지 않도록 이를 악물었다. 차가운 물이 살을 휘감았고 젖은 옷이 뒤엉켰다. 물에 녹아 있는 죽은 것들의 혼이 나를 잡아당겼다. 지그재그 모양, 등의 상처를 자석처럼 빨아 당기는 힘에 밀리지 않기 위해 빠르게 양팔을 휘저었다. 거친 물살에 몸이 한 겹 깎여 나갔다. 풀숲에 닿자 몸을 관통한 전류가 빠져나간 듯 몸이 구겨졌다. 풀숲에 누웠다. 억센 풀이 축축한 등을 국국 찔렀다. 여름 풀벌레들이 얼굴에 들러붙었다. 달이 있을 곳의 하늘을 가늠했다. 검은 대기에 밀착된 구름의 틈을 뚫고 달이 나타났다가 빠르게 사라졌다. 젖은 옷이 말라갈 때, 새로운 능력을 키웠다. 남자를 낚는 능력. 내 등에 달라붙은 수는 그 결정을 못마땅해했다. 화, 강으로 뛰어들어. 그 것이 최선이야.

젖은 속옷을 입은 채 불빛이 밝은 곳을 향해 걸었다. 몸에서 비 릿한 민물고기 냄새가 났다. 간판이 현란한 골목으로 들어가 편 의점 앞에 놓인 파라솔 의자에 앉았다. 덜 마른 빨간 백팩에서 비 닐로 겹겹이 싸놓았던 핸드폰을 꺼냈다. 전원을 켜고 메모장에 저 장된 것을 확인했다. 코스드레스, 히라주크, 중세의 가면, 스타코 스튬……. 편의점에서 담배를 사 가지고 나오던 남자가 하얀 플라 스틱 의자에 앉아 있는 나를 보았다. 택시 정류장으로 가던 남자 는 되돌아왔다. 내 앞에 앉아 담뱃갑의 비닐을 벗겼다. 담배 한 개 비를 피우는 시간. 나는 남자를 선택했고 너는, 낚였다. 꿈인 것 같 아, 라고 말하며 너는 내 몸을 핥았다. 성기에 달라붙은 휴지를 떼 어낼 힘도 남아 있지 않았던 너는 누운 채 담배에 불을 붙였다.

"미성년자는 아니지?"

나는 여름 양복 주머니에서 지갑을 꺼냈다. 지갑에서 지폐를 모 두 꺼내 빨간 백팩 앞주머니에 넣었다. 다섯 장이 조금 넘었다. 지 갑을 원래의 위치에 넣어두자 너는, 웃었다.

"역시 그거였어? 돈이 필요했구나."

너는 안심하고 담배를 재떨이에 비볐다.

"등에 난 희한한 상처 빼곤 완벽해, 서툰 것도 신선하고. 또 만나자."

핸드폰으로 알람을 맞춰놓고 너는 잠들었다. 네 곁에 몸을 말고 누웠다. 네가 내쉬는 숨을 들이마셨다. 욕정을 비운 후 무방비 상태에서 내뱉는, 아직은 건강하고 평온한 남자의 숨. 흉곽을 늘려 깊숙이 들어 마신 숨을 내뱉었다. 너는 숨을 들이마셨다. 너와 숨을 뒤섞으며 눈을 감았다. 왜, 너, 혼자 있니? 화는 어디 있어? 엄마는 그 와중에도 수와 나를 구분하지 못했다. 아주 잠깐 눈을 감은 것 같았는데 몸은 깊은 잠에 빠졌다 나온 것처럼 개운했다. 등에 지그재그로 달라붙은 수의 기운이 느껴졌다. 화, 멈춰. 이제 그만 끝내.

"싫어, 이제 시작일 뿐이야."

보조 탁자에 놓인 핸드폰을 들고 욕실로 갔다. 욕조에 따뜻한 물이 고이기를 기다리며 핸드폰에 저장되어 있는 아기를 안고 있는 네 아내의 사진을 보았다. 여자는 통통한 살집만큼 행복해 보였다. 나를 향한 가책과 동시에 슬픔이 차올랐다. 네 핸드폰 번호를 저장해놓고 네 핸드폰의 카카오톡을 열었다. 최근 화제가 된 여자 연예인 누드 사진과 동영상을 보낸 남자의 카카오톡 프로필 사진은 빨간 두건을 쓴 여자아이였다. 남자는 주로 오후 네시에 야한 사진과 동영상을 보냈다. 오후 네시. 번개 같은 전류가 지그재그로 등을 타고 내려왔다. 하필 오후 네시였다. 수에게 공포의 시간이었을 그 시각, 어떤 남자에게는 은밀한 상상을 하는 한 때였던 거였다. 남자의 전화번호를 내 핸드폰에 저장했다. 곧바로 카카오톡에 친구 추천이 떴다. 빨간 두건을 쓴 여자아이의 사진이 매달린 새로운 너, 였다. 흰 타일을 배경으로 왼손으로 가슴을 반 정도만 가리고 셀프로 상체 사진을 찍었다. 그리고 새로운 너에게 사진을 전송했다.

우리는 검고 미지근한 물속에 있을 때, 등을 꼭 붙이고 있었다. 엄마는 말했다.

"17주가 되던 날, 너희는 기적처럼 분리되었어."

병원을 세 군데 옮긴 후 만난 의사는 엄마의 배 속에 있는 우리를 결합쌍생아라 확정 지었다. 우리는 단일 융모막이었기에 보통 단태아에 비해 두 배는 자주 검사를 받아야 했고 38주를 만삭으로 계산했다. 의사는 엄마에게 마음을 단단히 하라고 일렀다. 결합쌍생아의 경우 절반은 사산되고 산 채로 태어난다 해도 조기 사망률이 높았으며 분리 수술을 할 때, 한쪽이 죽는 경우가 많다고 했다. 산부인과, 심장, 외과, 마취전문의들은 팀을 이루어 물속에 있는 우리를 조사했다. 그들은 우리의 잉태부터 출산, 분리 수술까지 몇 개의 가상 시나리오도 미리 준비해두었다. 우리가 엄마의 자궁 속에 머문 지 17주가 되던 날 밤 엄마는 인도 라자스탄 자이푸르에 있는 카낙 브린다반 계곡에 관한 기행 다큐멘터리의 최종 대본을 쓰고 있었다. 세 시간가량 작업을 한 후 의자에서 일어났을 때, 배 속이 뒤집어졌고 중심을 가르는 통증이 척추를 타고 머리 꼭 대기까지 치달았다. 아빠의 부축을 받은 엄마가 병원에 도착했을 때 전문의 협진 팀은 수술실에 세팅을 해놓았다. 엄마의 배에 초음파기를 댔을 때, 수술실에는 침묵이 흘렀다. 유난히 활발하게 쿵쾅거리는 두 개의 심장 소리만 어지럽게 침묵을 흔들어댔다. 광원을 집중시켜 그림자 하나 만들지 않는 무영등 아래 모니터에는 육안으로 구분할 수 있을 정도로 우리의 등 간격이 벌어져 있었고 독립되어 있었다. 의료 팀들은 예상이 엇나가자 당황했지만 우리가 태어나는 순간까지 조사를 계속했다. 선천성 염색체이상 및 척추 이분증에 대한 선별 검사를 다시 했고 엄마의 양수와 피를 뽑아 검사했다. 융모막 검사, 탯줄 검사, 산모의 혈액을 채혈했고 우리의 DNA게놈을 분리하여 태아 게놈지도 검사까지 했다. 커다란 주삿바늘을 물속에 있는 우리의 허벅지에 찔러 넣었다. 출산 예정일을 일주일 남기고 전문의 협진 팀은 엄마의 복부와 자궁을 절개했고 우리를 눈부시게 환한 밖으로 끄집어냈다. 의사는 분리된 각각의 탯줄을 자르자마자 등부터 확인했다. 우리의 등에는 지그재그 모양의 상처가 있었다. 상처를 맞대면 무늬가 꼭 맞아떨어졌다.

그 상처를 증거로 우리는 17주까지 결합쌍생아였지만 저절로 분리되었나는 이례석인 사건으로 기록되었다. 구조적 기형이었던 우리는 의학적으로 설명할 수 없는 어떤 힘에 의해 분리된 거였다. 담당의사는 의료학회에 이 사건을 발표했지만 그의 말을 믿어주는 의사는 없었다. 17주가 되기 전까지의 초음파 사진을 서른 장이 넘게 제출했지만 분리된 원인과 증거는 의학적으로 설명할 수 없었다. 전문의 협진 팀은 연구를 위해 우리를 규칙적으로 만나기를 원했다. 우리가 조금씩 자랄 때마다 상처는 넓어졌고 흐려졌다. 상처가 얇어지자 그들의 신비한 경험에 대한 기억도 희미해졌다. 담당의사는 우리를 일반적인 일란성 쌍생아로 인정했다.

우리는 보통의 아이들과 같은 발육 과정을 보였다. 동시에 언어를 배웠고, 동시에 걷기 시작했고, 동시에 컵을 사용해 물을 마셨고, 동시에 배변 교육을 받았고, 책을 읽었다. 크레용을 만지면서는 커다란 전지에 세계지도를 그렸다. 엄마와 아빠가 여행했던 나라를 체크했고 커다란 나무 상자에 아무렇게 쌓여 있는 사진을 나라마다 분류했다. 빨간 가방을 등에 매달고 각자의 교실로 향했을 때부터는 조금씩 취향이 달라졌다. 수는 백과사전의 모든 페이지를 펼쳐보았고 나는 생태와 자연현상에 관한 책을 읽었다. 수는 세계 공용어 창조에, 나는 생태계에 관심을 가졌다. 부모님은 그들이 아직도 파헤치지 않은 장소를 소개하기 위해 세계의 구석을 찾아다녔다. 우리는 걷기 시작하면서부터 둘만의 시간을 보내는 것에 익숙했다. 엄마가 해주는 요리보다는 입주가정부인 월미 할머니의 요리에 입맛이 길들여졌다. 우리는 같은 날 초경을 맞이했고, 같은 치수의 교복을 입는 고등학생이 되었다. 우리의 잉태 기간에 있었던, 결합쌍생아의 분리 사건이 사소한 것으로 여겨질 정도로 우리는 무난히 자랐다. 그 일이 있기 전까지는.

간판을 쳐다보며 골목으로 들어섰다. 편의점을 지나고, 김밥천국, 제과점, 콩국수집, 철물점을 지났다. 음식점과 편의점 수를 헤아리는 사이 불쑥 나타난 모텔의 주차장을 지났다. 약국을 지나자 코스드레스, 라는 간판이 보였다. 백설공주 원피스를 입은 마네킹이 진열장 안에 놓여 있었다. 문을 열고 안으로 들어가자 시폰 소재의 천을 들고 있던 여자가 고개를 들었다. 코스드레스에는 공주 시리즈 원피스와 짝을 맞춘 왕자복, 세계민속의상, 알록달록한 가발, 레이스장갑 등 소품이 틈 없이 진열되어 있었다. 유리창으로 들어온 빛이 촘촘한 천 먼지와 뒤엉켰다. 가위로 실밥을 자른 여자가 어제 전화했던 유치원에서 왔는지 물었다. 빨간 기모노와 드라큘라 백작의 턱시도가 있냐는 질문에 여자는 성인용 코스튬보다는 유치원과 초등학교 연극 행사를 위한 옷이 대부분이라고 대답했다.

"지난번에 왔을 때는 남자분이 계셨던 것으로 기억하는데."

"네? 그럴 리가요. 저 혼자예요."

나는 곧바로 가게를 나왔다. 핸드폰 메모장에서 코스드레스를 지웠다. 스다코스튬, 히라주크, 중세의 가면, 할로윈파티 등 이제 내가 찾아놓은 코스튬 오프라인 매장은 여섯 곳이 남았다. 내가 찾아내지 못한 곳도 있을 거였다. 그러나 그리 멀리 있지는 않을 그곳을 반드시 찾아낼 것이다. 수가 크리스마스이브 파티를 위해 옷을 빌리러 갔던 곳.

오후 네시. 너는 어젯밤 내가 보낸 사진을 확인했지만 아직 아무 반응이 없었다. 그렇지만 너는 흔들리고 있었다. 카카오톡의 프로필 사진을 빨간 두건을 쓴 여자아이 사진 대신 히메지 성 앞에서 있는 독사진으로 바꿔놓았다. 네가 특수 방수천과 고밀도 텐트천을 만들어 해외로 판매하는 작은 무역 회사의 사장이라는 것을 카카오스토리를 통해 알게 되었다. 너는 카카오스토리의 글을 클릭만 하면 모든 사람이 읽을 수 있도록 공개로 해놓았다. 하루에 두 개 이상씩 올리는 과도한 네 일상의 글에 댓글을 다는 사람은 별로 없었다. 가끔, 댓글에는 성인 게임과 은밀한 채팅을 유도하는 사이트 주소가 적혀 있었다. 너는 그 댓글을 지우지 않았다. 오후 네시. 어젯밤 찍어놓은 다섯 장의 사진을 더 보냈다. 욕실에 틀어놓은 온수로 인해 사진은 점점 뿌옇게 흐릿해졌고 가슴을 가린 손가락은 점점 아래로 내려갔다. 마지막 사진은 두 무릎을 세워 밑가슴을 누르고 손은 가랑이 사이에 끼운 전신사진이었다. 그리고 문장을 집어넣었다.

'윤화, 너만 봐. 너도 찍어 보내. 재밌어.'

너는 곧바로 반응했다.

'누구세요? 저 윤화 아니에요. 사진 잘못 보낸 것 같아요.'

욕망을 숨겨놓고 있는 너의 간교함과 비열함이 마음에 들었다. 연예인의 야한 사진과 동영상을 보낼 때 너는 이렇게 말했다. 죽여, 제수씨한테 걸리지 말고 혼자 있을 때 봐. 둘째 본 후부터 마누라 벗은 거 보기도 싫어, 돈이 아깝지만 밖에서 풀어. 내 카카오톡 프로필 사진과 보낸 사진을 봐서 어리다는 것을 분명히 알면서도 너는 존대를 했다. 어쩌면 너는 지금 특수 방수천이 가득 쌓인 좁은 사무실에서 한 손으로 핸드폰을 펼쳐 들고 내 사진을 보며 다른 손을 바쁘게 움직이고 있을지도 몰랐다.

'앗, 죄송. 사진 지워주세요.'

너는 나와의 대화창을 열어놓고 있었다. 내가 톡을 보내자마자 읽혔다고 표시되었다. 핸드폰을 닫고 컵라면과 아이스바를 샀다. 카카오톡이 왔다는 알림소리가 들렸다. 컵라면에 뜨거운 물을 붓고 편의점 밖 파라솔 의자에 앉았다. 라면이 익기를 기다리며 아이스바의 껍질을 벗겼다. 대로변에 있는 편의점 앞 파라솔에 앉아 둥근 막대 모양의 단팥 아이스바를 빨고 있는 나를 지나가는 남자들이 돌아보았다. 그들은 새로 사 입은 노란 미니스커트 아래 드러난 맨다리를 노골적으로 힐긋거렸다. 그들의 시선을 의식하며 꼬았던 다리를 풀어 반대로 꼬며 혀를 내밀어 아이스바의 표면을 핥았다. 아이스바를 목구멍에 닿도록 깊숙이 넣고 빨았다. 신호등 앞에서 신호를 기다리던 승용차의 창문이 열렸다. 조수석에 앉은 남자의 손짓에 운전석에 앉은 선글라스를 낀 남자가 목을 늘여 나를 쳐다보았다. 앞니로 아이스바의 끝을 조금 깨물었다. 아이스바 끝에서 흰 연유가 흘러나왔다. 고개를 옆으로 기울이고 혀를 내밀어 흘러내리는 연유를 핥았다. 그들은 입을 벌리고 나를 쳐다보았다. 신호가 바뀌자 뒤차에서 클랙슨을 울렸다. 나를 쳐다보던 남자들의 승용차가 출발했다. 네가 보낸 카카오톡을 확인했다.

'예쁘네요, 걱정 마세요, 사진 지웠어요.'

거짓말. 아이스바를 뭉텅 깨물었다. 사각사각 언 팥을 씹었다. 알몸임에 분명한 어린 여자의 상체를 보고 예쁘다, 라 표현한 너는, 그래서 나한테 낚였다.

'아름다운 히메지 성이로군요. 천수각 끝에 달린 샤치호크, 조각상을 보셨나요? 나무로 지어진 성의 화재를 막아주는 상징물이지요.'

우리의 부모는 여행 전문 채널에서 세계의 구석구석을 소개하는 기행 다큐프로그램을 맡았다. 스페인 편은 4부작으로 한 달간 방송했다. 우리는 소파에 앉아 서로 등을 맞붙이고 방송을 보았다. 스페인 편이 방송될 때 그들은 이집트 시나이 반도에 있었다. 아빠가 촬영을 했고 리포터인 엄마가 대본까지 썼다. 그들은 이십년간 팀워크를 발휘해 프로그램을 이어왔기에 손발이 척척 맞았지만 우리에 대한 관심은 엇박자였다. 부채감을 안고 다니던 아빠는 경유지마다 과도한 전화와 선물을 보내왔고 엄마는 무심했다. 그들의 일정은 늘 빡빡했고 몇 달씩 집에 돌아오지 않았다. 특히, 엄마는 우리를 잉태한 동안 몸과 정신을 혹사당했던 것을 잊고 싶어 했다. 우리를 월미 할머니에게 떠넘기고 우리에게서 벗어났다. 우리는 어릴 때부터 월미 할머니의 손을 탔고 모성 결핍을 서로에 대한 집착으로 해결하려고 들었다. 이따금 예고도 없이 집으로 돌아온 엄마는 잠옷 차림으로 커피를 내리다 말고 식탁에서 아침을 먹는 우리의 머리칼을 양손으로 헝클어놓았다.

"전화를 할 겨를이 없었어. 그런데 누가 화고 누가 수지?"

엄마의 질문에 월미 할머니는 꼭 반대로 우리를 가리켰다. 그래서 나는 수가 되었고, 수는 내가 되었다. 수는 빼어날 수(秀)였고 화는 자작나무 화(樺)였지만 우리는 한문을 배우기 시작하면서 물(水)과 불(火)로 이름을 해석했다. 엄마가 뭔가를 말하려고 하면 우리는 틈을 주지 않고 집을 나섰다.

"아직도 물불을 못 가리는군."

우리는 별나게 누군가를 싫어하지 않았지만 엄마의 태도는 우습게 여겼다. 그녀의 자궁에 잠시 머물다 태어났다는 것 이외에는 우리에게 내세울 것이 없는 여자 취급을 했다. 곁을 안 줬다.

"나도 너희 나이 때엔 누가 머리를 쓰다듬으며 칭찬을 해도 눈을 흘겼어."

엄마가 우리의 외면을 사춘기 만항 성노로 여기며 우리에 관해 다 알고 있는 체하는 것도 역겨웠다. 누가 누구인지 구분도 못 하면서 말이다.

명절이나 크리스마스 같은 날이면 우리 둘만 남았다. 월미 할머니는 밑반찬을 해놓고 아기를 낳은 딸을 만나러 가곤 했다. 우리는 할머니가 돌아올 때까지 당번을 정해 청소기를 돌리고 음식을 차렸다. 그날도 둘만 남은 우리는 칵테일 잔에 사각 얼음을 담아 얼음을 하나씩 입에 넣고 녹여 먹으며 텔레비전 화면 안의 엄마를 봤다. 소설 돈키호테의 배경지인 라만차에서 엄마는 터키블루의 긴 스카프를 휘날리며 바람 속에서 흔들렸다. 바람에 날아갈 것처럼 흔들거리며 과장된 몸짓과 바람 소리에 뒤섞인 목소리가 소름 돋게 인상적이었다. 긴 스카프가 라만차의 풍차에 걸려 엄마가 풍차에 대롱대롱 매달려 돌아가는 상상을 한 것은 수였다. 그러나 그 상상을 말로 내뱉은 것은 나였다.

"아직도 현실과 소설을 못 가리는군. 저 긴 스카프 바람에 날아가 풍차에 닿겠네. 풍차에 대롱대롱."

수가 화들짝 놀라며 등을 떼어냈다. 칵테일 잔에서 얼음이 녹아 찰칵, 소리를 냈다. 담당의사는 우리의 몸에 작은 변화라도 발견되면 제일 먼저 자신에게 알려야 한다고 강조했다.

"이것이 변화인가?"

우리는 수의 침대로 들어갔다. 상의를 벗고 등을 대고 누웠다. 희미해진 상처가 자석처럼 서로 달라붙는 느낌이 들었고 상처에서 발열이 일어났다. 처음에는 발열에만 신경 썼다. 상처를 붙이는 횟수가 거듭될수록 엷어졌던 상처가 진해졌다. 우리는 등의 상처를 붙이고 있으면 서로의 생각을 읽을 수 있다는 것을 알아냈다. 마치 내가 수의 머릿속으로 들어가고, 수가 내 머릿속을 휘젓고 다니는 것처럼 서로의 생각이 얽혔다. 우리는 의사에게 알리지 않기로 결정하고 우리만의 실험에 들어갔다. 수가 감기에 걸렸을 때, 등을 붙이면 곧바로 나도 감기에 걸렸다. 내가 장염에 걸렸을 때, 119를 기다리며 이삼 분간 등을 붙였을 때 수가 복통을 호소했고 우린 나란히 장염 치료를 받아야 했다. 수가 미술시간 조각도가 검지를 통과해 피가 난 날에는 등을 붙이면 내 손가락 마디도 쓰라렸다. 조각도가 수의 검지를 통과할 때의 날카로운 고통이 느껴졌다. 우리는 각자의 등에 나 있는 지그재그 모양의 상처를 통해 서로의 생각을 읽었고, 상처를 느꼈고, 병을 전염시켰다. 어떤 날에는 등을 대고 있다가 떼어낼 때면 쩌억, 하고 소리가 났고 상처에 진물처럼 물이 흘렀다. 수는 내 등에 매달려 지그재그 모양의 상처에 혀를 댔다. 화학 시간에 선생님의 입술을 보며 야릇한 상상을 했구나. 너는 앞에 앉은 여자애 머리채를 휘어잡고 가위로 머리칼을 잘라내는 생각을 했지. 각자의 생각이 서로의 생각 속으로 파고들어 생각이 뒤섞였다. 우리는 점점 더 많은 밤에 등을 붙였다. 지그재그 상처를 꼭 맞게 붙이면 외롭지도 두렵지도 않았다. 흠 없이 완선했나. 우리는 등을 붙인 채 어둡고 미지근한 물속으로 가라앉듯이 양팔과 다리를 오므렸다.

히라주크는 코스튬 대여점이라기보단 일본 학생용품을 판매하는 곳이었다. 레이스 달린 속옷부터 체크무늬 교복 치마, 베스트, 비닐 소재의 백팩, 통굽 구두, 니삭스까지 다양했지만 기모노는 없었다. 편의점 파라솔에 앉아 휘열에게 예약 문자를 작성했다. 모든 것을 잊고 얼마나 잘 사는지 지켜보겠어. 작성한 문자를 보류 중으로 저장해놓았다.

미적분을 가르쳐주던 휘열은 월미 할머니의 외사촌 조카였다. 할머니가 고향에 갈 때마다 본 휘열은 온 동네사람의 칭찬을 먹고 자랐다고 했다. 휘열이 대학에 합격했을 때 마을회관에 플래카드가 걸렸다. 휘열은 자신 앞에 공포가 다가왔을 때 도망갔다. 타인을 위해 공포와 대면해주는 것, 그런 현실 따윈 없다. 막연한 공상이나 가볍게 내뱉는 말에나 있겠지. 나는 낡고 낡은 진실을 상투적으로 다시 확인했을 뿐이었다.

우리는 똑같은 옷을 입고 나란히 앉았지만 휘열은 우리를 구분했다. 수, 리미트 엑스는 1이잖아, 엑스 대신 1을 대입하면 b 값을 구할 수 있어. 그것을 준식에 대입해 분모를 유리화하면 화가 푼 것처럼 간단한 식이 나와. 그다음 다시 엑스에 1을 대입해서 a 값을 구할 수 있어. 수는 휘열의 지적에 가슴과 입을 더욱 뾰족하게 만들어 내밀었다. 풀어놓은 두 개의 단추에 이어 세 번째 단추가 아슬아슬 매달렸고 옷이 벌어졌다.

"어떻게, 우리를 구별할 수 있지?"

휘열은 단 한 번도 우리를 헷갈려하지 않았다.

"그냥, 다르게 느껴지는데."

"누가 더 좋아?"

수의 질문에 휘열은 샤프 끝을 이용해 머리 속을 긁었다. 수가 크리스마스이브에 초대했을 때 휘열은 고분고분 응했다. 월미 할머니는 우리의 부탁에 몇 가지 요리를 해놓았다. 휘열은 친구와 함께 일곱시에 도착하겠다는 문자를 보내왔다. 수는 부엌에서 샐러드를 만들고 있는 나에게 핸드폰을 내밀었다.

"너에겐 여자 사무라이가 어울릴 거야. 이거 어때?"

수가 내민 코스튬 사진은 빨갛고 짧은 기모노를 입은 여자였다. 손에는 검은 부채, 허리에는 긴 칼을 차고 있었다. 가발은 허리 아래까지 내려오는 흑가발이었다. 내가 웃자 수는 다른 사진을 보여줬다.

"나한테는 이것이 어울리겠지?"

녹색 원피스를 입은 마법소녀였다. 소녀의 손에 들린 지팡이와 마법 책을 빼면 공주라 해도 될 정도로 화려한 원피스였다.

"미치광이 공주 같아."

"원래 녹색이 좀 미쳐 보이기도 해. 그들에게는 똑같이 드라큘라 백작 옷을 입혀야겠어."

내가 거실과 식탁을 세팅하는 동안 수가 옷을 대여해 오기로 했다. 시간은 넉넉했다. 나는 샐러드를 넣은 샌드위치를 내밀었다.

수는 녹색 원피스의 허리를 꼭 죄어 입기 위해 샌드위치를 벌려 샐러드만 빼 먹었다. 부엌을 나가던 수가 멈춰 섰다.

"화, 내가 휘열의 파트너가 되고 싶어, 괜찮아?"

"괜찮아."

"샤워하고 몸단장하려면 다섯시에는 도착해야겠지? 거실에 촛대 좀 가져다 놔. 조명이 중요해."

나는 수가 벌려놓은 젖은 식빵에 샐러드를 넣어 먹었다. 서재에 들어가 서랍을 뒤져 촛대를 꺼냈다. 아버지가 북유럽에서 사 왔다는 여섯 개의 촛대 세트는 잘 닦여 있어 반질반질했고 윤이 났다. 한 촛대에 네 개씩 초를 꽂을 수 있는 거였다. 서랍을 모두 뒤졌지만 초는 달랑 두 개뿐이었다. 수에게 초를 사 오게 하려고 전화를 했지만 수는 핸드폰을 받지 않았다. 부엌으로 들어가며 다시 전화를 걸었다. 식탁 위에서 수의 핸드폰이 진동했다. 갈비찜과 잡채를 담을 사각 접시들을 식탁 위에 꺼내놓았다. 살짝 언 연어를 샐러드에 넣고 볼에 랩을 둘렀다. 조각 케이크와 떡을 담은 접시를 식탁에 놓고 유리 커버를 씌어놓았다. 수저를 놓고 물컵, 와인 잔, 사이드 접시를 꺼내놨다.

꽃도 살 겸 꽃집이 입점해 있는 대형마트로 갔다. 촛대를 돋보이기 위해 심플한 흰 양초를 샀고 붉은 장미과 백합을 한 단씩 샀다. 택시를 타려 했지만 짧은 거리라며 택시 기사들은 승차 거부를 했다. 십 분쯤 걸었고 오 분을 기다려 마을버스를 탔다. 마을버스에 오르기 전에 손목시계를 봤다. 오후 네시. 크리스마스이브여서인지 마을로 들어가는 마을버스는 텅 비었다. 버스에 올라타 중간 정도 자리에 앉을 때, 등에서 터질 것 같은 통증을 느꼈다. 쓰러지듯 자리에 주저앉아 손을 옷 속에 집어넣고 등을 만졌다. 지그재그의 상처에서 축축한 물이 만져졌다.

너는 내 예상과는 달리 통통한 몸체를 가졌다. 성적 욕망보다는 식탐이 더 강할 것 같은 부류였다. 너를 보자마자 없었던 식욕이 생겼다.

"배고파요."

너는 당황한 표정을 숨기지 못하며 주위를 두리번거렸다. 한 블록 정도 걷다가 나를 기사식당으로 데리고 갔다. 알루미늄 새시의 겉문은 허름했고 찌걱거렸다. 차림표 없이 백반만 전문으로 했고 이인용 탁자가 다닥다닥 붙어 있었다. 자리에 앉자마자 쟁반째 식탁에 내려놓고 간 음식은 의외로 담백해야 할 것은 담백했고 매워야 할 것은 속이 후련할 정도로 매웠다. 너는 더운지 연신 땀을 닦았다. 음식도 허겁지겁 먹어치웠다. 너는 반찬보다는 밥과 김치찌개만 먹었고 입에 가득 넣은 밥과 김치를 씹으면서 물을 연신 들이켰다. 나는 네 몫의 반찬까지 거둬 먹었고 된장과 함께 내온 청량고주를 집어 먹었다. 귀가 찢어질 것처럼 매웠지만 꼭꼭 씹었다. 음식을 잘 먹는 사람과 마주 앉아 밥을 먹는 것도 하나의 행복이라고 월미 할머니는 말했다. 수는 어떤 음식을 먹어도 한 입만 삼키고 토해냈다. 수의 죽음 이후, 할머니는 아기를 낳은 딸 핑계를 대고 집에서 나갔다. 핑계를 대고 떠날 수 있어서 부러웠다. 떠나면 결국, 모든 것이 서서히 잊어지는 것일까. 그래서 사람들은 떠나거나 애써 잊으려고 노력하며 살아가는 것일까. 잊고 무뎌지면 본래의 일이 없었던 일이 되는 것일까. 나는 휘열에게 수가 당한 공포를 함께 조사하고 파헤치자 했지만 그는 도망쳤다.

너는 음식을 먹어치울 때처럼 내 옷을 허겁지겁 벗겼고 세수하듯 푸푸푸, 거리다 섹스를 끝냈다. 어쩌면 너는 참을 수 없을 정도로 고여 있는 욕망을 해결할 단순한 매개체가 필요했을지도 몰랐다. 그래서 너에게 미안했다. 너는 담배도 피우지 않고 물컹거리는 배를 이불로 가리고 잠이 들었다. 아직은 건강한 네 입에서 쉰 김치 냄새가 났다. 네 핸드폰을 들고 욕실로 들어가다 뒤를 돌아보았다. 너는 줄어든 성기는 내놓고 돌돌 말린 이불로 배만 가렸다. 어떤 사람들은 무의식적으로 자신의 욕망을 숨겼다. 예상대로 너는 성욕보다는 식욕이 강했고 그것을 숨겼다. 이불을 펼쳐 머리에서 발끝까지 덮어주었다. 좌변기에 앉아 네 핸드폰을 펼쳐보고 깜짝 놀랐다. 너는 어제 받은 내 사진을 여덟 명의 남자에게 보냈다. 심지어 어떤 남자에게는 오늘 나를 만난다는 사실까지 고백했다.

'많이 꼴린다, 그런데 꽃뱀 아냐?'

'꽃뱀 아냐. 재수생인데 여행을 많이 다녔더라. 최근 남친이 바

람 피워 복수하는 심정이래. 사실, 내일 만나기로 했어. 기다려 가능하면 너한테 넘겨줄게.'

'제발, 그래줘라. 그럼 캠프장 사업설명회에서 너네 회사 제품 확실히 밀어줄게.'

그 아래에는 부인과 주고받은 대화가 고스란히 남아 있었다. 부인은 매번 어디냐, 빨리 귀가해라, 전화해, 나도 집 나갈 거야, 라고 묻고 사정하고 협박했고 너는 미안, 그래, 라고만 대답했다. 마지막에 부인이 친정으로 가 있겠다는 말에도 너는 그럴래? 라고 답했다. 네 핸드폰에서 여덟 명의 남자 번호를 내 핸드폰에 저장했다. 우수수, 여덟 명의 새로운 너는, 내 핸드폰에 순서 없이 저장되었다. 나를 넘기겠다는 문장이 여덟 명을 낚도록 유인했다. 이런 식으로 새로운 너는, 기하급수적으로 증가할 거였다. 수가 빨간 기모노, 녹색 마법소녀 원피스, 드라큘라 백작의 턱시도를 대여하기 위해 찾아간 코스튬 가게를 찾아낼 때까지.

일곱시 정각에 휘열은 초인종을 눌렀다. 나는 사색이 되어 현관문을 열었다. 휘열의 친구라는 여드름쟁이 남자는 케이크 상자를 들고 있었다. 그들을 식탁으로 안내하고 준비해놓은 음식을 데우거나 랩을 벗겨놓았다. 휘열은 태연하게 굴었지만 수가 보이지 않아 실망한 기색이 역력했다. 등의 통증은 사라졌지만 나는 불길했다. 올이 굵은 검은 스웨터 안으로 손을 집어넣고 진물이 배어나온 상처 근처를 긁었다. 손톱에 피가 묻었다. 휘열과 그의 친구는 연어 샐러드를 먹으며 맥주를 마셨다.

"혹시, 엄청난 반전을 준비한 것 아냐? 갑자기 야한 옷을 입고 나타난다거나 말이야. 너희, 코스프레도 꽤 열심히 하지 않았나?"

"어설프고 촌스런 반전 따윈 질색이거든."

나는 휘열 앞으로 가 뒤를 돌아섰다. 올이 굵은 스웨터를 들췄다.

"여기 좀 봐줘. 너무 가려워."

"피가 나."

휘열과 여드름쟁이 남자의 갈라지는 목소리를 들으며 나는 쓰러졌다. 버려진 인형처럼 몸의 기운이 빠졌지만 정신은 또렷했다. 우악스런 손이 강력하게 내 몸을 벌렸다. 벌려진 몸을 꿰뚫으려는 뾰족한 힘을 느꼈다. 나는 수에게 무슨 일이 생겼다는 것을 알아차렸다. 수에게 일어나는 일을 내가 느끼고 있는 것인지 똑같은 일을 나도 겪고 있는지 가려낼 수 없었다. 겁에 질린 휘열의 얼굴이 스쳐 지났고 나는 정신을 놓았다.

정신을 차렸을 때 수가 옆에 웅크려 자고 있었다. 수를 깨웠지만 수는 잠에 취한 척했다. 스웨터를 벗고 수의 윗옷을 들추자 수가 내 손길을 뿌리쳤다.

"이제부터 우린 정말 분리된 길을 가는 거야."

수는 등을 벽에 붙이고 누웠다. 수는 겨울 내내 벽에 등을 대고 끝도 없이 잤다. 나는 벽을 노려보다가 휘열을 찾아갔다. 그는 찾아갈 때마다 하숙집에 없었다. 전화도 받지 않았다. 해가 바뀌자 아프다며 수업을 빼먹던 휘열은 군 입대를 핑계로 과외를 관두었다. 나는 휘열이 다녔던 대학 학과사무실로 찾아가 그의 고향집 주소를 알아냈다. 새벽 첫차를 탔지만 그곳에 도착했을 때는 해가 졌다. 나는 휘열의 이름이 적힌 색이 바랜 플래카드가 펄럭이는 마을회관 앞에 서 있었다. 검은 산 위로 달이 떠 있었다. 독으로 얼룩진 은수저 같은 달이었다. 나를 발견한 휘열은 바닥에 주저앉았다. 나는 그날 있었던 일을 물었다. 휘열은 골치 아픈 사건에 휘말리고 싶지 않다고 말했다.

"말해, 말하라고."

야트막한 동산 같기도 하고, 언덕 같기도 한, 그곳으로 가는 길 이외는 더 이상 길이 없었다. 주택가를 다시 돌아 나오다 방금 전 지나친 이층집 앞에 섰다. 반지하 주차장을 개조한 공간이 있었다. 출입문과 유리에 회색 시트지가 부착되어 안이 보이지 않았다. 출입문 중간에 검은색 시트지로 중세의 가면, 이라 적혀 있었다. 그 출입문을 보는 순간 등의 상처가 움찔했고 팔에 소름이 돋았다. 출입문에는 비밀번호를 누르는 디지털 도어록이 장착되어 있었다. 시트지 한쪽 귀퉁이를 뜯었다. 시트지는 단번에 뜯기지 않고 조각으로 부서졌다. 조각조각 손톱 크기로 시트지를 손바닥만 하게 뜯어내자 안이 보였다. 공주드레스와 짝을 이루는 왕자복을 대여해주는 코스튬 스토어와는 확연히 달랐다. 미싱이 놓인 작업대가 있었고 양옆 행거에 섹시 레오파드, 스쿨걸, 세라복, 간호사, 폴리스 제복, 레이싱걸, 바니걸, 기모노걸, 이라 적힌 팻말 아래 거기에 해당되는 옷들이 걸려 있었다. 빨간 꽃이 촘촘히 그려진 기모노 자락이 보였다. 벽에는 저승사자의 검은 두루마기와 가면, 스크림 가면, 처키 가면, 녹색 프랑켄슈타인 가면, 회색 드라큘라 가면이 붙어 있었다. 수는 저 숱한 공포의 이미지를 벽에 걸어놓은 곳에 있었던 거였다. 시트지를 뜯어낸 틈으로 가게 안쪽을 핸드폰으로 찍었다. 뒷걸음질 쳐 중세의 가면이라 적힌 시트지와 도어록 부분을 찍었다. 휘열에게 보류 중이던 예약 문자를 이틀 뒤로 지정해놓고 전송했다. 찍어놓은 사진들도 함께 예약 전송을 했다.

휘열은 마을회관 앞에 서 있는 나를 학교 운동장으로 데리고 갔다. 나는 그네에 앉았다. 그네에 앉았지만 발을 구르지도 허공을 향해 오르지도 않았다. 그네의 얼어붙은 쇠줄만 움켜쥐었다. 식은 땀으로 젖은 손에서 녹내가 났다. 휘열은 모래 위에 주저앉았다. 손을 모래에 파묻고 횡설수설했다. 내가 식탁 앞에서 쓰러졌을 때 휘열과 그의 친구는 나를 이층 침실로 데리고 올라갔다. 알 수 없는 어떤 충동적인 힘에 의해 휘열의 친구가 바지를 벗었고 친구를 말리려던 휘열도 똑같은 행동을 취했다. 그때, 다리를 비틀거리며 수가 집에 도착했고 수는 이층 침실에 뒤엉켜 있는 우리 셋을 보았다. 휘열은 스타킹도 신지 않은 얼어붙은 수의 종아리에 피가 묻은 것을 보고도 도망쳤다. 그는 모든 것을 잊고 조용히 살고 싶다고 했다. 나는 쇠줄로 그의 목을 촘촘히 휘감고 싶었다.

중세의 가면에서 걸어 나오며 만나는 다른 골목을 살폈고 골목과 골목이 연결되는 모든 골목을 되짚으며 걸었다. 이층집 그림자가 골목의 맞은편 집 담에 가 닿았을 때 한 남자가 골목을 걸어 들어왔다. 그는 베이지색의 면바지에 흰 반팔 티셔츠를 입고 남색 폴로 모자를 썼다. 귀에 이어폰을 꽂고 있었고 양손은 바지 주머니에 넣었다. 어디에서든 흔하게 만날 수 있는 옷차림이었고 중키에 약간 마른 체형이었다. 골목에서 그가 나를 지나칠 때, 나는 그를 보았다. 창백할 정도로 하얀 얼굴, 털이 안 보이는 매끈한 팔과 앙상한 팔꿈치 뼈, 희미하고 평범한 얼굴 윤곽, 깎아놓은 밤처럼 하얗고 작은 목울대까지 뚫어지게 쳐다보았다. 그리고 그의 눈을 보았다. 그도 나를 무심히 쳐다보았다. 그의 눈은 방금 일어난 듯 졸려 보였고 초점이 엇나가 있었다. 숫기 없는 듯 내 시선을 피해 고개를 떨궜다. 그는 중세의 가면, 이라 적힌 반지하의 가게 앞에 섰다. 비밀번호를 누르고 문을 열던 그는 뜯겨진 시트지를 발견하고 주위를 두리번거렸다. 다시 나와 눈이 마주쳤다. 나는 천천히 옆 골목으로 들어가 붉은 장미가 피어 있는 담에 기댔다. 핸드폰으로 코스튬 관련 중세의 가면을 검색했다. 그는 비공개 카페를 운영했다. 회원 가입을 해야 글을 읽을 수 있었다. 장미의 그늘에 쪼그리고 앉아 중세의 가면 카페에 가입했다. 그는 코스튬 행사가 있으면 먼 지방이라도 갔고 찍은 사진을 카페에 올려놓았다. 주로 대여를 해주었지만 가끔 특이하고 엽기적인 작품을 만들어 카페에 올리기도 했다. 전기톱을 들고 있는 살인자 코스튬에 의외로 많은 댓글이 올라와 있고 많은 이들이 대여비를 물었다. 카페 메인 화면을 복사해 핸드폰 이미지에 저장해놓았다.

너는 촌스럽게 굴지 않았고 이런 만남에 익숙한 듯 나를 어두운 조명 아래로 끌어당겼다. 구석진 자리에서 술을 마시며 너는 길고 가느다란 손가락을 내 스커트와 두 허벅지가 만나는 비좁은 틈으로 밀어 넣었다. 너는 나를 유혹했다. 유혹은 네가 했지만 낚인 것은 분명히 너였다. 그래서 나는 미안했지만 첫 번째 만났던 너, 두 번째, 아홉 번째 만난 너, 보다는 죄책감이 덜했다. 너의 긴 손가락이 집요하게 내 스커트 속을 파헤치고 들어왔다. 미끈거리는 액체 사이를 휘젓던 손가락을 빼 너는 입속으로 가져갔다. 화악, 하고 너의 입속으로 균이, 독이 번져 들어가는 것을 나는 목격했다. 이제 독은 네 입을 통해 골고루 온몸으로 스며들 거였다. 중세의 가면, 이라는 코스튬 스토어 남자로부터 독을 받아 온 것은 수였지만 독은 진물이 나오는 지그재그 상처로 인해 나에게 옮겨졌다. 수는 산부인과 의사의 권유로 비뇨기과에서 정밀 검사를 했고 치명적인 독이 몸에 퍼져 있다는 통보를 받았다. 상대 남자에게 연락을 해 함께 병원으로 오라는 독촉을 받았다. 수가 죽음을 결심한 날, 나는 수의 상의를 벗기고 등을 붙였다. 수는 죽었지만 수의 몸에 있던 독은 내 몸으로 건너왔다. 너는 모텔 엘리베이터 옆에 설치된 자판기에서 일제 형광 콘돔을 구입했다. 그렇지만 너는 사정 직전에야 콘돔을 사용했다. 너는 낯선 어린 여자아이가 임신할 것만 두려워했다. 이렇게 하얗고 젊고 탄력적인 몸에 치명적인 독이 번져 있을 것이라고는 너는 생각하지 않았다. 그 독이 너를 파멸로 이르게 할 것이라는 것도 예상하지 못할 것이다. 네 몸으로 스며든 독은 네가 성관계를 맺는 사람들에게 골고루 퍼져나갈 것이다. 너는 마지막으로 나에게 낚였다. 내일, 나는 중세의 가면으로 갈 것이다. 나는 남자가 만든 전기톱을 들고 있는 살인자 코스튬이 마음에 들었다. 나는 고무로 만든 전기톱이 아닌, 수령 삼십년이 넘는 나무의 허리를 벨 수 있는 전기톱을 구입할 것이다. 그리고 나에게 남은 모든 능력을 사용할 것이다.

트
레
일
러

소
녀

오늘 아침, 집이 배달되었다. 하얀색의 집은 마음에 들었다. 두 달 동안의 지옥 같았던 시간을 잠시 잊을 정도로 예뻤다. 코가 잘린 코끼리 얼굴 같은 집을 보자마자 나는 홀딱 반했다. 집은 무어 아저씨가 끌고 왔다. 무어 아저씨의 렉스톤에 연결되어 따라온 바퀴 달린 집은 새집 티가 났고 윤이 돌았다. 무어 아저씨는 차에서 내려 선글라스를 머리 위로 올려놓고 미네랄워터를 마셨다. 아빠와 나는 집을 한 바퀴 돌았다. 무어 아저씨는 검지에 걸고 있던 열쇠로 잠금장치를 풀었다. 리모컨을 누르자 출입문이 치마를 걷어 올리듯 스르륵 들렸다. 우리는 우유가 흘러내리는 것 같은 미끄러운 계단을 밟고 안으로 들어갔다. 조립은 여기서 했어도 유럽 트레일러 부품 중 최고인 엑슬과 커플러야. 무어 아저씨는 자신의 동생 회사에서 만든 것이라고 강조했다. 통바디가 부식하려면 만년이 걸린대. '무어 아저씨, 제가 만년을 살 것도 아닌데요, 뭐.' 생각보다 꽤 큰데. '크다니, 아빠, 내 방보다 작은데 이곳에 욕실과 부엌이 다 있다는 거잖아.' 2종 면허로 가능한가. 그럼, 자네 에쿠스잖아, 그거면 충분해. '무어 아저씨, 에쿠스는 없어요. 아빠한테는 달랑 1톤짜리 봉고 트럭밖에 없어요. 저기 보이죠, 저 낡고 초라한 트럭이 이제부터 아빠의 밥벌이래요.' 그런데 어디 여행 가려고? '여행은 무슨 여행? 우리가 살아가야 할 집인걸요.' 150리터 물탱크와 온수기 시스템이 있어. 물탱크를 수도로 연결하는 선을 장착해 달랬는데, 전기 공급도 가능하게. 아, 맞아, 장착했다더라. 연결만 하면 된다고 했어. 그런데 정말 어디 오래 가려고? '네, 무어 아저씨. 그러니 아빠 곤란하게 하지 말고 그만 관심 끄고 벤자민 무어 페인트 가게로 가세요. 가서 친환경이고 칼라가 백만 가지나 되는 값비싼 페인트 파세요.' 에쿠스를 끌고 와 내가 킹핀 연결해줄게. 내가 그걸 못하겠나. 하긴 왕년에 25톤 트럭도 끌었었지, 후진할 때는 좀 어렵더라. 무어 아저씨는 머리 위에 올려놓았던 선글라스를 바로 썼다. 무어 아저씨가 가자마자 아빠는 집의 윈도우를 열었다. 윈도우에는 방충망까지 덧대어져 있었다. 나는 수도를 틀어보았고 미니 냉장고를 열어봤다. 트럭에 집을 연결한 후 아빠가 말했다.

"가자, 집을 놓을 곳으로, 바다로."

엄마가 죽은 후, 내가 제일 먼저 한 일은 내 방에서 액자를 떼어내는 거였다. 양털 모자를 쓰고 홀딱 벗은 백일 사진, 빨간 원피스를 입은 유치원 때의 사진, 학사모를 쓰고 찍은 사립학교 졸업 사진, 우에노 공원에서 판다를 손짓하고 있는 사진, 싱가포르 바닷가 멀라이언 동상 앞에 서 있는 사진, 앙코르와트에서 찍은 사진, 피아노와 바이올린 독주회, 미술대회 시상식 사진, 스키장에서 찍은 사진, 필드에 나가 골프채를 휘두르는 사진, 승마복을 입은 사진, 핫핑크 비키니를 입은 사진, 외국어 고등학교 입학사진. 서른 개도 넘는 사진이 내 방 벽과 테이블, 피아노와 콘솔에 붙어 있거나 놓여 있었다. 나는 방 가운데에 있는 소파를 구석으로 끌어내고 양탄자 위에 액자를 던졌다. 첫 번째 액자가 떨어질 때와 두 번째, 세번째 액자가 떨어질 때 소리가 각각 달랐다. 나무, 청동, 도금된 액자틀과 유리 조각이 쌓일 때마다 소리는 점점 무뎌졌고 화가 사그라졌다. 액자를 모조리 던져버리고 나서야 나는 차분해졌다. 나는 방에 혼자 있어도 혼자 있는 것 같지가 않았다. 서른 명이 넘는 내가 바글바글 떠들어댔고 생각이 나누어졌다. 서른 명이 넘는 내가 공부를 했고, 서른 명도 넘는 내가 공부를 하고 있는 나를 감시했고 피아노를 쳤고 엄마의 약병에서 꺼내 온 수면제를 함께 나눠 먹었다. 수면제를 먹어야만 잠을 잘 수 있었다. 꿈에서도 서른 명이 넘는 내가 여기저기 쏘다녀서 잠에서 깨면 골치가 아팠고 몸을 갈라났다가 바늘로 꿰매놓은 것처럼 너덜거렸다. 양탄자를 돌돌 말아 백 리터짜리 쓰레기봉투에 담아 버리고 손을 씻었다. 비로소 혼자만이 가득한 방에 앉아 피아노를 쳤다. 캐논 변주곡과 라흐마니노프 피아노협주곡, 월광 소나타를 연달아 연주하고 난 뒤 책상에 앉아 공부를 했다.

역삼동 상록회관을 지나 르네상스 호텔 앞 테헤란로에 진입하자마자 차가 꽉 막혔다. 아빠의 낡은 트럭이 날아갈 듯 세련된 트레일러를 끌고 가자 끼어들기를 하던 차들이 주춤거렸고 운전자들이 신기한 듯 목을 빼고 쳐다보았다. 경복아파트를 지날 때 그곳에 사는, 같은 어학원에 다녔던 남자애의 얼굴이 떠올랐다. 작년, 그 애와 선정릉을 산책하다 정현왕후 윤씨의 무덤 앞에서 키스를 했다. 서툴렀고 침이 묻어 불쾌했지만 내색하진 않았다. 또래 친구들에 비해 늦은 경험이기에 나는 수위를 높이고 싶었지만 그 애는 진도를 나가지 못했다. 시시해서 접었다. 지금 생각해보니 미리 정리해서 다행이다. 복잡한 것을 설명하지 않아도 되니깐. 논현동 고가구 골목 앞에 신호가 걸려 서 있을 때 아빠와 나는 동시에 같은 곳을 쳐다보았다. 유럽 가구를 수입해서 파는 가구점은 엄마의 친구가 하는 곳이었다. 그녀는 유능한 변호사의 변호 덕에 혐의 없음으로 풀려났고 지금 유럽 소파에 앉아 있었다. 아빠는 경부고속도로를 타기 전에 피곤하면 차를 세울 테니 트레일러 침대칸에서 자라고 말했다. 우리는 의도적으로 엄마 얘기를 꺼내지 않았다. 나는 꼭 복학을 해야 하니깐 아빠에게 돈을 꾸준히 모아야

한다고 말했다. 나는 분명 많이, 가 아닌 꾸준히, 라고 강조했다. 애들이 중간에 휴학계 내고 외국 갔다 오고 그러니깐 나도 그런 줄 알 거야. 그래, 다행이다. 아빠가 한숨을 내쉬며 대답을 내뱉었다. 나는 아빠가 좋아하는 답이 뻔한 퀴즈를 내고 상품을 주는 라디오 프로그램을 틀어놓았고 개그맨 흉내를 내며 아빠를 웃겨주고 까불었다. 우리는 휴게소에서 우동을 먹었다. 아빠는 휴게실 식당에서도 깨끗한 자리를 찾았다. 엄마와 다니던 습관이 몸에 배었다. 우동은 탄력 없이 풀어졌고 국물 맛은 밍밍했다. 우동을 먹고 나선 잠이 들었는데 좁고 딱딱한 의자에서 잠을 자서인지 단체 벌을 받는 꿈을 꾸었다. 아빠가 나를 흔들어 깨웠을 때는 룸미러 가득 해가 떨어지는 해질녘이었다. 뒤를 돌아보았다. 이른 봄날의 하늘이 온통 붉었고 트레일러는 하늘로 빨려갈 것 같았다. 그냥 이대로 아빠와 함께 붉은 하늘로 빨려 들어가도 좋을 것 같았다.

우리가 도착한 곳은 비린내 가득한 바닷가 마을이었다. 마을이래야 바다를 쳐다보며 열 집 남짓 일렬로 줄지어 있는 것이 끝이었다. 아빠는 끝 집 앞에 트럭을 세웠다. 집 옆에 있는 공터는 가파른 절벽 산과 인접해 있었고 산 중턱에는 군인 초소가 있었다. 나는 트럭에서 내려 저릿한 팔과 다리를 주무르며 바다를 보았다. 바다는 내가 생각했던 바다가 아니었다. 넓은 모래사장 대신 가파른 모래언덕이 있었고 그나마 모래언덕에는 억센 미역이 시커멓게 올라와 있었다. 물미역 냄새와 비린내가 뒤섞여 속이 뒤집혔다.

"아빠, 이런 촌구석 바닷가에서 태어나고 자랐어?"

아빠는 씨익 웃으며 외벽을 새파랗게 칠한 대문 없는 집으로 들어갔다. 나는 가슴이 두근거렸다. 두근거림은 슬리퍼를 신으며 반갑게 달려 나오는 여자를 보며 급속도로 멈춰버렸다. '맙소사, 저런 여자가 아빠의 첫사랑이었다니.' 여자는 수줍은 기색도 없이 아빠를 보고 얼싸안았다. 촌스럽고 짜증 나는 스타일이었다. 억수로 반갑네, 야가 니 딸이나, 완전 인형이구나. 이게 뭐나? 난 비행긴 줄 알았네, 쟈가 살 집이나, 최고급이네. 나는 여자와 말을 섞기도 싫었고 저런 여자와 아빠가 첫사랑을 했다는 것에 화가 났다. 배고프나, 손 씻고 들어와. 아빠와 나는 마당 수돗가에서 손을 씻었다. 손을 씻은 아빠가 바다를 돌아보고 웃었다. 아빠의 허리선까지 바다가 배경이 되어서인지 웃음이 새파랗게 튀어 오르는 것 같아 괜히 심술이 났다. 여자는 둥그런 알루미늄 상에 흰밥과 고추장 국물을 풀어놓은 대접 하나만 떡 올려놓았다. 기가 막힌 것은 아빠가 그런 상을 보고 눈을 빛내며 바짝 다가앉았다는 거였다. 야, 지방 가자미 물회구나. 아빠는 여자가 컵에 따라주는 소주를 마시고 대접을 들어 국물부터 마셨다. 밥을 물회 대접에 붓고 비볐다. 숟가락으로 국물이 넘치도록 한 숟가락 퍼 입에 떠 넣었다. 입에 넣자마자 곧바로 한 숟가락을 미리 퍼놓았다. 나는 젓가락으로 대접에서 양파와 회를 골라 먹었다. 회를 씹다가 곧바로 뱉어냈다. 생선살에서 뼈가 씹혔고 비린내가 났다. 야가, 노랑가재미를 먹을 줄 모르는구나. 여자는 실망한 표정으로 일어나 부엌으로 가더니 돌김을 가져왔다. 여자가 직접 만든 것이라고 했다. 야, 추운데 아직도 돌김을 직접 하나? 그럼 바위틈에 개락인데 뭣하러 돈 주고 사 먹어. 여자의 억센 말투는 알아들을 수 없었고 그럴 마음도 안 생겼다. 그나마 밥을 김에 싸서 간장에 찍으니 먹을 만했다. 여자는 아빠가 마신 컵에 자신이 술을 따라 마셨다. 술을 마시고 입술을 손으로 훔쳤는데 술꾼 같고 촌부 같아서 쳐다보기도 싫었다. 나는 밥을 먹고 발딱 일어났다. 아빠, 화장실 가고 싶어. 여자가 마당에도 화장실이 있고 마루에도 신식 화장실이 있다고 말했다. 내가 움직이지 않자 아빠가 자리에서 일어났다.

아빠는 트레일러 놓을 자리를 여자와 상의했다. 마당 안은 화장실과 수돗가로 인해 공간이 애매했다. 그래서 여자의 집 외벽에 바짝 붙여놓기로 했다. 큰 윈도우는 바다를 향해 있고 오른쪽 보조 윈도우는 여자의 마당을 향했다. 여긴 안 위험해, 저기 산 중턱에 군인 초소 있잖아, 쟈들이 밤낮으로 지켜줘. 아빠가 트레일러의 물탱크와 여자네 수도관을 연결하고 자가 전기 발전기를 설치하는 동안 여자는 부엌에서 뭔가를 만들었다. 간장 졸이는 냄새가 마당을 지나 트레일러 안까지 스며들었다. 음식 냄새에 겨우 진정된 속이 다시 뒤집혔다. 이거 도루묵 조림 냄새 아냐? 그렇지, 벌써 또 침이 괴지? 나는 여자네 집 쪽 트레일러 윈도우를 닫아버렸다.

잠결에 술 냄새가 가슴을 파고들었다. 아빠는 까끌까끌한 턱수

엽을 내 뺨에 비볐다. 저리 비켜. 에이 우리 천사 화났어? 촌스런 첫사랑 아줌마랑 키스했어? 잤어? 무슨 말을 그렇게 밉게 해. 앞으로 여자 만날 때 나한테 허락받아, 엄마한테 그렇게 당해놓고 여자가 좋아? 흐허. 아빠는 여자 보는 눈이 너무 없어. 내 딸이 천사라는 것은 알아. 그럼 앞으로 천사 말 좀 고분고분 들어. 어, 그래.

무언가 획, 지나가는 움직임이 느껴졌다. 동시에 바다로 면한 트레일러 윈도우에 그림자가 지나갔다. 무선 LED 조명까지 덩달아 흔들렸다. 나는 귀에 꽂았던 이어폰을 뺐다. 월드 뉴스를 말하던 앵커의 목소리 대신 파도 소리가 귓속을 파고들었다. 그 숲에 어떤 소리가 섞여 들렸다. 종이를 넘기는 소리 같기도 하고, 모래 구덩이를 파헤치는 소리 같기도 하고, 짐승 울음소리 같기도 했다. 아니, 사람의 울음소리였다. 침대에서 일어나 배 모양의 LED 조명을 들고 윈도우 쪽으로 갔다. 검고 평평한 바다에 달빛만 반짝였다. 소금을 뿌려놓은 김 같았다. 파도도 없었다. 다시 침대에 누워 이어폰을 귀에 꽂으려 할 때 소리가 더 크게 들렸다. 곧이어 쿵하고 누군가 트레일러를 쳤다. 핸드폰을 들고 윈도우로 갔다. 방충망을 들어 올리고 밖을 내다보았다. 한 남자가 트레일러 바디에 기대 울고 있었다. 울음소리는 점점 커졌고 어깨가 심하게 흔들렸다. 딱하기도 해라. 엄마한테 지독하게 당한 아빠도 저렇게 소리 내 울진 않았다. 나는 남자의 울음이 그칠 때까지 기다리기로 했다. 먼바다에 조그맣게 출렁이는 불빛을 바라보았다. 아빠의 촌스런 첫사랑 여자는 저 불빛이 오징어 배라고 했다. 나는 촌스런 여자가 몹시 거슬렸고 못마땅했지만 여기 있는 동안은 그냥 봐주기로 했다. 어차피 난 구 개월 후에는 기숙사로 돌아갈 거였다. 트레일러 바디에 기대 울던 남자가 갑자기 몸을 일으키더니 바다 쪽으로 휘적휘적 걸어 나갔다. 가파른 모래언덕을 훌쩍 타 넘으며 바다로 향했다. 나는 남자가 바닷물에 뛰어드는 광경을 목격하게 되면 어디로 신고를 해야 하는지 생각했다. 남자는 바다 앞에 서 있기만 했다. 잠시 후, 몸을 부르르 떨더니 뒤돌아서며 지퍼를 채웠다. 남자는 휘적휘적 모래언덕을 타 올라왔다. 취했는지 모래 속에 발이 빠지는지 걸음이 위태로웠다. 남자는 곧바로 트레일러로 걸어왔다. 바다를 배경으로 품고 있는 사람들은 모두 선해 보이는 것일까. 키는 커다랬다. 전체적으로 거무스레했고 삐쩍 마른 선한 인상이었다. 남자는 다시 트레일러 바디에 기대 울기 시작했다. 정말 딱했다.

"저기요, 여기 제 집이거든요?"

남자는 창밖을 내다보는 나를 발견하고는 옷소매를 당겨 눈을 비볐다.

"당신 누구요? 왜 거기 있소?"

"내가 누군지 알 것 없고, 여긴 내 집이니깐 딴 데 가서 우세요."

남자는 바지 주머니를 뒤지더니 담배 한 개비를 꺼내 불을 붙이고 바다를 향해 섰다. 담배를 한 개비 다 피우고 오른쪽, 파도 편의 점 쪽으로 걸어갔다.

동계 올림픽이 열릴 계획인 작은 도시에는 펜션과 전통 한옥을 많이 짓는다고 했다. 아빠는 트럭에 한옥용 기왓장을 실어 배달했다. 트럭에 검은 기왓장을 가득 실은 사진을 핸드폰으로 보내왔다. 아빠와 나는 하루에 두세 번 통화를 했고 서로 사진을 주고받았다. 나는 바다 모래사장까지 올라온 미역 사진을 보냈고 아빠의 첫사랑인 촌스런 여자가 만든 요리 사진을 찍어 보내기도 했다. 여자는 가까운 금진항에 배가 들어오는 새벽에는 항구로 갔다. 공판장에서 생선 배를 가르는지 몸통을 손질하는지 알 수는 없지만 아침 식사 시간 전에는 비린내 가득한 앞치마를 한 채로 돌아왔다. 낮에는 공장에서 진미 오징어를 포장하는 일을 한다고 했다. 나는 낮 시간에는 식탁에 앉아 수능 대비 문제를 풀었다. 계획한 것을 모두 풀고 나면 모래사장을 걸었다. 내가 걸은 모래사장은 점점 확장되었지만 보이는 바다는 항상 똑같았다. 여자는 집으로 오기 전에 항구에 있는 공판장에서 생선을 사 왔다. 나는 여자가 올 시간이면 비릿한 생선과 간장이 어우러지는 냄새를 상상했다. 순식간에 배가 고파졌다. 여자의 요리는 이상야릇한 모양이었지만 맛은 제법 있었다. 여자는 요리를 단 한 가지씩만 했다. 나는 일주일간 돌김만 뜯어 먹다가 생선조림을 한 젓가락 맛보게 된 것이 이젠 여자의 요리를 기다리는 신세가 되었다. 흐물흐물한 생선에 김치를 넣은 국은 처음엔 보는 것도 싫었다. 그런데 이젠 물곰치국에 들어 있는 생선 애와 곤이, 이리까지 후룩 삼켰다. 물론 음식을 담는 그릇이나 상 차리는 솜씨는 여전히 형편없었다. 미학과는 거리가 먼 여자였다.

트레일러 바디에 기대 울던 남자는 잊을 만하면 나타났다. 남자는 언제나 약간은 취한 듯 보였고 바다를 향해 앉아 소리 내 울었다. 한 시간가량 울다가 바다에 오줌을 누고 모래언덕을 걸어 나왔다. 한 번도 바다에 뛰어든 적도 없었고 울지 않은 적이 없었다. 신기한 것은 남자가 바다 앞에 앉아 울다 돌아가는 것을 꼭 확인해야만 나는 잠이 왔다. 남자가 오지 않는 날에는 바다 전체가 어둡고 파도 소리가 거세게 느껴졌다. 그리고 바다가 외로워 보였다. 이제, 남자가 울 시간이 다가왔다.

남자는 울 준비를 하는 듯 벌써부터 흔들거리는 걸음걸이로 걸어오다 바다를 향해 앉았다. 나는 아틀라스팀 구스다운 점퍼를 꺼내 걸쳤다. 만약을 위해 트레일러 리모컨과 핸드폰을 점퍼 주머니에 넣고 나갔다. 트레일러에서 나갔을 때 남자는 울고 있었다. 나는 남자와 삼 미터가량 떨어진 곳에 앉았다. 눅눅한 찬바람이 얼굴을 때렸고 엉덩이에 닿은 축축한 모래는 차가웠다. 남자의 울음에 타 넘어온 파도가 리듬을 맞췄다. 검은 미역이 조금씩 모래언덕으로 밀려왔다. 시커먼 미역이 밀려오는 모습을 보다가 나도 울기 시작했다. 기가 죽은 파도 끝자락에 밀려 올라오는 미역이 자살한 엄마의 머리카락처럼 보였다. 처음에는 소극적으로 눈물이 떨어지다가 이내 울음이 커지면서 어깨를 뒤흔들며 울었다. 어깨가, 몸이, 울음이 소금처럼 바다에 저며졌다.

엄마가 어떻게 아빠처럼 속없고 가난한 사람을 사랑했고 결혼까지 했는지 알 길이 없다. 젊은 욕망을 채우기 급급해서 서로에게 파고들다 내가 생겨버렸는지도 몰랐다. 엄마의 집에서 결혼을 반대했지만 딸이 고생하는 모습을 볼 수 없었는지 외할아버지는 역삼동의 집을 내주었다. 언덕에 있었지만 마당도 제법 넓었고 건물 실평수도 꽤 되는 이층 양옥집이었다. 엄마는 아빠가 벌어 오는 월급으로 본인 치장도 못 한다는 것을 깨달았다. 엄마는 기본적으로 피부 관리를 받아야 했고, 단골 피트니스 클럽에도 다녀야 했다. 동창 모임은 호텔 레스토랑에서 해야 했고, 백화점에서 마음에 드는 옷은 일이 초의 고민 없이 사야 했다. 엄마는 친정 나들이 갈 때마다 카드 값을 메워달라고 매달렸다. 외할아버지가 돌아가신 후부터 엄마는 돈의 무서움을 알았다. 엄마는 살림집을 이층으로 옮기고 일층에 스파게티 전문집을 냈다. 마당에 빨간색 파라솔을 설치하고도 늘 자리가 부족했다. 점심시간이면 근처 직장인들이 미리 전화해 예약 주문할 정도로 바빴다. 저녁에는 맥주를 마시는 사람들로 마당이 바글거렸다. 엄마는 매니저를 고용하고 밖으로 나돌았다. 그 무렵 나는 명동에 있는 사립초등학교로 통학을 했다. 학교가 끝나면 곧바로 대치동에 있는 원룸으로 가 영어와 수학 과외를 받아야 했다. 과외가 끝나면 압구정동 아파트에서 미술을, 집에서 피아노 레슨을 받았다. 일요일에는 과천에 있는 승마장으로 가야 했다. 엄마는 아빠를 설득했다. 나를 픽업하고 뒷바라지하는 고용인에게 주는 돈이 아빠의 월급보다 많다는 말에 아빠는 할 말이 없었다. 아빠는 학교 셔틀버스가 서는 갤러리아 백화점 앞에서 나를 기다렸다. 대치동의 원룸에서 내가 수업을 받는 동안 아빠는 차 안에서 라디오를 들으며 기다렸다. 압구정동 아파트는 주차 공간이 부족해 아빠는 차를 서너 번은 빼줘야 했다. 내 일정이 끝나면 우리는 일층에서 스파게티를 먹었고 이층으로 올라갔다. 함께 영어 자막이 나오는 영화를 볼 때면 아빠는 꾸벅꾸벅 졸았다. 방학 기간 중 필리핀에 가 어학원을 다닐 때에도 캐나다 연수 코스를 갈 때도 언제나 아빠와 갔다. 엄마는 우리가 쓰고 다니는 돈을 벌기 위해 너무나 바쁜 사람이었다. 아빠는 엄마 앞에서 주눅이 들었고 무엇을 의논하는 것이 아닌 허락을 받는 관계였다. 그러니깐 애초에 아빠는 독한 가시를 삼킨 거였다. 살을 찢어내서라도 빼냈어야 하는 가시를 괜찮다고 목에 걸고 살았다. 엄마는 해외 골프장 건설을 위해 투자를 했고 친구들을 투자자로 끌어모았다. 필리핀 현장까지 답사했지만 골프장이 완공되었을 때 주인은 따로 있었다. 중간에서 소개를 해주던 남자는 돈만 긁어

받은 후 사라졌다. 재판 날 엄마에게 사기죄뿐만 아니라 간통죄까지 있었다는 사실을 알게 되었다. 검사는 아빠의 기분 따위는 생각하지 않고 엄마의 죄를 낱낱이 파헤쳤고 까발렸다. 아빠는 간통을 고소한 여자를 찾아가 합의했다. 아빠와 함께 엄마에게 면회를 갔다. 아빠는 엄마에게 아픈 곳이 없는지, 밥은 괜찮은지, 춥지는 않은지, 기다리겠다고, 힘을 내라는, 말도 안 되는 소리를 했다. 나는 아빠를 먼저 면회실 밖으로 내보냈다. 그리고 엄마한테 말했다.

"죽어버려."

시커멓게 올라오는 미역을 보며 울고 있는 내 어깨를 누군가 짚었다. 학생, 괜찮아? 나는 남자를 노려보았다. 남자는 내 옆에 털썩 주저앉았다. 그는 야상 재킷 주머니에서 녹색 소주병을 꺼내 마셨다. 저도 한 모금 주세요. 거, 학생이 술 마셔도 되나? 학생 아니거든요, 휴학생이거든요. 남자는 머뭇거리다 녹색 병을 건네주었다. 나는 병을 받아 한 모금 마셨다. 친구들과 경험 삼아 마셨을 때와는 달리 시원하게 목을 타고 넘어갔다. 바다 앞이라서 그럴지도 몰랐다. 술병을 받아 마시던 남자가 접은 무릎에 팔을 올리고 울었다. 파도 소리에 울음소리가 섞였다. 젖은 미역 냄새가 났다. 남자의 울음이 단단하게 굳어 있던 내 울음을 풀어헤쳤다. 나는 남자와 한차례 울고 난 뒤 남자를 바라보았다. 왜 울어요? 남자는 하늘을 올려다보았다. 혹시, 이런 시 들어봤나? 나 하늘로 돌아가리라. 새벽빛 와 닿으면 스러지는 이슬 더불어 손에 손을 잡고. 나는 마지막 연을 암송했다. I'll go back to heaven. At the end of my picnic to this beautiful world. I'll go back and say, It was beautiful. 우리 시를 영문으로 바꾸는 과제가 있었어요. 그때, 나는 picnic과 outing 중 어떤 단어를 선택할지를 고민했다. outing은 호모임을 밝히다, 는 뜻도 있어 나는 어감상으로 밝은 느낌의 picnic을 선택했다. 그는 동백림 사건에 연루되어 육 개월간 전기 고문을 당했어. 무연고자로 오해받아 서울 시립 정신병원에 수용되기도 했어. 지인들은 그가 죽었다고 생각해서 유고시집도 발표했어. 지옥 같은 삶을 살았던 그가 소풍 같은 세상이래, 아름다웠대. 그 시인이 오늘 죽었거든. 맙소사, 시인이 죽은 날이어서 울었단 말이에요? 그럼, 지난번엔 왜 울었어요? 시인 이상이 죽었거든. 신동엽, 박인환, 기형도가 죽은 날, 어찌 술을 안 마실 수 있겠어. 남자는 묻지도 않았는데 시인들이 어떻게 죽었는지 장황하게 설명했다. 그런데 휴학생은 왜 울었어? 남자는 주머니에서 녹색 병을 하나 더 꺼냈다. 나는 그가 마실 때까지 기다렸다가 병을 뺏어 술을 한 모금 마셨다. 남자 친구한테 차였어요. 남자는 내가 건네는 녹색 병을 받았다. 야, 병신 같은 놈아, 잘 살고 있냐. 나는 속으로 개 같은 년, 이라고 엄마를 욕했다. 욕해봐요. 뭐? 욕해보라고요, 야, 병신 같은 시인아. 고작 〈뽕2〉 같은 영화 보다가 뇌졸중으로 죽었냐, 자, 해봐요. 남자는 녹색 병을 들고 술만 마셨다. 나는 남자의 술병을 뺏었다. 야, 시발 놈들아 죽도록 가난뱅이처럼 살다가 왜 그렇게 일찍 죽었냐고. 남자는 웅얼거리는 목소리로 작게 말했다. 크게, 크게, 욕해보라고, 병신처럼 욕도 못해요? 시팔, 좆같은 세상, 더러워서 못 살겠네. 욕이라기보단 소리를 지르곤 남자는 울었다. 나도 울었다. 우리는 바다 앞에서 함께 울고, 술 마시고, 욕도 하는 사이가 되었다. 파도가 세차게 몰려왔다. 미역이 내 발밑까지 밀려 올라왔다. 나는 몸을 구부려 미역을 집어 들고 울고 있는 남자에게 물었다.

"그런데 이 미역 먹을 수 있는 거예요?"

아빠의 첫사랑인 촌스런 여자가 수줍은 듯 검은색 비닐봉지를 내밀었다. 여자는 식탁 겸 내 책상 앞 의자에 앉아 트레일러 안을 둘러보았다. 나는 비닐봉지를 펼쳤다. 운동복 스타일을 좋아하는 것 같아서, 입어봐. 봉지 안에 든 것은 손에 닿는 천의 촉감부터 싸구려 티가 났다. 진분홍색 아디다스 트레이닝복 세트였다. 선호하는 메이커도 아니지만 짝퉁 티가 가장 많이 나는 것이 진분홍색이었다. 여자도 평소와 달리 꽃무늬가 프린트된 원피스에 분홍 스웨터를 걸쳐 입고 있었다. 속이 빤히 보였다. 아빠가 오는 날이었다. 여자는 수돗물을 틀어 손을 적셔보았다. 전기레인지의 불도 켜보았고 수납장을 열어 안을 들여다보았다. 나는 여자를 흘겨보곤 옷을 식탁 옆에 밀쳐놓고 귀에 이어폰을 꽂았다. 이어폰을 귀에 꽂았지만 음악을 틀지는 않았다. 여자가 눈치껏 사라져주길 원했다. 여자는 화장실에 들어가 한참을 있었다. 행렬 문제를 푸는데 집중이 안 됐다. 괄호 안에 0과 1로 채워진 행렬은 눈이 두 개 달린 생선처럼 보였다. 여자가 뒤에서 부스럭거려 돌아보았더니 걸레로 바닥을 닦고 있었다. 피곤한 여자였다. 핸드폰으로 아빠가 등명락가사 앞을 지난다는 문자가 왔다. 아빠가 등명락가사 앞을 지났다네. 내 혼잣말에 여자가 호들갑을 떨며 쌀을 안쳐야 한다며 밖으로 나갔다. 나는 여자가 사 온 옷을 검은 비닐봉지에 그대로 담았다. 침대 밑에 넣어둔 종이 상자에서 아베크롬비 진분홍 트레이닝복 세트를 꺼내 입었다. 검은 비닐봉지를 들고 트레일러를 나갔다. 여자는 부엌에서 분주히 생선을 손질하고 있었다. 맨손으로 생선의 배를 가르고 내장을 뽑아내던 여자가 나를 돌아보았다. '이 진분홍 트레이닝복을 유심히 봐, 이게 진짜야.' 나는 검은 비닐봉지를 여자의 부엌 문고리에 걸어두고 나왔다. 바다에서 바람이 휙 몰아쳤다. 바람에서 소금 냄새와 물미역 냄새가 났다. 나는 바다를 곁눈질하며 손님이 없는 횟집, 덜 마른 생선을 매달아놓은 건어물집, 대문 틀만 있고 대문은 없는 집들을 지나쳐 파도 편의점으로 들어갔다. 간판만 편의점이었다. 가게 안은 파도가 들어와 휩쓸고 빠져나간 것처럼 눅눅했고 갖춰놓은 물건도 별로 없었다. 안쪽에 손바닥만 한 방에서 책을 들여다보던 남자는 내가 가나 초콜릿을 내밀고 지폐를 주자 고개도 들지 않고 돈을 거슬러주었다. 나는 파도 편의점에서 나와 곧장 바다로 갔다. 바다와 간격을 유지하며 모래사장을 걸었다. 초콜릿의 금박 껍질을 벗기니 초콜릿이 편평했다. 칸칸을 허물고 녹았다가 다시 굳은 거였다. 초콜릿을 입에 넣었을 때, 아빠에게서 전화가 왔다. 나는 남은 초콜릿을 툭툭 잘라 한꺼번에 입에 넣었다. 초콜릿이 쓴 것은 유효기간이 지났기 때문일 거라 생각했다. 유효기간을 확인하려고 껍질을 펼쳤을 때, 주위가 어두워졌다는 것을 알아차렸다. 아빠에게 문자가 왔다. 핸드폰 전원을 껐다. 모래사장을 걸을 때마다 의문이 생겼다. 삼면이 바다이니깐 바다와 간격을 유지하며 모래사장을 계속 걸어가면 반대편 바다에 닿을 수 있을까. 지도처럼 바다는 정말 연결되었을까. 확인하지 않아도 신뢰할 수 있는 진리라는 것이 과연 존재할까. 얼마만큼 확인해야 진리라고 신뢰할 수 있을까. 그림자와 어둠을 구분하기 힘들었을 때 모래사장이 급격히 좁아졌다. 어둠 속에 검은 바위가 솟아올라 있는 것이 흐릿한 달빛에 보였다. 나는 고개를 돌려 바다 위 하늘을 보았다. 날카로운 달이 떠 있었다. 생선 아가미 같은 달이었다. 기름에 살짝 구운 가자미의 노란 살이 떠올랐다. 배가 고팠다. 나는 모래에서 발을 빼서 뾰족한 바위 위로 올라갔다. 뾰족한 바위들이 어둠 속에서도 수십 킬로미터 이어졌을 거라는 예감이 들었다. 나는 뾰족한 바위들 틈에 앉았다. 편안했다. 어둠도, 파도 소리도.

엄마는 우리가 면회를 갔던 다음 날 새벽에 죽었다. 어깨 아래까지 내려온 머리카락을 뽑아 타래를 만들어 목을 친친 감았다고 했다. 나는 내 혀가 뱉어낸 말 때문에 죄책감에서 빠져나올 수 없었다. 휴학계를 내고 온 날, 일층의 빨간 파라솔에 허물어질 것처럼 앉아 있는 여자를 봤다. 엄마를 간통죄로 고소했다가 아빠의 부탁으로 고소 취하를 해준 여자였다. 여자는 나를 보자마자 물을 달라고 했다. 보기에도 몸과 입이 바싹 말라 보였다. 나는 스파게티 가게 안으로 들어가 물 한 잔을 떠 왔다. 여자는 물을 천천히 마셨다. 여자는 이곳을 떠날 것이라 말했고 아빠를 만나야 한다고 말했다. 나는 여자에게 아빠가 지방에 내려갔다고 거짓말을 했다. 여자가 가방에서 흰 봉투를 꺼냈다. 봉투 끝을 한 번 접고 다시 또 접었다. 아빠에게 전해달라고 말하고 여자는 정맥이 도드라진 팔로 탁자를 짚고 일어나더니 마당을 가로질러 나갔다. 나는 이층으로 올라가 봉투 안의 서류를 읽었다. 봉투째 가스레인지에 올려놓고 불을 붙였다. 분무기로 불을 끄고 물티슈로 재를 닦아 변기에 넣고 물을 내렸다. 법의관의 소견서였다. 자살한 엄마의 배 속에 12주 정도 되는 태아가 있었다. 엄마는 내 말 때문에 죽은 것이 아니었다. 낙태도 불가능한 그곳에서 엄마가 선택할 수 있는 것은 그것뿐이었다.

눈을 찌르는 강렬한 빛이 쏟아졌다. 멀리 있는 군인 초소에서 서치라이트를 비췄다. 서치라이트는 바다의 수면을 샅샅이 들춰내고 내가 있는 바위 쪽을 훑었다. 서치라이트의 불빛에 뾰족한 바위가 모습을 드러내며 그림자를 만들었다가 다시 어둠으로 뭉쳐졌다. 바위 무리는 얼마 멀지 않는 곳에서 끝났고 다음은 방파제였다. 사각뿔 모양의 테트라포드 콘크리트 블록이 이어졌다. 나는 서치라이트가 다가오기 전에 바위를 건너뛰었다. 바위에서 내려 모래사장에 발을 디뎠을 때야 다리가 후들거리며 모래 위로 고꾸라졌다. 신발을 벗어 모래를 털어내고 파도 편의점에 들어갔다. 거무스레하고 비쩍 마른 명태 같은 남자는 여전히 책을 들여다보고 있었다. 나는 컵라면을 꺼내 들고 물을 끓여줄 수 있는지 물었다. 남자가 말없이 느릿하게 일어나 방 한쪽에 설치된 가스레인지에 주전자를 올려놓고 불을 켰다. 나는 물이 끓기를 기다리며 밖으로 나가 바다 쪽으로 갔다. 왼쪽 끝을 보았다. 트레일러에 불이 환하게 켜져 있었다. 트레일러를 보며 뒷걸음질하다가 발목에 미지근한 물이 닿았다. 종아리 굵기의 파이프에서 물이 쏟아져 나와 바다로 흘러들었다. 비누 거품이 그대로 남은 물에서 역한 하수구 냄새가 났다. 남자가 트레일러 앞까지 와서 우는 이유를 알았다. 그러고 보니 남자는 어제 울지 않았다. 나는 편의점에 들어가 컵라면을 먹었다. 남자는 텔레비전을 켜놓지 않았고 라디오도 듣지 않았다. 적요하고 눅눅한 공간에 이따금 책장을 넘기는 소리가 들렸다. 컵라면 국물까지 모두 마시고 지폐를 냈다. 남자에게 거스름돈을 받으며 말했다.

"어제는 왜 안 울었어요?"

56

그제야 남자가 고개를 들어 내 얼굴을 쳐다보았다. 양쪽 눈썹 끝이 처진 눈에서 물이 주르륵 흘러내릴 것 같은 표정이었다.

트레일러의 단점은 가구 배치를 바꿀 수 없는 것이다. 바다로 면한 창 앞에 식탁이 놓여 있지만 의자에 앉으면 바다 귀퉁이와 하늘만 보였다. 의자의 위치를 바꾸려 해도 고정되어 있었다. 소파를 펼치면 침대가 되었지만 침대로 만든 상태에서는 화장실에 들어가려면 몸을 옆으로 돌려야 했다. 무엇보다 빨래를 하고 널 공간이 없었다. 어쩔 수 없이 나는 여자가 말한 신식 화장실에 놓인 세탁기를 사용하기로 했다. 세탁기 안에는 여자의 빨래가 가득 들어 있었다. 나는 부엌에서 요리용 집게를 가지고 와 여자의 빨래를 집게로 집어 대야에 담아놓고 몇 개 안되는 내 옷가지를 넣고 세탁기를 돌렸다. 세탁기가 돌아가는 동안 여자의 마루에 앉아 바다를 바라보았다. 눈 바로 앞으로 새파란 물이 몰려드는 바다였다. 갈매기 무리가 모래언덕에 뒤엉켜 있는 미역을 뒤적거렸다. 미역 사이에 잔멸치라도 있는지 갈매기들이 서로를 할퀴며 덤벼들었다. 어지러운 갈매기 소리에 속이 울렁거렸다. 여자는 요즘 풀이 죽었다. 아빠가 머물렀던 사흘 동안 나는 저녁 시간만 되면 트레일러에서 나갔다. 뾰족한 바위가 있는 바다를 지나 테트라포드 콘크리트 블록이 있는 방파제를 지나 배가 들어오는 항까지 갔다가 돌아오면 어김없이 아빠는 트레일러에서 잠들어 있었다. 첫날에는 내 핑계를 댔을 거였다. 초조한 마음으로 나를 기다려야 했고 상처로 비뚤어진 나를 어떻게 올바르게 제자리로 돌아가게 할 것인가에 대해 여자와 걱정하느라 술과 시간을 낭비했을 거였다. 그러나 다음 이틀 동안에도 아빠는 여자에게 어떤 행동도 하지 않았다. 꽃무늬 원피스를 입은 자신의 첫사랑에게 예의상 포옹도, 키스도 하지 않았을 거였다. 분명했다. 당신, 여자 있어? 엄마는 아빠와 싸움 끝에 꼭 그렇게 말했다. 아빠는 기가 막혀 했다. 당연했다. 아빠는 다른 여자를 사귈 용기도 없었고 엄마의 몸을 휘어잡고 파고들 마음도 없었다. 세탁이 끝났다는 소리가 들렸다. 내 옷가지를 꺼낸 후, 여자의 낡고 후줄근한 옷을 집게로 들어 세탁기 안에 넣었다. 며칠 전에 새로 산, 아빠가 머무는 내내 입고 있었던 꽃무늬 원피스를 집어 들었을 때, 여자의 후줄근해진 외로움을 봐버렸다. 아빠는 과외를 위한 원룸이 밀집한 대치동에서 나를 기다리며 교복을 줄여 입은 여학생을 숱하게 봤다. 타인을 의식하지 않고 행동하는 여학생을 보며 아빠는 욕망을 혼자서 해결했다. 수학 선생의 위경련으로 예상 시간보다 일찍 나온 날, 나는 까맣게 선팅된 아빠의 차 안을 들여다보았다. 내가 문을 두드렸을 때 아빠의 당황하던 표정과 행동을 기억했다. 아빠가 급하게 차창을 열어놓았지만 말할 수 없는 비릿한 냄새는 쉽게 빠지지 않았다. 더워. 나는 뒷자리의 창문을 열었다. 원룸 입구 계단에 교복을 입은 여학생이 앉아 있었다. 살색 스타킹 속의 팬티까지 보이도록 다리를 벌리고 앉아 아이스크림을 핥고 있는 여학생의 머리채를 휘어잡고 싶었다.

울고 있던 남자는 내가 옆에 앉자 울음을 멈췄다. 나는 입을 벌렸다. 입안 가득 들어온 바람이 가슴에 얹혔다. 저 미역은 매일 저렇게 올라오나요? 봄 내내 올라와. 오늘은 어떤 시인이 죽었나요? 김수영. 술을 마시고 걸어가다 마포구 구수동에서 인도로 뛰어든 좌석버스에 치였어. 그 시인이 죽은 날이어서 우는 거군요. 거짓말, 거짓말이다. 촌스런 여자는 파도 편의점 총각이 딱한 사람이라고 말했다. 왜요? 말해 뭐해. 말한다고 딱한 사정이 사라지는 것도 아닌데. 그럼, 애초에 말을 말든가, 입이 무거운 척하기는. 말은 그렇게 했지만 나는 촌스런 여자가 입이 무겁다는 사실이 마음에 들었다. 남자는 야상재킷 주머니에서 녹색 소주병을 꺼내 마셨다. 나도 좀 줘봐요. 거, 휴학생이 자꾸 술 마셔도 되나? 남자는 머뭇거리다 병을 건네주었다. 나는 한 모금을 마시고 남자에게 병을 돌려주었다. 남자는 병을 받지 않고 다른 주머니에서 병을 꺼냈다. 우리는 말없이 각자 녹색 병을 들고 마셨다. 아빠는 오늘도 연락이 없었다. 경찰도 별다른 기록이 없었다고 말했다. 흥진기업 경리는 아빠가 한 달 일하고 월급을 받은 날부터 나오지 않았다고 했다. 아빠가 이곳에 사흘 동안 머물 때 알아차렸어야 했다. 아니, 나는 결혼하지 않은 첫사랑 여자의 집 옆에 트레일러를 놓자고 했을 때, 눈치챘다. 트레일러가 이 바다에 도착했을 때부터 어떤 예감을 받았다. 아직 예감은 확인된 바가 없다. 그렇지만 자꾸 눈물이 났다. 남자가 코를 훌쩍이며 울었다. 나도 따라 울었다. 하늘에는 누군가 칼로 후벼 파놓은 상처처럼 날카로운 달이 떠 있었다. 큰 파도가 바닷속의 모래언덕을 타 넘고 몰려왔다. 자살한 엄마의 머리카락 같은 시커먼 미역이 내 발목을 휘감았다. 젖은 미역 냄새가 났다.

기차가 지나간다

우리는 각자의 무덤 속에 웅크리고 있었다. 내 무덤은 장미로 뒤덮였다. 뱀이 무덤을 휘감으며 지났고 늑대가 어슬렁거렸다. 바람이 불고 눈이 쌓였다. 계절을 건너뛰어 봄이 오면 눈이 녹았고 죽음의 기간이 끝났다. 우리는 태어나 재빨리 자랐다. 그리고 어른이 되었다. 양품점을 하는 나는 장롱을 열어 엄마의 옷을 꺼냈다. 빨간 재봉틀 앞에 앉아 옷을 재단하는 척 흉내 낸 뒤 동생들에게 입혔다. 윤희는 은행 직원이었고, 미아는 학교 선생님이었다. 우리는 일 년이 끝날 즈음에 모두 죽어버렸다. 나는 재봉틀의 뾰족한 바늘에 찔려 죽었고, 미아는 계단에서 미끄러져 죽었다. 윤희는 자꾸자꾸 죽는 것이 싫다고 했다. 나는 죽는 것은 그리 나쁘지 않다며 얼른 죽으라고 윤희를 꼬드겼다. 윤희는 아프지 않고 편안히

자다가 죽었다. 우리는 밍크 이불로 만든 각자의 무덤 속으로 파고들었다. 108까지 숫자를 세고 나면 우린 다시 태어났다. 일 년이 지나면 자기가 하고 싶은 것으로 역할을 바꿨다. 나는 여전히 양품점을 했다. 오 년이 지나도 엄마는 오질 않았다.

다시 무덤을 만들었다. 나는 장미가 그려진 빨간 밍크 담요 속으로 들어갔다. 미아는 호랑이가 그려진 주황색 담요 속에서 몸을 웅크렸다. 윤희는 목단이 화려한 무덤 안에서 밖을 빼꼼 내다보았다. 우리들 누구도 죽어서 슬프지 않았다. 무덤은 알록달록하고 포근했다. 동생들은 각자 무덤 안에서 킥킥대며 웃었다. 나는 동생들에게 죽었으므로 웃지 말고 움직이지 말 것을 명령했다. 이불 속에서 웅크려 까불거리던 동생들이 잠잠해지다가 이불을 걷어차며 잠이 들었다. 나는 이불을 들추고 일어나 재봉틀 서랍에 천 조각을 넣고, 옷장에서 꺼낸 옷을 있던 모양 그대로 넣었다.

평상에 앉아 언니의 미술책을 펼쳤다. 고흐의 해바라기를 오려 종이인형의 원피스를 만들었다. 미로의 작품으로 옷장을, 몬드리안 그림으로 이불을 만들었다. 창에 달 커튼을 위해 모네의 수련을 가위로 오려냈다. 커다란 가위는 녹이 슬어 손에서 녹내가 났다. 치마를 오려내고 있을 때, 마당 밖에서 방울 소리가 들렸다.

"또, 종이쪼가리를 오려내? 어지르는 데 선수구나. 엄마를 돕지는 못할망정. 일어나 냉수 가져와."

엄마는 아카브 구씨가 끄는 리어카를 뒤에서 밀며 고개만 내밀

64

곤 소리를 질렀다. 나는 인형을 미술책 사이에 끼워 넣고 수돗가로 갔다. 바가지에 수돗물을 받아 가지고 왔다. 엄마는 평상에 앉아 냉수를 들이켰다. 아카브 구씨는 수돗가에서 손을 씻고 발에물을 끼얹었다.

"스덴 냄비들을 기스 가지 않게 조심해서 방 안으로 날라 놔라."

나는 비닐을 씌운 냄비를 하나씩 들어 방 안에 들여놓았다. 어쩌다 비닐 부분이 벗겨진 곳에 손톱이 닿으면 끼익, 소름 돋는 소리를 냈다. 엄마는 소주 한 병과 김치를 쟁반에 담아 평상으로 가져왔다. 아카브 구씨는 엄마가 컵에 따라준 술을 단숨에 마시곤 냄비들을 두세 개씩 들어 방 안에 들여주었다. 그가 리어카를 돌려 마당을 나갈 때, 나는 그를 따라 나갔다.

"니가 일곱째냐?"

그는 나를 보면 늘 그렇게 물었다. 그의 검은 얼굴과 목에 술이올라 벌게졌다. 그는 목에 두른 수건으로 얼굴을 닦으며 바지 주머니에서 오백 원짜리 동전을 꺼내 주었다. 나는 뒤돌아 엄마가부엌으로 들어가는 것을 확인하고 얼른 돈을 받았다. 아카브 구씨는 빈 리어카를 끌고 갔다. 리어카 손잡이 옆에 달린 방울이 뎅강뎅강 경쾌한 소리를 냈다.

엄마는 평상에 앉아 스테인리스 냄비와 법랑 냄비의 개수를 헤아리고 수첩에 계산한 돈을 적었다. 나는 상 위에 펼쳐놓은 책들을 챙겼다. 언니의 미술책에서 인형 옷이 떨어졌다. 순간, 엄마는 수첩을 넘기던 손을 멈추고 나를 봤다. 나는 재빨리 인형 옷을 책 사이에 넣었다. 엄마는 나에게 가까이 오라고 했다.

"수요일에 엄마가 강릉 갈 테니깐, 요 집에 가서 아줌마를 오라고 해라."

엄마는 수첩에서 뒷장을 뜯어 약도를 그렸다.

"시장 초입에 있는 굴다리를 지나면 포교당이라는 절이 바로 보일 거다. 바로 그 옆집이야. 아무도 없으면 기다렸다가 꼭 데리고 와라."

그 여자다. 아버지가 만나는 여자. 언니들과 할머니는 자주 싸웠다. 엄마는 꿈에서 용을 봤다는 이유로 내가 아들일 거라고 굳게 믿었다. 평생 그런 꿈을 못 꾸었다고 했다. 미타사 큰스님이 이름도 지어주었다. 할머니는 내가 태어나자마자 고추가 아닌 것만 확인하곤 나를 엎어놓았다고 했다. 언니들이 나를 바로 눕혔다. 사흘 동안 냉수만 마시던 엄마는 미타사에 갔다. 언니들이 엄마 젖 대신 쌀뜨물과 분유 섞은 것을 나에게 먹였다. 할머니는 아버지에게 늦기 전에 밖에서 아들을 봐 오라고 했다. 불안했던 엄마는 다신 아이를 낳지 않겠다는 언니들과의 약속을 어기고 내가 네 살 때 미아를, 다음 해에 윤희를 낳았다.

시장 초입에 있는 굴다리를 반 정도 지나칠 때, 바닥에 있던 빨간색 체크무늬 담요가 꿈틀거렸다. 나는 걸음을 멈추고 주춤거렸다. 담요 속에서 얼굴을 내민 여자가 굴다리 벽을 향해 얼굴을 돌리고 누웠다. 머리맡에 펼쳐진 보따리에는 지저분한 옷가지가 널브러져 있었다. 나는 여자가 움직이지 않을 때, 발걸음을 빨리해 굴다리를 지났다. 절 바로 옆에 파란 대문 집이 보였다. 감나무 가지가 절 마당에까지 뻗쳤고 대문 안에서 기타 소리가 들렸다. 대문 틈으로 안을 들여다보았다. 누군가 평상에 앉아 기타를 쳤다. 초인종을 누르고 한참이 지나자 천천히 대문이 열렸고 얼굴이 창백한 청년이 쓰러질 듯 서 있었다. 청년의 머리는 깎아놓은 배처럼 박박 밀어져 있고 목발을 짚고 있었다. 그때, 굴다리 위로 기차가 지나갔다. 청년이 목을 꺾고 기차가 지나가는 것을 쳐다봤다. 나도 청년을 따라 기차가 지나가는 것을 보았다. 청년은 왼손으로 양쪽 목발을 잡고 오른손을 번쩍 들어 기차를 향해 흔들었다. 기차가 지나가자 청년은 겨드랑이에 목발을 고정시키고 나를 노려보았다. 얼핏 보면 나이가 많아 보였지만 자주색 체육복을 입은 청년은 자세히 보니 대학생인 진아 언니보다 어려 보였다. 내가 아줌마를 찾아왔다고 말하자 청년은 신경질적으로 없다고 말하고 대문을 닫아버렸다. 나는 닫힌 대문 앞에 서 있다가 포교당으로 갔다. 마당을 가로질러 돌계단을 올라 마루 끝에 앉아 옆집 마당을 들여다보았다. 감나무 잎과 가지 사이로 기타를 치고 있는 청년이 보였다. 말랑말랑한 감이 청년의 하얀 알머리에 주황색 구녕을 냈다. 바람이 불면 감 대신 이파리가 청년의 알머리를 야금야금 삼켰다. 그는 책장을 넘기다 돌멩이로 책을 고정해놓고 두 소절 부르다 또다시 책장을 넘겼다. 나는 절 마당을 지나 다시 파란 대문 앞에 서서 초인종을 눌렀다.

"너 누구야? 왜 남을 훔쳐봐?"

청년은 대문을 열곤 소리를 질렀다. 나는 가방 어깨끈을 손으로 꼭 붙잡고 청년의 알머리를 쏘아보았다.

"나에 대해서는 알 것 없고, 아줌마 언제 와?"

"어쭈, 쪼그만 게 반말이네? 모른다고."

"다음에 올게."

나는 그가 대문을 닫기 전에 몸을 홱, 돌렸다. 등이 움찔거렸지만 일부러 천천히 걸었다. 시장 안으로 들어갔다. 할머니에게 거짓말해 우윳값을 더 받은 것으로 오뎅을 사 먹었다. 심부름 나온 아이처럼 나물 앞에 쪼그리고 앉아 호박이 얼마냐 묻고 그 옆의 생선 가게에서 생선 눈알을 툭툭 건드리며 싱싱한 거냐고 물었다. 상인들은 심부름 나왔니, 물으며 관심을 갖다가 내가 돈을 꺼내는 기색이 없자 짜증 내며 쫓아버렸다. 시장 안이 어둑해질 때야 나는 집을 향해 걸었다. 할머니 집으로 가는 골목 끝에 있는 상점에 들어가 박카스를 샀다. 할머니 집 앞에서 박카스를 마시며 둘러댈 핑계를 생각하곤 대문을 두들겼다. 엄마는 나를 보자마자 마당 구석으로 끌고 갔다.

"지금 몇 시냐? 어딜 쏘다니다 이제 와. 엄마가 시킨 심부름은 하지도 않았지?"

선아 언니가 부엌에서 쟁반을 들고 나와 방으로 들어가며 나를 쏘아보았다.

"뻔해. 청소하기 싫어 어디서 실컷 놀다 이제 들어오는 거야."

나는 선아 언니를 노려보곤 고개를 숙였다.

"말해봐, 어디서 뭐 했어?"

엄마는 나를 담 쪽으로 밀었다.

"그 집에 갔었는데 아들밖에 없었어요. 아들이 기다리라고 해서."

"거짓말이 날이 갈수록 느는구나. 그 집에 갔었다고?"

엄마의 두꺼운 손이 내 얼굴을 향해 다가올 때, 부엌에서 할머니가 엄마를 불렀다. 엄마는 나를 담으로 밀어붙이곤 부엌으로 갔다.

"거기서 반성해라."

할머니는 방문을 벌컥 열고 방 안으로 들어왔다 나갔다. 할머니의 공단 치마가 펄럭일 때마다 알록달록한 속바지가 꽃밭처럼 출렁였다.

"강아야, 냉큼 일어나. 윤희야, 언니 깨워라."

엄지손가락을 입속에 집어넣고 쪽쪽 빨며 윤희가 내 어깨를 흔들었다.

"일어났어. 생각 중이야. 건들지 마."

"생각은 무슨, 일어났으면 얼른 씻고 학교 가."

할머니는 아침부터 평상에 앉아 술을 마셨다. 나는 일어나 할머니를 쏘아보곤 수돗가로 갔다. 수돗가에서 세수를 하고 평상 앞에 섰다. 수건을 터는 척하다 평상에 놓인 술병을 쳤다. 반 넘게 술이 담긴 술병이 평상에서 떨어지자 할머니는 헐레벌떡 평상에서 몸을 일으켰다. 굼뜬 할머니의 동작에 비해 술병은 순식간에 소리를 내며 깨졌다. 동생들이 겁먹은 표정으로 밖을 내다봤다.

"에이, 쓸모없는 것들. 할미 등골을 쪽쪽 빼먹는 것들."

나는 그럴 때마다 우리가 할머니 등 뒤로 바글바글 달려들어 등골을 쪽쪽 빼는 상상을 했다. 할머니의 등뼈는 너무 약해, 조금만 힘을 줘도 바삭 부서지고, 물컹물컹 골이 줄줄 흘러, 맛없어. 퉤. 나는 속으로 생각하며 고소해했다. 할머니는 주정을 한바탕하고 난 뒤 잠을 잤고, 자고 나면 언제 그랬냐는 듯 변덕을 부리며 우리에게 맛난 것을 해줄 거였다.

거울 앞에 앉은 내 옆으로 윤희와 미아가 바짝 다가앉았다. 윤희의 오른쪽 눈동자가 불안한 듯 딴 곳을 쳐다보았다. 윤희는 간헐사시다. 언니들이 윤희 몰래 속닥거리는 것을 들었다. 윤희의 어깨를 꼬집어 눈동자가 똑바로 나를 쳐다보게 했다. 나는 윤희에게 작은 거울을 뒤에서 들고 있으라 하고 빗으로 뒷머리에 가르마를 타고 머리칼을 양 갈래로 땋았다. 책가방을 싸는 동안 윤희와 미아는 내 눈치를 보며 서둘러 옷을 입었다. 우리 셋이 마루를 나설 때 할머니는 마룻바닥을 탕탕 쳤다. 샛노란 금가락지가 끼워진 할머니의 억세고 주름 많은 손바닥이 마룻바닥에 실제 손보다 더 커다란 그림자를 만들었다.

"지가 시집와서 한 일이 뭐야, 아들을 낳았나, 가정을 일으켰나, 근데 뭐가 그리 잘나서 날 이렇게 부려먹어, 왜, 왜에."

골목길을 지나 학교 운동장 안으로 들어갈 때까지 미아와 윤희는 말 한마디 없이 나를 따라왔다. 우리는 운동장을 가로질러 철봉이 있는 곳으로 갔다.

금을 그었다. 담벼락에서부터 철봉대와 나무 그늘 아래까지 커다랗게 반원을 그렸다. 손을 허리에 올리고 윤희와 미아에게 지시했다.

"이 금 밖을 절대로 나가지 마. 심심하면 철봉에서 놀고 미끄럼틀도 타. 이 사탕을 먹어. 나무 그림자가 요만큼 움직이면 내가 나올 거야."

나는 은행나무의 그림자에서 한 뼘 정도 되는 곳에 선을 그었다.

"절대 원 밖으로 나가지 마. 아이들이 철봉대에 오면 담 아래 앉아 있어, 말 안 들으면 다신 안 데리고 온다, 알았지?"

운동장을 가로지르다 뒤를 돌아보았다. 은행잎이 노랗게 떨어져 있는 담벼락 아래 쪼그리고 앉은 동생들이 나를 바라보았다. 윤희의 오른쪽 눈동자가 멍하니 하늘을 향해 있었다. 교실에 들어가자마자 창가에 앉은 남학생에게 가 언니의 미술책에서 빠닥빠

닥한 종이를 뜯어 접은 딱지를 건넸다. 그 애는 가방을 들고 내 자리로 갔다. 창밖을 내다보았다. 미아는 그네를 타고 있고 윤희는 담벼락 아래에 앉아 어딘가를 쳐다보고 있었다. 윤희가 입은 노란 치마 속 팬티가 보였다. 바람이 쌀쌀한데 타이즈를 신지 않았다. 일 교시가 끝나자마자 나는 운동장으로 뛰어나갔다. 윤희는 나무 그림자가 더 지나갔다며 투덜거렸다. 선을 그어놓은 자리에서 손톱 속 반달만큼 그림자가 지나가 있었다. 나는 나무 그림자 옆에 한 뼘보다 조금 길게 간격을 두어 선을 그었다. 미아는 녹색 철봉대 아래에서 모아놓은 모래 가운데에 하드 작대기를 꽂으며 윤희를 불렀다. 윤희는 노란 치마를 팔락거리며 뛰어갔다.

수업시간 내내 나는 창밖을 내다보았다. 내 시야에서 동생들은 바닥을 뒹구는 은행잎처럼 팔랑거렸다. 종례 시간에 선생님은 당번을 가르쳐주며 청소를 지시했다. 선생님이 나가자마자 아이들은 와글와글 떠들었다. 나는 그 틈을 타 교실을 빠져나갔다. 반장이 복도까지 쫓아 나와 청소하고 가라고 소릴 질렀다. 나는 못 들은 척하고 뛰었다. 토요일이고 아버지에게 가는 날이었다. 실내화도 갈아 신지 않고 운동장으로 달려가며 윤희의 이름을 불렀다. 땅따먹기를 하던 윤희와 미아는 원을 벗어나지 말라는 명령을 어기고 나를 향해 뛰어왔다. 나는 이런 상황에서는 금을 벗어나지 말라는 내 명령쯤은 어겨도 좋다고 생각했다.

할머니는 마루에 앉아 밀가루 반죽을 밀고 있었다. 마당에는 물이 뿌려져 있었다. 윤희와 미아를 데리고 수돗가로 갔다. 미아는 혼자서 씻고 윤희는 내가 씻겼다. 나는 윤희의 이마에 내려진 머리칼을 위로 올렸다.

"나를 봐, 윤희야."

서로 다른 곳을 향해 있던 눈동자가 나를 쳐다보았다. 윤희는 얼굴이 하얗고 이마가 동그랗게 불거져 있고 눈이 커다랗다. 얼굴을 씻기고 나면 여름날 장독대에 피는 흰 도라지꽃 같았다. 나는 도라지꽃 봉오리를 죄다 손으로 눌러 터트렸다. 윤희의 하얀 이마를 누르면 터질 것 같았다. 어디선가 톡, 쏘는 도라지 향내가 났다.

국수가 삶아지는 동안 할머니는 윤희와 미아의 머리를 빗겨주었다. 국수를 먹고 난 뒤에는 우리 뒤를 따라나섰다. 길을 안다고 해도 기차역까지 데려다주곤 역 앞에서 나를 불러 세웠다.

"강아야, 니 어미한테 할미 술 마셨다고 일러바치지 마라."

나는 할머니에게 눈을 흘기다 고개를 끄덕이곤 동생들의 손을 잡고 개표구 앞에 섰다. 검표원은 표 없이 서 있는 우리에게 안으로 들어가라는 손짓을 했지만 나는 또박또박 말했다.

"우리 아버지는 묵호역에서 근무하세요."

그리면 검표원은 그래 공주네구나, 하며 어서 들어가라고 했다. 우리는 개표구를 통과한 뒤 뒤돌아 손을 흔들었다. 할머니는 그제야 왼손은 허리 뒤로 돌리고 오른손을 휘저으며 역 앞에 있는 단골 술집 안주옥을 향해 걸어갔다.

윤희와 미아는 창가에 다가앉아 바다를 보며 소리쳤다. 기차가 네 개의 역을 지나 묵호역에 도착하면 빨간색과 녹색, 두 개의 깃발을 들고 서 있던 아버지는 빨간색 깃발을 들어 우리를 맞이했다. 아버지는 우리를 관사 마당까지 데려다주었다. 관사로 가는 동안 나는 아버지에게 할머니가 아침부터 술을 마셨다고 일렀다.

우리는 관사에서 엄마를 기다리며 살림 놀이를 했다. 동생들이 밍크 담요로 만든 무덤을 뭉개며 잠들었을 때, 나는 일어나 방 안을 정리하고 관사 밖으로 나왔다. 어디선가 짤랑짤랑 방울 소리가 들렸다. 역사를 향해 걸어갔다. 리어카에 물건을 실은 아카브 구씨가 역사를 빠져나가고 있었다. 그를 쫓아가기엔 너무 먼 거리였다.

양팔을 펴고 철로 위를 걸었다. 아카브 구씨도 예전에는 역에서 근무했다고 했다. 나는 그가 왜 아카브 구씨로 불리는지 궁금했다. 물건을 잔뜩 싣고 커브를 돌 때, 리어카의 속도를 미처 줄이지 못해 아, 카브요, 하고 소리쳐서일 거라 생각했다. 어른들은 그가 사람을 잘 속여서라고 했고 역에서 일하는 짐꾼을 아카보, 라 부른다고 했다. 그런데 잘 들으면 대부분의 어른들은 아카보가 아닌 아카브, 라고 불렀다. 진아 언니는 그에게 아프리카 깜둥이 아들이 있은 적이 있어 아카부, 구씨라 했다. 진아 언니는 그에 대해서 많이 알았다. 그가 나에게 일곱째인지 묻는 것은 내가 엄마 배 속에 있을 때가 그의 인생에서 가장 행복했던 시절이었기 때문이라고 했다. 흑인 아이를 데리고 온 여자가 당시엔 구총각, 이라 불린 그의 아이를 뱄다. 엄마와 여자는 서로의 배를 만져보았고 배 모양을 비교해 성별을 헤아려보았다. 그는 밤새 일하고 쉬는 다음 날 아침이면 새벽시장에 들러 양손 가득 먹을 것을 사 들고 관사로 왔다. 고기와 과일을 엄마에게 건네줬고 그것들은 배 속에 있는 나에게까지 전달되었다. 나는 그의 행복을 떠올리게 하는 아이였으며 동시에 그의 죽은 아이의 성장을 가늠해주는 아이였던 것이었다. 나는 그가 좋았다. 내게 주는 돈 때문만은 아니었다.

할머니 집으로 가기 전, 일학년 때였다. 나는 엄마가 새로 사준 멜빵 청바지를 입고 학교에 갔다. 첫 시간에 시험을 보았는데 산수 문제를 다 풀고 손을 들어 화장실에 간다고 말했다. 선생님은 받아쓰기가 끝나면 가라고 했다. 받아쓰기가 끝나고 옥외 화장실로 달려갔다. 빡빡한 멜빵 버클은 잘 풀리지 않았다. 간신히 버클을 끌러냈을 때, 바짓가랑이 사이로 오줌이 흘러내렸다. 나는 화장실에 쪼그리고 앉았다. 화장실에 확 빠져 죽고 싶었다. 종이 울렸지만 꼼짝하지 않았다. 짝이 화장실로 찾아왔다.

"선생님이 오래."

나는 화장실 문을 걸어 잠그고 싫다고 대답했다. 짝은 교실로 들어갔다가 다시 왔다.

"선생님이 교실에 왔다가 집에 가래."

나는 대답하지 않고 기침만 했다. 짝은 교실과 화장실을 두 번 더 오갔다. 결국, 짝이 책가방을 화장실로 가져다주었다. 짝 아이의 발짝 소리가 멀어졌을 때 문 밖에 있는 가방으로 엉덩이를 가리고 뛰었다. 엄마에게 야단맞을 생각에 앞이 아찔했다. 비가 오길 바랐지만 햇볕이 쨍쨍했다. 나는 시장으로 갔다. 시장 초입에 있는 얼음 공장 앞에는 늘 물웅덩이가 있었다. 주위를 두리번거린 후, 넘어지는 척 물웅덩이에 앉았다가 일어설 때, 방울 소리가 들렸다. 뒤를 돌아보니 아카브 구씨가 얼음을 실은 리어카를 끌고 있었다. 그는 나를 보자마자 니가 일곱째냐, 라고 물어보았다. 리어카 위의 커다란 얼음 표면으로 햇빛이 미끄러졌다. 얼음도 땀으로 반질거렸다. 그는 흰 러닝을 배 위까지 걷어 올리고 목에 두른 수건으로 연신 얼굴을 닦았다. 그가 리어카를 옆으로 틀자 방울 소리가 났다. 나는 사람들 사이를 헤쳐 나가는 그의 뒤를 리어카요, 소리치며 졸졸 따라다녔다. 그는 가게마다 얼음을 배달해주고 리어카가 텅 비자 나를 돌아다보았다.

"리어카 탈래?"

나는 물이 잘박한 바닥에 엉덩이를 대고 앉아 양손으로 리어카를 잡았다. 아카브 구씨의 검은 팔과 어깨에는 소금처럼 하얀 땀이 말라붙어 엉겼다. 그의 몸을 지나쳐 천천히 내 얼굴에 닿는 바람에서 소금 냄새가 났다. 바람과 경쾌한 방울 소리와 함께 대번에 그가 좋아졌다.

철로에서 내려와 철로 위에 귀를 대어보았다. 서서히 귀를 간질이던 진동이 가슴을 쿵쿵 후려쳤다. 멀리서 기차가 다가왔다. 나는 얼른 철길을 따라 관사 쪽으로 뛰어갔다. 담벼락에 등을 기댔다. 기차가 지나갈 때마다 가슴이 두근거렸다. 진아 언니는 아카브 구씨 아들이었던 흑인 아이가 기차에 뛰어들었다고 했다. 아이의 사지 조각을 맞출 수 없을 정도로 찢겨졌다 했다. 그 사건으로 여자의 배 속에 있던 아이는 죽었고 늘 술만 찾던 구총각도 역무원 일을 관두고 관사를 떠났다. 나는 벽에 등을 기댄 채 달려오는 기차에 뛰어들어 사지가 찢긴 흑인 아이를 생각했다.

아이는 철로 앞에 서 있다. 기차 바퀴가 선로를 꽉 조이며 다가온다. 아이가 눈을 감은 채 움직이지 않는다. 철걱철걱 소리를 내며 달려온 기차의 첫 바퀴가 아이의 몸을 꿈틀 짓누른다. 이어 여러 개의 바퀴가 터진 아이의 몸을 획획 지나간다. 순식간에 기차의 바퀴에 의해 사지가 찢겨지고 으깨진다.

"여기서 뭐 해, 청소하고 엄마 일 좀 돕지."

엄마가 담 안쪽에서 얼굴을 내밀곤 냅다 소리를 질렀다. 나는 무릎에 힘이 빠져 담 아래에 털썩 주저앉았다.

모자사생대회는 남대천변에서 이루어졌다. 나는 도장 찍힌 도화지를 받아 양궁장이 보이는 곳에 앉았다. 대부분 아이들은 엄마와 함께이거나 미술학원 선생님이랑 같이 돗자리를 펴고 모여 앉왔다. 오늘은 엄마와 약속한 수요일이었다. 저녁 여섯시까진 여자를 데리고 할머니 집으로 가야 했다. 연필로 도화지를 삼등분해 가로로 두 줄 그었다. 아랫부분에 흐르는 물을, 물 위에 돌이 쌓인 둑과 돌 틈에 돋아난 풀과 지붕만 보이는 기와집을 스케치했다. 삼등분의 세계가 단조롭고 시시하다는 생각에 지우개로 지웠다. 도화지에 보풀이 일어나고 지저분했다. 나는 가방 안에서 24가지 색이 플라스틱 튜브에 들어 있는 몽블랑 물감을 꺼냈다. 대학생인 진아 언니가 과외를 해서 번 돈으로 사준 선물이었다. 물감의 뚜껑을 열어 냄새를 맡아보았다. 흰 액체가 올라와 있는 노랑 물감에서 역한 냄새가 났다. 튜브의 끝을 살짝 눌렀다. 흰 액체가 조금 나오다 이내 쿨럭거리며 노랑 물감이 나왔다. 가슴속에서 노랑 물감 같은 말랑말랑하고 간질간질한 어떤 것이 흘러넘쳤다. 나는 엄지에 묻은 노랑 물감을 조심스럽게 손으로 비벼 문지르고 다시 튜브의 뚜껑을 닫아 가방 안에 넣었다. 가방 속, 검은 비닐봉지 안에 뒤섞여 있는 크레파스 중 가장 길게 남은 다홍색을 꺼냈다. 다홍색 크레파스로 활을 쏘는 남자와 과녁을 스케치했다. 활을 들고 과녁을 겨냥하는 남자의 얼굴과 굵은 팔뚝이 제법 마음에 들었다. 검은 비닐봉지 안에는 하늘을 색칠하기에 마땅한 크레파스 색이 없었다. 하늘색과 파란색 모두 없었다. 턱을 괴고 하늘을 올려다보았다. 비닐봉지 안에서 크레파스를 꺼내 하나씩 비교해보았다. 짙은 회색 크레파스를 들고 하늘을 색칠했다. 붉은 기운이 도는 바탕 때문에 활시위를 당긴 남자가 움직이는 것 같았다. 내가 상을 받으면 어쩌나, 생각하며 선생님께 가져갔다.

"밑바탕을 빨간색으로 스케치하면 안 돼."

내 그림을 본 선생님은 인상을 쓰며 회색도 사용해서는 안 된다고 했다.

"왜 안 되나요?"

선생님은 나를 쏘아보곤 그림을 종이 박스 안에 담았다. 나는 회색을 사용하면 왜 안 되는지 정말로 궁금했다.

"왜 회색을 쓰면 안 되나요?"

다시 물어봤지만 선생님은 대답을 안 해주었다.

포교당 옆 파란 대문 집에 갔다. 청년은 신경질을 내며 문을 닫았다. 나는 포교당 마루에 앉아 청년이 혼자 노는 것을 바라보았다. 평상에서 기타를 치던 청년이 일어났다. 목발을 짚고 그림자를 질척질척 흔들며 현관으로 들어갔다. 나는 가방 안에서 공책을 꺼내 뒷장에 남자 인형을 그렸다. 사선으로 벌린 팔의 겨드랑이 사이에 목발을 그려 넣었다.

현관에서 나온 청년이 평상에 앉았다. 그는 신문지를 펼치곤 마른오징어를 허공에 대고 흔들다 쫙쫙 찢었다. 오징어의 몸통을 햇빛에 비춰 보는 척 나를 향해 들어 올렸다. 오징어를 허공에 들어 올린 채 살을 조금씩 찢어 먹었다. 몸통 조각이 작아질 때마다 청년의 하얀 얼굴이 점점 많이 보였다. 이내, 청년의 눈이 나와 마주쳤다. 청년은 입을 실룩이며 웃어 보였다. 오징어 귀 부분과 꼬들꼬들한 다리 끝부분까지 남김없이 먹었다. 껍질을 벗겨놓았던 것도 질겅거리며 씹었다. 마침내 내 입에서 침이 흘러내렸다.

가방 위에 얼굴을 묻고 꼬꾸라져 잠든 나를 누군가 깨웠다. 보살은 나를 부엌으로 데리고 가 비빔밥을 주며 왜 거기 있냐고 물었다. 나는 사생활이라 얘기할 수 없다는 말만 하고 쓴 나물을 골라내고 비빔밥을 먹었다.

댓돌을 오르며 옆집 마당을 내려다보았다. 알머리의 청년이 감나무 밑에 바싹 다가서서 이쪽을 건너보고 있다가 나와 눈이 마주치자 손으로 주먹을 먹이는 흉내를 내곤 절룩거리며 평상으로 가 앉았다. 청년은 기타를 치다가도 이따금 내가 앉은 곳을 쳐다보았다. 내가 나무 기둥 뒤에 숨으면 청년은 평상에서 일어나 담 가까이까지 와서 이쪽을 살폈다. 청년의 알머리가 어슴푸레하게 보일 때까지 여자는 돌아오지 않았다.

나는 파란 대문 집의 초인종을 누르고 다음 주 수요일에 오겠다는 말을 하고 돌아섰다. 시장을 지나 할머니 집으로 갔다. 골목에는 대문 없는 작은 집들이 다닥다닥 붙어 있다. 집들은 문 열면 바로 부엌이고 방이었다. 어둑한 골목집 문들은 모두 닫혀 있고 작은 창으로 노란 불빛이 새어 나왔다. 그중 어느 한 문을 열고 들어가 신발을 신은 채로 한숨 자고 싶었다. 그러면 엄마한테 그 집에 갔었다는 설명과 청년에 대한 말을 하지 않아도 될 텐데. 엄마는 분명, 여자를 데려오지 않은 나 때문에 속상할 테고 추운 날씨에 냉수를 들이켤 것이 뻔했다.

파란 대문 집의 초인종을 눌렀다. 목발을 짚고 나온 청년이 들어오라고 했다.

"아줌마는?"

"없어. 조금 있으면 올 거야. 들어와서 기다려."

그는 기타를 옆으로 밀어놓고 앉으라는 신호로 손바닥으로 평상을 쳤다. 나는 감나무 밑에 섰다.

"여기서 기다릴 거야."

청년은 목발을 평상 옆에 기대 세워놓으려 하다가 목발을 내 앞으로 들이밀었다.

"너 이거 가지고 놀고 싶니?"

나는 감나무에 등을 기댄 채 고개를 들어 절의 처마 끝을 올려다보았다.

"아니."

청년이 거칠게 목발을 내동댕이쳤다. 그는 오른발에서 양말을 벗고 자주색 체육복 바지를 걷었다. 나는 안 보는 척하며 쳐다보았다. 그는 바지를 엉덩이 아래끼지 돌돌 말아 올렸다. 살보다 너 하얀 플라스틱 다리가 허벅지에서부터 발끝까지 일자로 연결되었

다. 내가 입을 벌린 채 쳐다보자 그는 만족한 듯 웃으며 다른 쪽 바
지도 걷어 올렸다.

"무섭지?"

"아니."

나는 털과 땀구멍이 없는 플라스틱 다리를 쏘아보았다. 만져보
고 싶은 충동과 두려움이 조금 있었지만 애써 외면하고 처마 끝에
걸린 풍경을 쳐다보았다. 그는 플라스틱 다리 윗부분을 벅벅 긁었
다. 나는 감나무에 등을 기대고 선 채로 청년의 플라스틱 다리를
보았다. 나와 눈이 마주치자 그는 손으로 알머리를 쓰다듬으며 수
줍게 웃었다. 돌돌 말린 바지를 천천히 내리고 무지개 색깔로 줄
이 쳐진 양말을 플라스틱 발에 끼웠다.

"저어, 부탁이 있어. 이거 받아."

그는 노래책 밑에서 상자를 꺼내 내게 건넸다. 나는 감나무에
등을 기댄 채, 움직이지 않았다. 그는 괴팍한 낌새가 없이 부드러
운 표정이었고 어찌 보니 슬퍼 보이기까지 했다. 깎아놓은 배 같
은 머리 한 부분을 꾹 누르면 눈에서 흰 즙이 흘러 나올 것 같았다.
나는 감나무에서 등을 떼고 상자를 받았다. 상자를 열어보니 안에
향이 짙은 초콜릿이 들어 있었다. 초콜릿은 겨우 세 개가 남아 있
었다. 검은 레이스 모양으로 접힌 종이를 벗기자 꽃 모양으로 생
긴 초콜릿에 영어가 쓰여 있었다. 초콜릿을 하나 들어 입안에 넣
었다. 초콜릿은 넣자마자 스륵, 녹아버렸다. 초콜릿은 예상했던 것

만큼 달달하진 않았고 쓴맛이었다. 나는 남은 초콜릿 두 개를 종이에 싸서 가방 안에 넣었다.

"초콜릿을 먹었으니 부탁을 들어줘."

청년은 목발을 짚고 현관 앞으로 가 신발장에서 고무줄을 가지고 왔다.

"이걸 감나무에 연결해."

나는 검은 고무줄을 받아 감나무에 연결했다.

"연결했어."

청년은 한쪽 고무줄을 평상의 다리에 묶었다. 그리고 기타를 들고 책을 넘겼다.

"내가 기타를 쳐줄게. 너는 고무줄을 타 넘어. 아, 네 바지를 걷고."

나는 할머니가 청색 실로 짜준 쫄쫄이 바지와 내복을 종아리까지 걷고 고무줄 앞에 섰다. 청년은 알아들을 수 없는 작은 목소리로 노래를 불렀다.

"기인 머리 짧은 치마, 아름다운 그녀를 보면."

나는 고무줄넘기를 잘 못해 그냥 톡톡 뛰어넘었다. 기타 반주와 노래는 고무줄넘기에는 어울리지 않았고 박자 맞추기가 힘들었다. 나는 박자에 상관하지 않고 고무줄을 뛰어넘었다. 다리를 엇갈리게 해서 고무줄을 밟기도 했다. 점점 노래 소리가 커졌다.

"토요일 밤, 토요일 밤에 나 그대를 만나리."

그러다 청년은 노래는 부르지 않고 기타만 팅기면서 내 다리를 쳐다보았다. 나는 더 높이 뛸 수 있다는 것을 보여주기 위해 폴짝 폴짝 뛰었다. 기적 소리가 나자 청년이 목발을 짚고 평상 위로 올라섰다. 나도 평상으로 올라갔다. 굴다리 위로 기차가 지나갔다. 청년이 손을 흔들었다. 나도 손을 흔들었다. 기차 안에서 누군가 손을 흔들어주었다.

"기차 타고 멀리 가고 싶어."

나는 아버지가 역에서 일하기 때문에 공짜로 기차를 탈 수 있으니깐 언젠가 기차를 태워주겠다고 말했다. 청년이 배를 잡고 클클 웃었다. 나도 따라 웃었다. 내 앞에서 몸을 수그리고 웃던 청년이 웃음을 딱 멈추고 말했다.

"네 다리 한 번만 만져보면 안 돼?"

나는 한쪽 다리를 청년 앞으로 내밀었다. 청년은 평상 위에 서 있는 내 앞에 앉았다. 그는 뜨뜻해진 손으로 다리를 만져보곤 살짝 꼬집었다.

"아퍼?"

"아니."

그는 자신의 바지를 걷어 다리를 내 쪽으로 내밀었다. 나는 평상에서 내려와 청년 앞에 꼬부리고 앉아 플라스틱 다리를 쓰다듬었다. 미끈미끈한 다리는 차가웠다. 나는 플라스틱 다리를 찰싹, 때렸다.

"아퍼?"

"아니."

우리는 또 웃기 시작했다. 나는 가방 안에서 몽블랑 물감을 꺼내 자랑했다. 청년은 내가 물감을 한 개씩 꺼내 냄새를 맡는 것을 보았다.

"다리에 색칠해줄까?"

나는 청년의 다리를 만지며 말했다. 청년은 말없이 있다가 빨간색 물감을 꺼내 들었다. 나처럼 물감의 뚜껑을 돌려 열곤 냄새를 맡아보곤 나에게 내밀었다.

"빨간색은 쓰면 안 돼. 노란색이 예뻐."

나는 수돗가에서 물을 떠 왔다. 노란색 물감의 튜브 끝을 밀어 손가락에 물감을 덜었다. 손바닥에 물을 붓고 손가락에 던 물감을 비벼 청년의 다리에 발랐다. 허벅지 즈음에 올라갔을 때, 청년이 몸을 비틀며 웃기 시작했다. 한쪽 다리를 노랗게 색칠하니 물감은 반 넘게 줄어들었다. 난 물감이 아까워 물을 더 많이 섞었다. 청년은 물감이 잘 마르도록 평상에 엉덩이만 걸치고 앉았다. 나는 얼룩덜룩 색칠된 것이 마음에 들지 않았다. 빨간 물감을 꺼내 뚜껑을 열고 연필 끝에 물감을 묻혀 청년의 다리에 꽃을 그려 넣고 있을 때, 파란 대문의 자물쇠가 저절로 철컥 돌아가는 소리가 났고, 이내 문이 열렸다.

나는 엄마가 시킨 대로 아비지 이름을 말하고 엄마가 이리 오기 전에 나와 함께 할머니 집으로 가자고, 만약 안 간다면 나도 여기서 한 발짝도 움직일 수 없다고 또박또박 말했다. 여자는 한숨을 쉬곤 내 뒤를 따라 나왔다. 대문을 나설 때, 청년이 나를 불러 세웠다.

"야, 이제 너 안 오냐?"

허벅지까지 돌돌 말린 자주색 체육복을 양손으로 붙잡고 엉거주춤 평상 끝에 앉아 있는 청년의 노랗게 칠해진 다리가 어쩐지 쓸쓸해 보였다. 여자는 대문을 닫고 밖에서 문을 걸었다. 대문 안에서 신경질적으로 기타 줄을 뜯는 소리가 들렸다. 나는 가끔 뒤를 돌아 여자가 따라오는지 확인하며 걸었다. 부러 시장을 한 바퀴 천천히 돌아 집으로 갔다. 골목 입구에서 여자는 잠깐 쉬어 가자며 숨을 가다듬었다. 나는 여자에게 상점에서 박카스를 사서 마시자고 말했다. 여자가 상점으로 들어갔다가 박카스를 두 병 사가지고 와서 나에게 한 병 주었다.

엄마는 우리를 공부방으로 보내고 여자와 할머니 방으로 들어갔다. 선아 언니는 라디오를 켜놓고 공책에 가사를 받아 적느라 정신이 없었다. 나는 할머니 방의 문틈으로 안을 들여다보았다. 할머니가 여자의 머리와 얼굴을 사정없이 때렸다.

"누굴 바보로 여겨. 제 병신 아들을 내 손자라고 속이려 들어."

여자는 말없이 맞기만 했다. 여자가 흐트러진 머리칼을 만지며 마당을 나서자 엄마가 나를 불렀다.

"강아, 너 앞으로 그 집에 얼씬도 하지 마. 가서 공부해라."

방학식을 마치자마자 나는 시장 쪽으로 갔다. 머리가 헝클어진 여자가 굴다리 벽에 기대앉아 있었다. 겹겹이 옷을 껴입은 여자는 체크무늬 담요로 몸을 둘둘 말고 꾸벅 졸았다. 나는 여자 옆 벽에 기대서서 여자가 조는 것을 바라보았다. 굴다리 위로 기차가 다가오는 소리가 들렸다. 기차는 기적 소리를 내며 쿵쾅거리며 굴다리 위를 지나갔다. 머리 바로 위에서 들리는 소리는 심장을 치고 몸을 떨게 만들었다. 졸던 여자가 머리를 들고 굴다리 천장을 쳐다보며 기차를 향해 욕을 퍼부었다. 나는 굴다리를 빠져나와 파란 대문 앞에 서서 초인종을 눌렀다.

"그동안 왜 안 왔어?"

나는 말없이 대문 안으로 들어갔다. 감나무와 평상에 연결된 고무줄이 보였다. 청년은 평상에 앉아 조심스럽게 바지를 걷어 올려 노랗게 얼룩진 다리를 보여주었다. 꽃을 그리다 만 붉은 물감이 피처럼 번져 있었다.

청년과 나는 살림 놀이를 했고. 그는 기차 기관사를 했고, 나는 양장점을 차렸다. 그와 나는 만나는 일 없이 따로 살았다. 가끔 나는 목발 두 개를 나란히 놓아 만든 그의 기차를 탔다. 그는 열차 사고로 죽겠다고 했고 나는 바늘에 찔려 죽겠다고 했다. 그는 바늘에 백 번 찔려도 죽지 않는다고 했다. 하는 수 없이 우린 같이 기차를 탔고, 열차 이탈 사고로 죽었다. 청년이 절룩거리며 방에서 빨간색과 녹색이 반씩 섞인 이불을 꺼내 왔다. 그는 원앙금침 이불이라며 무덤 속에 같이 들어가자고 했다. 우리는 평상 위에 이불을 깔고 함께 이불 속에 웅크렸다. 무겁고 푹신한 무덤 속은 더웠다. 청년이 자꾸 손으로 내 얼굴을 만졌다. 나는 죽었으니깐 움직이지 말고 속으로 숫자를 세라고 했다. 청년이 움직이다 내 이마에 그의 입술이 닿았다. 나는 속으로 세던 숫자를 까먹었다. 내 이마에 뜨듯한 기운이 점점 번질 때 덜커덕, 대문이 열렸다.

여자는 다신 오지 말라며 내 어깨를 대문 쪽으로 밀쳤다. 닫힌 대문 안쪽에서 여자와 청년의 말다툼 소리가 들렸고, 뭔가 부서지는 소리가 들렸다.

겨울방학 내내 나는 되게 앓았다. 진아 언니도 홍역을 앓았다고 했다. 언니들은 얼굴에 바람이 들어가면 곰보가 된다며 나에게 올 때마다 밍크 담요를 얼굴에 뒤집어씌웠다. 선아 언니가 만화책, 〈유리가면〉을 빌려다 주었다. 나는 만화책도 읽지 못하고 이불 속에서 열에 휘감겼다. 숱하게 많은 꿈을 꾸었고 잠이 깨었을 때는 여러 가지 생각이 머리에 겹겹이 쌓였다. 이불에 그려진 해바라기가 사람 얼굴로 변해 내게 달려들었고 나는 해바라기 밭에 엎드린 채 꼼짝할 수 없었다. 누군가 나를 바로 눕히고 내 다리를 잘랐다. 검게 흐르던 피가 새빨갛게 보이고 피가 다 마르자 기타를 치며 다가온 청년이 나에게 노랗게 색칠된 플라스틱 다리를 끼웠다. 플라스틱 다리를 끼운 채 고무줄을 타 넘었다. 나는 이불을 뒤집어

쓰고 누워 꿈을 꾸고 있는 것인지 생각을 하는 것인지 헷갈렸다.

할머니 요강에 앉아 오줌을 누며 경대에 비친 얼굴을 보았다. 내 얼굴은 씹다 만 팥을 뱉어놓은 것처럼 우툴두툴했고 술 취한 할머니 얼굴처럼 벌겋게 달아올랐다. 할머니는 땀에 전 내복을 벗기고 수건으로 온몸을 닦아주었다. 나는 할머니의 쪼그라진 젖꼭지를 빨며 어린애처럼 투정을 부렸다. 할머니는 나를 밀쳐내지 않고 젖을 물려주곤 토닥여주었다. 내가 젖꼭지를 세게 빨아 당기면 할머니는 호흐, 웃으며 내 얼굴을 쓰다듬어주곤 밍크 담요를 머리 끝까지 씌워주었다. 할머니에게선 술 냄새가 났다. 잠결에 엄마가 아버지에게 말하는 것을 들었다.

"한이 깊었나 봐요, 어머니 젖을 빨았다지 뭡니까."

엄마는 나를 낳자마자 절에 가 머무는 동안 젖이 말라 자매 중 나만 엄마 젖을 못 먹였다고 늘 안쓰러워했다. 아버지가 내 이마를 짚으면 아픈 와중에도 나는 일부러 숨을 더 크게 헉헉거리며 앓는 소리를 냈다. 얼굴에 붉은 꽃이 거의 사라졌지만 나는 방학 숙제가 하기 싫어 이불 속에 누워 〈유리가면〉을 읽었다. 선아 언니가 일부러 삐뚤빼뚤한 글씨로 방학 숙제를 해주었다. 나는 남은 방학 내내 엄살을 부리며 질릴 정도로 만화책을 봤다. 할머니는 만화를 보는 내게 자라며 불을 끄고는 젖을 물렸다. 나는 흐물흐물한 할머니의 젖이 싫었지만 젖을 물고 있다가 할머니가 코를 골면 일어나 공부방으로 가 만화책을 읽었다. 개학날에도 할머니가 학교까지 데려다주었다. 방학 숙제를 꺼내다 책가방 바닥에서 검은 종이에 싸여 있는 초콜릿을 보았다. 검은 레이스 종이는 구겨졌고 꽃 모양의 초콜릿은 뭉개져 있었다. 초콜릿을 종이에 잘 싸서 빨간 코트 주머니에 넣었다.

파란 대문은 굵고 녹슨 자물쇠로 잠겨 있었다. 절로 들어가 계단을 올라갔다. 마루에서 세 명의 보살이 촛대를 닦고 있었다. 마루 끝에 앉아 마당 안을 들여다보았다. 청년은 보이질 않았다. 청년의 알머리를 야금야금 베어 먹던 감과 잎들을 죄 떨어졌고 마당에는 치우지 않은 눈이 폭폭 쌓였고 얼어붙어 있었다. 감나무의 빈 가지가 눈 쌓인 마당에 낙서하듯 바람에 흔들렸다. 보살들이 소곤거렸다. 보상 받았대? 보상은 무슨. 철도 무단 횡단은 원래 벌금 내야 하는데 사정이 딱하니깐 봐준 거지. 목발 짚고 새벽에 왜 올라갔대? 다리에 물감 칠을 마구 해댔더라고. 원래 좀 정신이. 쉬잇, 쟤 듣겠어.

그들은 할 말을 다했고 나는 들려오는 말을 모두 들었다. 나는 일어나 신발을 신은 채 마루에 올라서서 발끝을 들었다. 감나무 아래 기타가 나동그라져 있었다. 눈이 쌓여 형태만 돋아 있지만 분명 청년의 기타였다. 기타 옆에 검은 고무줄이 구불거렸다.

"얘, 신발 신고 마루에 올라서면 어떡하니?"

뒤를 돌아보았다. 보살이 들고 있는 촛대에 쏟아지던 겨울 햇살이 내 눈을 찔렀다. 눈에 전기가 흐르는 것처럼 찌릿했다. 손가락으로 눈을 누르며 절 마당을 나섰다. 굴다리로 가 벽에 기대섰다. 주머니에서 초콜릿을 꺼내 종이를 벗겨냈다. 초콜릿은 입안에 넣자마자 녹았다. 쓴맛이 났다. 철걱철걱 기차 소리가 귓속을 쿵쿵 치며 다가왔다. 빨간 체크무늬 담요 속에 누워 있던 여자가 벌떡 일어나 다가오는 기차를 향해 고래고래 소리를 질렀다. 나도 여자 옆에 서서 머리 바로 위로 지나가는 기차를 향해 소리를 질렀다.

윤희와 미아는 숫자를 다 셌으면 얼른 다시 태어나라고 나를 재촉했다. 나는 태어나기 싫으니깐 너희들끼리 살아보라고 말하고 더욱더 이불 속으로 파고들었다. 장롱 제일 밑에서 꺼낸 원앙금침 이불에서는 쾨쾨한 냄새가 났다.
"언니는 아예 죽어버린 거야?"
윤희가 울먹이며 말했다. 그건 내가 청년에게 묻고 싶은 말이었다. 나는 말없이 눈을 감았다. 멀리서 기차의 기적 소리가 들려왔다. 아버지는 기차를 향해 두 개의 깃발 중 빨간색 깃발을 들어 올리며 다가설 것이었다. 내 이마에 닿았던 청년의 입술을 떠올렸다. 손으로 입을 틀어막았다. 관사 가까이로 기차가 지나갔다. 내가 웅크리고 있는 원앙금침 무덤이 흔들렸다. 가슴으로 검은 물감이 쿨럭쿨럭 흘러 들어와 차곡차곡 쌓였다.

목공 소녀

1

오늘도 학교에서 쫓겨났다. 빈자리가 없다는 것이 이유였다. 나
는 창가 제일 뒷자리를 손으로 가리켰다. 선생님은 그 자리는 주
인이 있다고 하며 지휘봉을 겨드랑이에 끼우며 덧붙였다. 자꾸 이
러시면 곤란해요, 아주머니. 게다가 교복 안 어울려요. 교실에 앉
아 있던 아이들이 신호를 기다렸다는 듯 웃었다. 간혹 책상을 치
며 휘파람을 부는 아이들도 있었다. 복장 불량이야, 라고 말하는
여학생의 목소리는 앙칼졌다. 달아오른 귓불을 비비며 복도를 걸
어 나올 때, 수업 시작을 알리는 종소리가 울렸다. 학교 앞 서점에
들러 수학 문제집 한 권을 고른 후 서점 계산대 천장에 설치된 볼

록거울 속 내 모습을 점검했다. 복장 불량이라니. 나는 교복을 줄여 입지 않았고 와이셔츠 속에 색이 짙은 티셔츠를 받쳐 입지도 않았다. 선생님들이 싫어하는 바람막이 점퍼도 안 걸쳤다. 학생들이 없는 버스에 올라타 중간쯤에 앉았다. 버스 운전사는 룸미러로 나를 힐끗거리다 빨간불이 켜진 신호등 앞에서 아예 고개를 돌려 나를 바라보았다.

버스에서 내려 종점 미용실에 들어갔다. 미용사는 웃으며 나를 반겼다. 그녀는 내 목에 커트 보를 두른 후 옆머리를 귀 바로 아래까지 단정하게 잘랐다. 앞머리는 지금 그대로 일자로 잘라줄까요, 아니면 요즘 학생들 사이에서 유행인 뱅으로 동그랗게 굴려줄까요, 라고 물었다. 옆자리에 비닐 캡을 쓰고 있던 아줌마가 거울 속으로 나를 빤히 바라보았다. 일자로요, 깔끔하게. 눈썹으로 차가운 금속의 촉감이 스치고 지나갔다. 돈을 지불할 때 비닐 캡을 쓴 아줌마가 몸을 돌려 나를 아래위로 훑어보았다. 내가 미용실 문을 열기도 전에 여자들은 거울 속에서 키득거렸다.

육교 계단을 올라가면 고속도로가 끝나는 지점이 보였다. 고속도로와 나란히 흘러가는 용비천도 보였다. 육교를 내려가 양쪽으로 은행나무가 늘어선 길에 들어서면 짙은 나무 냄새가 났다. 아홉 개의 가구점들이 모여 있는 가구공단은 고속도로와 용비천 사이에 있었다. 지금은 용비목공소를 제외하고 모두 비어 있었다. 주상 복합 아파트 부지로 매각되어 모두들 떠났다. 빈 목공소 마당에는 목재 쓰레기 더미만 가득했다. 용비목공소도 더 이상 버틸 수 없을 것이다. 며칠 전에도 건설회사 소장과 상어가 찾아왔다. 상어는 엄마에게 좋은 조건일 때 합의하라고 재촉했다. 엄마가 톱질 소리가 들리네, 라고 엉뚱한 말을 하면 상어는 냅다 소릴 질렀다. 나는 상어가 올 때마다 다락으로 올라갔다. 이불 속에 파묻혀 휴대용 전기톱을 움켜쥐었다. 상어의 목소리가 들릴 때마다 머릿속으로 상어의 몸을 토막 냈다. 소장은 건축 허가 승인을 받은 상태고 착공 일정도 잡혔다고 했다. 착공 신고할 때까지 합의하지 않으면 용비목공소만 제외하고 아파트를 올리겠다고 말했다. 그렇게 되면 용비목공소 전체가 아파트 그림자에 가려질 것이라 했다. 나는 고층 아파트 그림자에 가려진 목공소를 떠올려보았다. 썩어 들어가는 나무를 보는 것만큼 기분 나빴다.

대문 없는 마당에 들어서니 작업실 쪽에서 전기샌더 소리가 들렸다. 황씨는 월넛 시트지를 부착한 합판을 자르고 있었다. 작업실에서 나오던 달이 알은척을 했다. 아줌마, 또 학교 갔었니? 나는 달을 째려보았다. 달은 어깨를 으쓱하며 순하게 느껴지는 큰 눈동자를 굴렸다. 현관에서 걸음을 멈췄다. 엄마는 라디오를 잡지 않은 손으로 허공을 휘저었다. 나뭇가지 같은 손가락 사이로 햇살과 나무 가루가 빠져나갔다. 라디오에서 잡음이 들려왔다. 엄마는 라디오 안테나를 올리며 거실을 서성거리다 거실 창 앞에서 주파수가 맞자 그 아래 쪼그리고 앉았다. 정수리가 하얗게 샌 머리 위로 나무 분진이 내려앉았다. 나는 현관에서 신발을 벗고 발끝을 들어 올리고 걸었다. 거실을 지나 안방으로 들어가려 할 때, 엄마가 다리를 쭉 뻗으며 말했다.

"어딜 그리 싸돌아다녀? 베개 좀 가져와."

"학교에 다녀왔어요."

"또 그놈의 학교."

엄마는 내 교육 문제에 신경을 쓰지 않았다. 다른 엄마들처럼 사교육이나 학원 같은 곳을 알아볼 생각도 안 했다. 이제, 가을이 끝나면 고등학교 배정을 받을 텐데. 아직까지 나의 내신은 상위 5퍼센트 내에 속했지만 학교에 계속 못 나가면 금방 뒤처질 것이었다. 엄마는 베개를 베고 거실 바닥에 누워 한쪽 다리를 들어 올렸다. 치마를 걷고 사타구니 옆을 더듬었다. 며칠 전부터 엄마는 사타구니 옆에 난 혹을 노골적으로 내게 보여주며 암 덩어리 같다고 말했다.

안방으로 들어가 교복을 벗었다. 양옆에 흰 줄이 그려진 검은 추리닝을 입었다. 교복 와이셔츠를 옷걸이에 걸고 그 위에 자주색 타이를 걸쳐놓았다. 재킷 어깨에 떨어진 머리카락을 털어내고 장롱에 넣어두었다. 다락으로 올라가는 나선형 계단을 올라갔다. 마당으로 향한 창을 열자 전기샌더 소리와 함께 소광제 냄새가 들어왔다. 이불이 펼쳐진 매트리스에 엎드렸다. 다락은 앉은뱅이책상과 침대 매트리스 자리를 제외하곤 작은 나무 인형들로 가득 찼다. 서점에서 사 온 수학 문제집을 꺼내 두 장을 풀었다. 너무 쉬웠다. 엎드린 채 얼굴을 문제집에 파묻었다. 학교를 못 가는 날이 많아져 불안했다. 손등을 누르고 있던 이마를 들고 문제집 위에 떨어진 대팻밥을 집었다. 나선으로 말려져 있는 대팻밥을 창밖으로 던지고 두 손으로 턱을 괴었다. 작업실 밖에 널브러져 있는 각목과 베니어합판 조각, 대팻밥 따위에 햇빛이 골고루 내려앉았다. 달은 빨간 호스를 들고 작업실 바닥에 물을 뿌렸다. 마당을 가로지른 빨간 호스 속에서 물이 꿈틀거리며 달의 손아귀에서 흘러나왔다. 달은 마당으로 나와 작업실 벽에 기대 쌓아놓은 자투리 목재 더미에 물을 뿌렸다. 나무 자투리는 달과 내가 빈 목공소를 돌아다니며 주워 모아놓은 것들이었다. 젖은 목재에서 깊은 나무 냄새가 피어올랐다. 달이 엄지손가락으로 호스 끝을 누르자 물이 여러 갈래로 흩어졌다. 흩어지는 물에 가 닿은 햇살이 무지개를 만들었다. 날이 제법 쌀쌀한데 달은 러닝셔츠만 입고 있었다. 햇살이 달의 어깨 근육을 핥았고 물이 튄 어깨와 목덜미가 반짝거렸다. 햇살이 되어 달의 근육에 착 달라붙고 싶었다.

황씨가 참나무로 만든 문틀을 들고 나와 파란 트럭에 올려놓았다. 달은 호스를 둘둘 말아 수돗가에 던지고 한쪽 다리를 짚고 날렵하게 트럭 위로 올라탔다. 달은 황씨가 건네는 것을 받아 트럭에 착착 쟁여놓았다. 황씨는 마지막으로 사무용 의자를 올리곤 작

업실로 들어갔다. 달은 셔츠를 입고 말아 올렸던 소맷부리를 바로
폈다. 황씨가 캔맥주를 들고 작업실에서 나왔다. 달에게 하나를 건
네고 트럭 조수석에 올라탔다. 달은 맥주를 마시며 내게 등을 보
이고 트럭 난간에 걸터앉아 청바지 뒷주머니에서 담배를 꺼내 피
웠다. 달의 단단한 엉덩이를 감싼 청바지 허리춤은 두 손을 넣을
정도로 헐렁했다.

처음 여기 왔을 때, 달의 펑퍼짐한 엉덩이는 터질 것처럼 꽉 차
뒷주머니에 담뱃갑조차 끼울 수 없었다. 달은 햇빛과 빠루 망치질
로 어느새 단단한 근육을 가진 남자가 되었다. 달은 트럭 짐칸에
서 내려와 운전석으로 가며 대팻밥이 쌓여 있는 곳에 캔을 던졌
다. 캔이 벽에 부딪혔다. 엄마가 거실 창을 열었다.

"네팔. 술 마시지 말랬더니, 또 술이야? 얼렁 갖다 줘."

"할머니, 나 이름 있어. 달 바하두르야. 나 술 안 마셔."

"안 보인다고 모를 줄 알아? 또, 달은 하늘에 있는 게 달이지."

"할머니 네팔 왔을 때, 내가 코리아, 하고 부르면 기분 좋아?"

"내가 네팔에 왜 가? 그럼, 니도 할머니라 부르지 말고 이름 불
러라. 정순아, 하고."

달은 시동을 걸자마자 거칠게 트럭을 뒤로 뺐다. 트럭은 마당을
반 바퀴 돌고 출발했다. 붉게 젖은 흙에 바퀴 자국이 생겼다. 나는
엎드린 채 한없이 길게 느껴지는 시간을 헤아렸다. 허리에 나이테
가 새겨지는 것 같았다.

터미널 앞에 서 있던 달을 단박에 알아봤다. 솜이 두툼한 잠바를 걸친 달은 고개를 숙이고 양손으로 머리카락을 털고 있었다. 황씨가 클랙슨을 울리자 달이 고개를 들었다. 구불거리는 머리칼이 하늘을 향해 뻗쳐 있었다. 달은 느릿하게 트럭에 올라탔다. 나는 가방을 내 무릎에 올렸다. 달이 타자 트럭 안은 평상시와 달리 비좁고 지저분해 보였다. 학교에 들렀다 오느라 늦었어, 많이 기다렸어? 황씨의 말에 달은 나를 빤히 쳐다보았다. 흐트러진 머리칼 아래 눈동자가 크고 새카맸다.

엄마는 달이 머물 곳이 없다는 말에 내 짐을 안방으로 옮기라고 했다. 나는 침대 매트리스를 다락으로 끌어올려놓았다. 책 꾸러미와 아버지가 만들어준 나무 인형과 내가 만든 삼십 여개의 나무 인형도 옮겼다. 나무 인형은 모두 납작납작했다. 눈과 귀, 입이 없었고 손가락과 발가락이 한데 뭉뚱그려졌다. 무엇보다도 나무 인형에는 구멍이 하나도 없었다. 나는 그것이 안전하게 여겨졌고 흡족했다. 매트리스에 엎드린 채로 백물푸레나무 인형을 집었다. 그네를 밀었다. 그네는 몇 번 삐걱거리며 움직이다 멈췄다.

비가 온 뒤였지만 용비천은 물의 흐름을 볼 수 없었다. 용이 하늘로 올라갔다는 전설을 가진 천은 용은커녕 개구리도 못 살 것처럼 수위가 낮았고 지저분했다. 냄새 나는 천 기슭에 쓰러져 있는 나무를 보았다. 아버지를 끌고 용비천으로 갔다. 아버지는 백물푸레나무라고 했다. 아버지가 몇 번의 톱질로 나무를 토막 내보니 반 이상이 썩어 들고 있었다. 아버지는 썩은 부분을 깎아내고 내키 반만 한 나무토막을 들고 트럭에 올라탔다. 나는 공책에 그네타는 소녀를 그려서 아버지에게 주었다. 아버지가 작업대에서 겉이 하얀 나무의 껍질을 벗겨내자 갈색 줄무늬가 있는 담황색 속살이 드러났다. 아버지는 톱으로 나무 가운데를 가르고 나무에 밑그림을 그렸다. 연필을 귀에 꽂아두고 나무를 깎아냈다. 암만 깎아내도 그네는 나오지 않았고, 소녀도 만들어지지 않았다. 지루해진 나는 대팻밥을 목공본드로 붙여 양을 만들었다. 아버지는 라디오에서 나오는 노래를 따라 흥얼거렸다. 아버지 턱수염에 톱밥이 엉겨있는 것을 보고 나는 깔깔거리며 웃었다. 톱에 얼굴을 비추어 본아버지도 웃었다. 나는 아버지가 끌로 소녀를 오려내는 것을 바라보다 소파에 웅크리고 잠들었다. 꿈에 내 겨드랑이와 어깨, 무릎에 잎이 돋아나기도 했고, 내가 물푸레나무 속에 갇힌 나무 인형이 되기도 했다. 엄마가 작업실로 와 나를 깨웠다. 아버지는 나무에 왁스칠을 하고 있었다. 몸통이 내 손바닥 크기만 한 인형이 니은 자로 몸을 구부리고 그네에 앉아 있었다. 다리를 일자로 뻗은인형은 내가 공책에 그린 것과 달랐다. 눈도 없었고, 입도, 귀도 없었다. 손가락과 머리칼도 한데 뭉쳐 있었다. 내 기대에 못 미친 것에 실망해 결국 나는 울음을 터트렸다.

용비천을 지나면서 나무 인형을 오려내고 남은 백물푸레나무토막들을 보았다. 겉이 벗겨진 나무토막들은 공기에 노출되어 시간이 지날수록 검게 썩어갔다. 눈에 익은 나무가 썩어 들어가는 걸 보는 것은 내 팔다리가 잘린 채 훼손되는 것처럼 불쾌했다.

2

라디오에서 다섯시를 알리는 시보가 들렸다. 엄마는 라디오를 손에서 놓지 않았다. 아버지가 작업대 귀퉁이에 세워놓던 구식 소형 라디오였다. 건전지를 넣는 부분의 플라스틱 뚜껑이 깨져 엄마는 라디오 허리 부분에 검은 고무줄을 둘둘 말아놓았다. 엄마는 주파수가 잘 맞지 않으면 이리저리 움직이다 주파수가 맞는 곳에 꼼짝하지 않고 앉아 있었다. 엄마가 할 수 있는 일은 라디오를 듣거나 몸에서 아픈 곳을 찾아내는 것뿐이었다.

"저녁 준비해라."

나선형의 나무 계단을 내려갔다. 한 계단을 디디면 그 아래 두 개의 계단이 보였다. 계단은 270도로 회전되어 있었다. 계단 중턱에 걸터앉았다. 안방 창으로 은행나무가 양쪽에 서 있는 길이 보였다. 아직, 트럭은 오지 않았다.

집을 허물고 새로 지을 때, 엄마는 요구 사항이 복잡했다. 천장은 높아야 했고, 창은 클 것. 가운데 욕조가 놓인 욕실과 안방에 다락으로 올라가는 계단을 만들 것. 계단은 나선형일 것. 아버지는 다락 계단을 거실로 빼자고 설득했지만 엄마는 양보하지 않았다. 엄마의 주장대로 집은 지었지만 실속이 없었다. 커다란 창으로 작업 소리가 들렸고 나무 분진이 들어와 포장지처럼 가구를 감쌌다. 안방 문 옆에 나 있는 계단은 엄마 생각처럼 날렵하지 못했다. 안방은 옥외 계단이 있는 한데처럼 어수선했다. 엄마는 가끔, 다락에 올라가 자곤 했다. 나는 부스스한 머리를 매만지며 계단을 내려오는 엄마를 보았다. 마치 하늘에서 처음 땅으로 내려오는 것처럼 천천히 몸을 돌려가며 내려왔다.

계단에서 일어나 자연스럽게 몸을 틀며 계단을 밟았다. 엄마는 달의 방 앞에서 두 다리를 쭉 뻗고 허리를 동그랗게 만 채, 안테나를 길게 뽑은 라디오를 손에 들고 앉아 있었다. 엄마가 달의 방 안을 들여다보았다면 분명 놀랐을 테다. 트럭이 마당으로 들어오는 소리가 들렸다. 엄마는 식탁 위를 손으로 더듬어 약을 담아놓은 바구니에서 약봉지를 들어 안에 있는 알약의 숫자를 셌다.

"두 개씩 들어 있는 게 당뇨 약 맞나?"

나는 대답 대신 식탁에 물컵을 내려놓았다. 엄마는 약을 삼키고 약봉지를 휴지통 옆, 바닥에 떨어뜨렸다. 손으로 허공을 더듬으며 거실로 가 창을 열고 식사하라고 소리쳤다.

황씨는 찌개에서 두부를 건져 엄마의 수저 위에 올려주었다. 황씨와 엄마는 어릴 때부터 같이 자랐다. 그는 목수였던 외할아버지 집 바깥채에서 태어났고 평생을 외할아버지를 도와 목공소 일을

104

했다. 결혼한 엄마에게 형수, 라고 부르던 황씨는 아버지가 죽은
뒤부터 엄마에게 자네, 라고 불렀다.

"백곰 싱크대서 수금했어?"

엄마는 시선을 천장에 두며 물었다. 황씨가 주머니에서 돈을 꺼
내 내게 주었다.

"틱틱거리던 김양이 어찌나 고분고분하던지. 이 녀석 가면 커피
도 타주고."

아무도 반응하지 않자 황씨는 엄마에게 몸을 기울이며 진이 결
혼 언제 시킬 것이냐고 물었다. 나는 황씨에게 한참 공부할 나이
에 무슨 결혼이냐고 쏘아붙였다. 엄마는 내 얘기만 나오면 못 들
은 척 라디오 볼륨을 올렸다. 달은 말없이 밥을 먹고 일어나 마당
으로 나갔다. 엄마는 나에게 김치를 얹어달라며 수저에 밥을 떠서
들고 있었다. 김치를 얹어주자 입 옆으로 가져갔다. 엄마의 목 줄
기를 따라 붉은 김치 국물이 흘러내렸다. 나는 못 본 척했다.

환하게 불을 켜놓은 작업실에서 달의 검고 가느다란 손이 홍자
작을 잘라냈다. 어디든 어둠이 파고들어가 있는 시간, 작업실 안은
한낮에 가위로 오려냈다 다시 붙여놓은 듯 또렷하게 보였다. 창을
내다보며 수학 문제집을 풀었다. 한 단원을 푼 뒤 답을 맞춰보았
다. 발전 문제에서 한 문제 틀렸다. 틀린 문제를 다시 풀었다. 곧바
로 답이 나왔다.

엄마의 라디오에선 소설극장이 시작되었다. 낮에 했던 것을 재방송하는 거였다. 추리닝 위에 노란 스웨터를 걸쳤다. 나무 계단은 가장자리로 갈수록 삐걱대는 소리가 많이 났다. 핸드레일을 잡고 계단의 중심 기둥에 가까운 곳을 골라 밟으며 내려갔다. 중심 가까이에서 270도를 돌며 계단을 디디면 끝없이 아래로 빠져버릴 것 같았다. 엄마는 라디오를 양손으로 잡아 배 위에 올려놓고 높이 솟은 천장을 바라보았다. 나는 엄마의 눈을 쳐다보며 전등을 껐다. 깜박거리던 엄마의 눈이 어둠 속에 파묻혔다.

작업실에서 홍자작 상판에 사포질하던 달은 손을 멈추고 고개를 들었다. 사포질된 부분은 홍색 무늬가 살아났다. 홍자작은 아버지가 남겨둔 무늬목이었다. 나는 달에게 내 키보다 큰 홍자작을 주며 아버지가 만든 것과 똑같은 나무 인형을 만들어달라고 했다.

"달, 간식 가져다줄까?"

달은 말없이 사포질을 멈추고 인형의 상체를 들고 입으로 후 불었다. 나무 가루가 휘날렸다. 나는 12밀리미터 하드 메이플 계단판 하나를 집어 들었다. 백색에 적색 줄무늬가 있는 단풍나무는 얇은 책처럼 손에 잡혔다. 연필로 웅크려 앉은 사람을 그린 후, 직소 테이블에서 윤곽을 오려냈다. 작업대 뒤에 있는 소파에 앉았다. 밤색 소파는 비닐이 뜯겨져 누런 스펀지가 나와 있었다. 나는 메이플 판에서 오려낸 윤곽을 손으로 쓸었다. 목공 끌로 윤곽의 안쪽에 그려진 연필 선을 따라 팠다.

"달, 차 아니 치아 타다 줄까?"

"아니여. 치아 안 하세요."

달은 뒤돌아보지 않고 대답했다. 달은 최근에 생긴 세계한국말 인증시험에서 계속 떨어져 합법적으로 이곳에 올 수 없었다. 그러니깐 달은 불법체류자였다. 목공소가 정리되면 달은 갈 곳이 없지만 고국으로 돌아가지 않을 것이라 했다. 엄마는 목공소를 정리할 생각 없으니 걱정하지 않아도 된다고 했다. 달은 손으로 제 목을 치며 엄마가 꼴깍할 때까지 이곳에 있겠다고 대답했다가 한 대 얻어맞았다. 검은 피부인 달은 동작이 느릿느릿했고 말뜻을 못 알아들으면 무조건 웃었다. 달은 손재주가 뛰어났다. 빈 목공소에서 버려진 목재를 주워 모았다. 달은 엄마 눈이 보이지 않는다고 굳게 믿었다. 달의 방 안에는 나무 의자, 책상, 침대, 책 없는 빈 책장 등 발 디딜 틈 없이 달이 만든 가구로 꽉 찼다. 달은 톱밥을 눌러 만든 합판으로 작은 보석 상자를 만들어 거래처 경리들에게 선물로 줬다. 여자들은 달이 내미는 선물은 좋아했지만 달과 데이트를 하지는 않았다.

"아줌마, 거기 있으면 나빠. 신경 생겨요. 들어갔어요?"

"아줌마라니. 나는 이제 중3밖에 안 되었는데. 달, 내 얘기 좀 들어볼래? 이제 가을 끝나면 고등학교 원서를 쓰거든. 걱정이야. 엄미기 내 교육에 대해 전혀 관심이 없어. 우리나라 학생들은 공부를 많이 해야 하거든."

달은 고개를 갸웃거리며 미안한 듯 웃었다. 나는 계속 하소연을 했다. 엄마가 백내장 수술을 위해 병원에 입원을 했던 대목에서 달이 몸을 돌려 두 손을 모았다. 그만해달라는 뜻이었다. 나는 신경질적으로 메이플 판을 작업실 밖으로 내던졌다. 자투리들이 와 륵 소리를 내며 쓰러졌다. 달은 나를 상대하고 싶지 않다는 듯 작업대로 몸을 돌리고 사포질한 나무 인형의 상체를 손으로 쓸어냈다. 허리를 구부리고 상체 단면을 비스듬히 보았다. 흠집을 퍼티로 잡아주고 우레탄 샌딩 실러를 사용해 표면을 조정했다. 내가 소파에 앉은 것을 잊은 것 같았다. 속옷이 보이는 달의 허리춤을 보다가 나는 소파에서 몸을 일으켰다. 스웨터가 소파에서 비어져 나온 스프링에 걸렸다. 몸을 돌리며 스웨터를 잡아당겼지만 스프링에서 빠져나오지 못했다. 스웨터를 벗은 뒤 소파 스프링에서 스웨터 올을 빼냈다. 스웨터 올 하나가 길게 늘어났다. 늘어난 올 양옆을 잡아당겼다. 이미 늘어난 올은 제자리를 찾지 못했다. 올을 세게 잡아당겼다. 실이 뚝, 끊겼다. 곧바로 꼬들꼬들한 올이 스륵 풀려 나왔다. 금세 스웨터 등 가운데에 커다란 구멍이 생겼다. 언젠가 의사가 한 말을 떠올렸다. 의사는 내 머리에 들어 있는 신경 줄 하나가 길게 늘어나 있다고 했다. 머릿속 구멍을 들여다보듯 스웨터에 난 구멍을 들여다보았다. 사이렌 소리가 들렸다. 작업실을 나서며 고속도로를 보았다. 견인차가 붉은빛을 뿌리며 달려갔다. 안방 창에 어스름한 물체가 보였다. 어두운 창 안쪽에 엄마가 두 손으로 라디오를 감싸 쥐고 서 있었다. 엄마의 시선은 정확히 고속도로 위를 달려가는 견인차를 따라 움직였다. 의사는 백내장 수술이 성공적이었다고 했다. 백내장으로 인해 시력을 잃는 경우는 극히 드물다고 했다. 엄마는 백내장과 상관없이 눈에 나무 가루가 들어가 앞이 안 보인다고 했다. 거짓말이었다.

3

화장대는 느릅나무 집성판재로 되어 있다. 서랍은 오동나무로 만들어졌으며 손잡이와 상판 몰딩은 호두나무를 써서 직접 깎았다. 경첩과 서랍 레일을 제외하고는 나사못을 사용하지 않았다. 뚜껑을 열면 문 안에 거울이 부착되어 있고 거울 테두리 또한 오동나무로 만들어졌다. 세 개의 나무를 섞어 만든 화장대는 서로 다른 뿌리와 환경에서 자랐지만 한데 어울려 하나의 가구를 구성하고 있었다. 아버지는 죽기 전에 화장대를 만들었다. 햇살이 마당에 자글거리는 오후에 잠깐씩 밖으로 나와 톱질을 했다. 열여섯의 나는 아버지를 도와 나무를 깎아냈고 갈았다. 마지막 도장을 남긴 채 자리에서 일어나지 못한 아버지는 화장대 마무리 작업을 황씨에게 부탁했다. 임마는 나에게 시켰다. 화장대는 나무에 문양을 조각하지 않아 밋밋했지만 세 개의 결이 뒤엉켜 은근히 화려했다.

나는 중도재를 투명하게 해 나뭇결이 그대로 드러나게 했다. 마감은 스테인이나 바니시로 하지 않고 들기름으로 했다. 여러 차례 마른 수건에 들기름을 발라 세 개의 나뭇결을 그대로 살렸다. 그후 엄마가 수시로 들기름으로 닦았다. 화장대는 엄마의 기름칠과 손때에 길이 들어 반질반질 윤이 났다. 나뭇결은 방금 핀 꽃처럼 선명했다.

엄마는 의자에 앉아 라디오를 무릎 위에 놓았다. 목에 푸른 보자기를 두른 엄마는 손을 더듬어 화장대 위에 놓인 호두나무 액자를 집었다. 사진을 들여다보다가 아버지와 엄마 얼굴 사이, 허공을 짚고는 허공을 쓰다듬었다. 녹색 체크무늬 셔츠를 입은 아버지가 엄마의 허리를 안고 있었다. 누군가 웃기고 있는지 그들은 오른쪽 아래로 시선을 두고 웃고 있었다. 사진 오른쪽 아래에는 세발자전거가 있었다. 자전거를 타고 있던 나를 누군가 끌어냈을 것이다. 심술이 난 나는 울음을 터트렸을 것이고 마당 안에는 울음소리와 웃음소리, 플래시 터지는 소리가 동시에 났을 것이다.

흰 머리칼이 힘없이 엄마의 두피 위에 얹혀 있다. 이마에 나뭇결처럼 선명한 주름이 잡혔다. 엄마의 허리를 잘라내면 육십 개의 나이테가 새겨져 있을 것이다. 엄마를 볼 때마다 용비천에 버려진 채 썩어가던 백물푸레 나무토막이 생각났다. 나무 인형을 밀어내고 헐거워진 껍질 같은 토막들은 검게 썩어 나무였다는 흔적조차 없었다. 분무기를 뿌려 머리칼을 적셨다. 촘촘한 빗으로 머리칼을 쓸어내렸다. 숱이 적은 백발이 작은 머리통에 착 달라붙었다. 가위와 빗을 이용해 앞 머리칼을 일자로 똑바로 잘랐다. 옆으로 옮겨가는 나를 따라 거울 속 엄마의 시선도 따라왔다.

"엄마, 보이지?"

엄마는 대답 없이 액자를 내려놓고 라디오를 집어 들었다.

"이봐, 아무나 연장을 만지는 것인 줄 알어? 그냥, 스킬을 사용하라니깐, 톱을 갈고 앉았어?"

황씨는 달에게 이봐, 라고 불렀다. 우리 세 명은 달을 각자 부르고 싶은 대로 불렀다. 달은 어떻게 불러도 자기를 부르는 것인지 용케 알아들었다. 달은 작업실 문 앞 앉은뱅이 의자에 앉아 다리 사이에 숫돌을 놓고 외날 톱을 갈았다. 외날 톱을 간 뒤, 대패 덧날을 갈고 난 뒤, 날을 햇빛 사이로 들어보았다. 대패 덧날을 미끄러진 햇빛이 내 가슴을 찔렀다. 달은 황씨의 야단에도 불구하고 고집스럽게 절단용 톱인 가바사와를 갈았다. 달이 아버지와 닮은 점은 손공구를 사용한다는 것이었다. 초보에게 손공구는 만만하지 않았다. 황씨는 외날 톱을 갈고 있는 고집스런 달의 모습이 아버지와 닮았다고 말했다. 못마땅한 표정이었다.

힘없이 자작자작 떨어진 흰 머리칼을 한데 모아놓고 솔에 염색약을 묻혀 엄마의 머리칼에 발랐다. 숱이 없는 정수리 부분은 살갗이 야들야들했다. 엄마는 주파수를 맞췄나. 〈격농 50년〉이라는 정치 다큐멘터리 드라마가 나왔다. 엄마는 이 프로가 이번 주까지

만 하고 아주 끝난다고 말했다. 아버지가 늘 들었던 프로였다는
설명을 덧붙였다.

"이십 년 조금 더 됐을 거야, 니 초등학교 다닐 때부터 들었으니."

말도 안 되는 소리였다. 내가 초등학생 때부터 나왔는데 어떻게
이십 년이 넘었단 말인가. 라디오가 치지직거리자 엄마는 다른 주
파수를 맞췄다. 교통방송을 듣다가 불교방송을 틀었다. 한의학 박
사를 초대해 게시판에 올라온 질문으로 건강 상담을 해주는 코너
였다. 58년 개띠이며, 키 156센티, 턱은 약간 각진 사각형이며 뼈
대는 약합니다. 평소에 숨을 쉴 때 한숨 쉬듯 내쉬어요. 늘 목이 부
은 듯 거북스러워요. 엄마는 라디오에 두른 검은 고무줄을 손으로
만지작거렸다.

"목이 칼칼하다."

부엌으로 가 아카시아 벌꿀을 머그잔에 넣고 미지근한 물을 부
었다. 엄마는 투정을 많이 부리는 여자였다. 목에 나무 가루가 쌓
였다며 아버지 앞에 서서 입을 쩌억, 벌리곤 했다. 아버지는 눈을
엄마의 입 가까이 가져가 입안을 진지하게 들여다보았다. 나도
목욕탕 거울 앞에서 발끝을 들고 입을 벌렸다. 분홍색 혀 위로 하
얀 나무 가루가 쌓여 있는 것 같았다. 아버지가 아카시아 벌꿀을
구해 오면 엄마는 머그잔을 손에 들고 다니며 꿀차를 마셨다. 나
도 플라스틱 컵에 꿀차를 타서 엄마 뒤를 따라다녔다. 엄마는 목
이 가라앉으면 눈에 나무 분진이 들어갔다고 투덜거렸다. 아버지

는 무릎에 엄마의 머리를 눕히고 물에 적신 손수건으로 눈을 눌러 주었다. 다음 날이면 엄마는 전기톱 소리와 전기샌더 소리 때문에 귀가 아프다고 했다. 아버지는 엄마의 귀를 두 손으로 감싸 쥐고 비벼주었다. 나도 엄마 옆에서 귀가 아프다고 울었다. 아파트 건설회사 소장이 찾아올 때마다 엄마는 아버지의 톱질 소리가 사각사각 들린다고 했다. 목공소를 정리하고 나면 우리는 어디로 갈지 정하지도 않았다. 엄마는 아파트 그림자가 아닌, 아파트 지하실에 파묻힌다고 해도 용비목공소를 정리할 생각이 없다고 했다.

엄마는 라디오를 무릎 위에 놓고 머그잔을 받아 꿀차를 조금씩 마셨다. 나는 밖을 내다보았다. 달은 나무에 연귀자를 대고 선을 긋고 조임쇠로 나무를 고정시켰다. 톱을 들어 얼굴을 비춰보고 톱질을 했다. 톱질할 때마다 톱날에 걸린 햇살이 톱밥과 함께 튀어 올랐다. 엄마는 라디오를 들고 일어나 주파수를 〈격동 50년〉에 맞추며 거실을 서성거렸다. 창가에 쪼그리고 앉아 뼈가 앙상하게 도드라진 무릎 위에 라디오를 올렸다. 마치 집 안 구석구석에 달라붙어 있는 아버지의 톱질 소리와 교신을 하는 듯했다. 나는 염색 도구를 챙겨 욕실로 갔다. 욕실 가운데 놓여 있는 커다란 욕조는 관리하기 힘들었다. 욕조 밖 테두리는 돌아가며 자주 물때를 닦아 내야 했다. 솔과 통을 씻고 남은 염색약을 수납장에 넣을 때, 밖에서 무언가 넘어지며 와자한 소리가 들렸다. 거실 창으로 다가갔다. 엄마는 라디오 볼륨을 줄이곤 나를 돌아보았다.

"당신이 뭔데 상관이냐고? 입 닥치고 마무리나 잘하고 꺼지라고."

마당에서 상어가 황씨의 멱살을 잡고 있었다. 나는 상어를 보자마자 다락으로 올라갔다. 계단을 밟는 다리가 후들거렸다. 계단이 회오리처럼 휘감겨 올라가는 것 같았다. 매트리스에 엎드려 이불을 뒤집어썼다. 매트리스 아래에 손을 넣어 휴대용 전기톱을 집어 들었다. 톱은 황씨가 내게 준 거였다. 상어의 그악스런 목소리에 황씨의 목소리가 파묻혔다. 상어는 현관문을 발로 찼다. 거실로 들어와 엄마에게 뭐라뭐라 소리를 질렀다. 나는 상어가 무슨 소리를 하는지 알아들을 수 없었다. 상어가 거실 마룻바닥을 긁으며 돌아다니는 발자국 소리만 들렸다. 상어는 냉장고 문을 거칠게 열었다 닫았다. 물을 삼키는 소리가 들렸다. 누나가 뭘 하겠어? 내가 대신 받아준다잖아. 똥값 받고 맨몸으로 쫓겨날 거야? 인감도장이랑 문서 달라고. 동생 못 믿어? 엄마의 라디오 소리가 점점 커졌다. 치직거리는 소리도 점점 커졌다. 에이 쌍. 그것 좀 꺼. 진이 년이 가지고 있어? 진이 년 어디 있어? 상어의 발자국 소리가 안방으로 다가왔다. 쿵쿵쿵. 상어가 나선형 계단을 올라오는 소리가 들렸다. 나무가 삐걱거렸고 거칠게 내뱉는 상어의 숨소리가 들렸다. 내 몸에 소름이 돋았다. 손끝과 발끝이 뻣뻣하게 굳어지기 시작했다. 나는 전기톱의 스위치를 켰다. 덜덜 떨리는 톱이 이불자락을 잘라냈다. 튀어나온 목화솜이 흩날렸다. 눈처럼 흩어지는 솜 사이로 계단

114

아래를 내려다보았다.

"나빠요, 나빠. 당신 내려와."

달은 외날 톱을 들고 안방으로 들어섰다. 달이 손수 갈아놓았던 외날 톱이 번쩍거렸다. 달의 얼굴로 톱밥처럼 피가 튀었다. 뒤따라 들어온 황씨가 달을 향해 달려들었다.

4

엄마가 화장실에서 나를 불렀다. 엄마는 한 손에는 라디오를 들고 다른 손으로 치맛자락을 잡고 변기 앞에 서 있었다.

"피가 나온 것 같아."

대변 위에 피가 몇 방울 떨어져 있었다.

"피 맞지? 며칠 전부터 피가 철철 쏟아지는 느낌이 들더라. 며칠 전 〈아름다운 초대〉에 소개되었던 그이처럼 나도 대장암 아닐까? 그 여자도 처음엔 피만 찔끔 흘렸다더라."

엄마는 내가 변기 안을 들여다본 것을 확인한 뒤에야 화장지로 뒤를 닦았다. 그러고도 한참을 변기 앞에 서 있다가 물을 내리고 나왔다. 나는 나선형의 계단을 올라갔다. 화장대와 호두나무 액자, 단풍나무 계단에 검붉은 얼룩이 스며들었나. 나뭇결 사이로 스며든 피 얼룩은 젖은 걸레로 아무리 닦아내도 지워지질 않았다.

매트리스에 엎드려 수학 문제집을 풀었다. 마지막 단원을 풀 차례였다. 이 문제집을 다 풀면 학교에 갈 것이다. 열어놓은 창을 통해 은행잎이 바람을 끌고 들어와 떨어졌다. 고개를 들자 바람이 얼굴에 닿았다. 창밖에 있는 은행나무에서 노란 잎이 분분히 떨어졌다. 달을 만나기 위해 황씨가 몰고 나간 트럭은 돌아오지 않았다. 멀리 고속도로를 빠르게 지나는 차 소리가 들렸다. 고속도로가 끝나는 지점이 보였다. 반대편 차선에선 고속도로가 시작되었다. 다락에 엎드려 컴컴한 작업실을 보았다. 작업대에는 달이 홍자작으로 상체와 하체를 따로 만들어놓은 나무 인형이 있었다. 마감을 하지 않은 상체와 다리에 바람이 닿아 홍자작 표면은 적갈색으로 변했다.

그네에 앉는다. 발을 구르자 그네는 삐걱거리며 움직인다. 누군가, 내 등을 민다. 그네가 붉은 구름을 빠르게 밀어낸다. 내가 그만, 이라 말해도 그네는 계속 움직인다. 높이 올라갈수록 붉은 구름은 사라지고 하늘이 백짓장처럼 하얗다. 나는 비명을 지르며 그만하라고 애원한다. 뒤를 돌아보자 상어가 앞으로 뻗어 있는 내 다리를 잡고 내 몸 가운데로 뾰족한 이빨을 들이민다. 상어의 이빨에 내 몸을 찢고 나온 피가 흐른다. 상어는 내 다리 사이로 흐르는 피를 혀로 핥는다. 손이 마비되며 뻣뻣해진다. 오그라드는 손은 손가락이 사라져 편평한 토막이 된다. 눈이 사라지고 입도 사라진

다. 몸통이 얇아지고 몸에 있는 구멍이라는 구멍은 모두 막힌다. 누군가 내 앞에 서서 나를 보고 있다. 그 사람 손에는 안테나가 길게 뽑아져 있는 라디오가 들려져 있다.

고개를 들자 매트리스에 침이 고여 있었다. 몸에 무수한 구멍이 난 듯 헐거웠다. 구멍 사이로 젖은 나무 분진을 채워놓은 것 같았다. 내 몸이 톱밥을 눌러 만든 젖은 합판 같았다. 창으로 들어온 바람이 헐거운 몸으로 들락거렸다. 일어나 계단을 내려갔다. 아래쪽 계단에 묻은 검붉은 얼룩을 피해 계단을 건너뛰었다. 엄마의 배 위에 놓여 있는 라디오에선 심야 라디오 소설극장이 나오고 있었다. 달의 방문 앞에 섰다. 손에 힘을 줘 문을 위로 들어 올리면서 열었다. 방 안 가득 놓인 가구에서 여러 가지 나무 냄새가 뒤섞여 났다. 달은 헤드보드가 없는 평상 싱글 침대를 만들어놓았다. 몸이 닿는 상판에만 편백나무를 덧대었다. 나는 매트리스 대신 놓아둔 달의 침낭 안으로 파고들었다. 히노키라 불리는 편백나무에서 짙은 향이 났고 침낭에서는 담배 냄새가 났다.

엄마는 손을 바닥에 짚고 엎드렸다. 치마를 허리 위로 걷어 올리고 팬티를 아래로 내렸다. 살집이 없어 좌우 무명골로 거죽이 처졌고 엉덩이 치골 윤곽이 드러났다. 항문 아래 나를 품고 있다 밀어낸 검게 주름진 성기가 보였다. 나는 일회용 비닐장갑을 끼고 거뭇한 엉덩이를 벌리고 항문에 좌약을 밀어 넣었다. 의사는 심하진 않지만 합병증의 원인이 될 수도 있으니 정기적으로 치료를 받아야 한다고 했다. 노란색 좌약은 항문 안으로 들어갔다가 금세 되밀려 나왔다. 나는 힘을 줘 좌약을 항문 안으로 쑤욱, 밀어 넣었다.

"치질이 아닌가 봐. 약을 넣어도 피가 계속 나오니 큰 병원에 가야하지 않을까?"

엄마는 엎드린 채 항문에 손을 가져가 꾹 눌렀다가 손을 코에 대고 큼큼거렸다. 방으로 가 누우라고 해도 약이 녹을 때까지 있겠다며 팔을 모으고 이마를 기댔다.

당뇨 약봉지를 뜯어 흰색 알약 두 개를 개수대에 버렸다. 싱크대에서 수면제 두 알을 꺼내 봉지 안에 넣고 물과 함께 엄마에게 가져갔다. 엄마는 엎드려 있다가 몸을 일으켜 약을 받았다. 약을 한꺼번에 입안으로 털어 넣고 물을 마셨다. 라디오가 여섯시를 알려주었다. 엄마는 창을 열고 식사하라고 소리쳤다. 황씨는 일없이 작업실 소파에 앉아 담배만 피웠다. 엄마는 밥을 먹으며 자주 하품을 했다.

"자네, 그만 여기 정리하지그래."

엄마는 반찬을 올려달라는 신호로 수저를 흔들었다. 황씨가 고추장 양념을 해놓은 황태를 올려주었다.

"자네, 내일은 꼭 가서 증인을 서줘야 해. 진이도 함께."

엄마는 대답 없이 라디오 볼륨을 높였다.

"자네가 십오 년 전에 본 것을 말해. 그놈이 진이한테 한 짓을. 이후에도 그런 일이 몇 번 더 있었다는 것도."

"나는, 나는 아무것도 안 보여. 아무것도 못 봤어."

"이 답답한 사람아. 안 보인다고 우기면 없던 일이 되나. 이번에도 안 나가면 그 녀석 끝이야. 살려야지, 녀석이 무슨 죄야."

엄마는 라디오 주파수를 이리저리 마구 돌렸다. 나는 부엌으로 가 숭늉을 떠 와 황씨 앞에 놓았다. 황씨는 숭늉으로 천천히 입가심을 했다. 내일 오후 한시에 출발해야 한다고 말하며 대접을 내려놓았다. 황씨가 현관을 나설 때까지 엄마는 라디오 주파수를 돌렸다. 식사 후 복용하는 혈압 약을 꺼내 한 알을 개수대에 버리고 수면제 한 알을 넣었다. 엄마는 약과 물을 마시고 하품을 하며 거실 창 앞으로 갔다. 창 앞에 앉아 치맛자락을 끌어당겨 라디오를 닦았다.

식탁에 앉아 수학 문제집을 마지막 단원까지 모두 풀었다. 마지막 단원에서는 네 문제나 틀렸지만 풀이를 보고 바로 해결했다. 안방으로 가 장롱을 열었다. 다리미판과 교복 와이셔츠를 꺼냈다. 와이셔츠에 분무기로 물을 뿌린 후 다렸다. 소매에 옆선을 만들고 소맷부리도 반듯하게 다렸다. 어차피 선생님은 내일도 자리가 없다고 할 것이다 나는 다리미를 움직이넌 손을 멈췄다. 만약, 내일 자리가 있다고 수업을 받으라고 하면 어쩌지? 첫날부터 조퇴를 해야 하나. 와이셔츠를 옷걸이에 건 후 가방도 미리 싸놓았다. 라디오에서 치직거리는 소리가 들렸다. 엄마는 창 앞에서 꾸벅꾸벅 졸았다. 나는 안방 문을 안쪽에서 걸어 잠갔다. 장롱 서랍을 통째 꺼냈다. 장롱 바닥에 서류 봉투가 있었다. 나달나달해진 봉투를 꺼내 열어보았다. 봉투 안에는 혼인서약서와 아버지가 군에 있을 때 엄마와 주고받은 편지가 들어 있었다. 이불장에 달린 서랍을 꺼내보았으나 바닥엔 아무것도 없었다. 이불 하나하나에 손을 넣어 더듬었다. 이불 틈의 폭신함만 느껴졌다. 화장대 서랍을 열어 뺐다. 서랍 안쪽에 작게 접힌 서류와 나무 도장이 있었다. 서류와 도장을 꺼내고 서랍을 원래대로 끼워놓았다.

작업실에서 양은 대야에 서류와 도장을 넣고 시너를 부었다. 조절을 잘 못해 시너가 손에 쏟아졌다. 손이 확, 사라지는 느낌이 났다. 라이터를 켜 서류 끝에 불을 붙였다. 서류와 나무 도장은 금방 타들어갔다. 잔잔한 바람에도 검은 재가 허공으로 솟구쳤다. 작업대에서 전기샌더를 들고 나무 인형의 하체를 손으로 쓸어냈다. 전기샌더 스위치를 켜자 나무 표면에 닿는 샌딩 소리가 고속도로를 달리는 차 소리를 삼켰다. 상체와 하체를 다시 갈아냈다. 달은 두 부분을 나무 나사로 연결할 것이라고 했다. 한 손에 전기드릴을 잡고 달이 미리 표시해놓은 곳에 구멍을 뚫었다. 나무 나사를 끼워 넣었다. 인형은 니은 자로 앉은 모양새가 되었다. 바니시로 마감을 하다가 나는 드릴을 집어 들었다. 나무 인형의 머리에 드릴로 구멍을 뚫었다. 스웨터 올이 풀린 지점인 등 가운데를 찔렀다. 다리와 다리가 만나는 부분에 드릴을 쑤셔 넣었다. 가슴에, 어깨에, 겨드랑이에 드릴을 처박았다. 톱밥이 튀어 올랐다. 나무 인형의 몸이 그물처럼 헐거워질 때까지 무수히 많은 구멍을 냈다. 마침내 인형이 나달나달해졌다. 얼굴에 달라붙은 톱밥을 뜯어내며 현관으로 들어갔다. 엄마는 마룻바닥에서 치마를 걷어 올려 상체를 덮고 잠들어 있었다. 이불을 꺼내 덮어주고 치직거리는 라디오 주파수를 정확하게 맞춰놓았다.

다락으로 올라가는 나선형 계단 앞에 섰다. 맨발에 닿는 단풍나무 무늬 결이 느껴졌다. 상어는 죽었다. 검붉은 얼룩을 발로 꾹 밟았다. 얼룩이 발에 닿자 온몸에 소름이 돋았다. 동시에 강렬한 쾌감을 느꼈다. 계단 첫 시작에서 왼쪽으로 고개를 돌리면 화장대 옆 창으로 고속도로가 시작되는 지점이 보였다. 달은 처벌을 받아야 한다고 했다. 상어가 죽은 뒤, 많은 사람들이 찾아왔다. 불법체류자 추방운동연합회 사람들은 파일을 보여주었다. 불법체류자들이 저지른 범죄를 모아놓은 것들이었다. 그들은 달이 가구점 경리들에게 선물을 만들어준 것에 대해 물었다. 나에게 성추행이나 협박이 없었는지 집요하게 물었다. 나는 달의 방문을 잠그고 달의 짐 일부를 작업실에 옮겨놓았다. 달은 순했고 작업실에서 잤다고 말했다. 이수노농자 인권위원회 사람들은 상어의 횡포와 달이 피해자라는 것을 설명했다. 엄마가 도와주지 않으면 달은 무기징역을 면할 수 없고, 자국으로 추방되어도 죄를 면하지 못할 것이라 했다. 엄마는 찾아온 사람들에게 무심히 응대했다.

엄마와 나는 상어의 시신을 화장해 용비천에 뿌렸다. 일 분도 안 걸렸다. 상자에서 봉지째 꺼내 음식물 쓰레기를 버리듯 휙, 부어버렸다. 물의 흐름이 없어 뼛가루는 떠내려가지도 못하고 물 위에 둥둥 떴다. 계단을 세 개 올랐다. 불을 켜놓은 작업실이 보였다. 수돗가에 빨간 호스가 둘둘 말려져 있었다. 은행잎이 붉은 흙 위로 떨어졌다. 내일 나는 잠에 취한 엄마를 끌고 황씨를 따라갈 것이다. 일곱 번째 계단을 오를 때 라디오에서 새벽 두시를 알리는 시보가 들렸다. 심야 라디오 극장이 시작되었다. 일곱 번째 계단은 유난히 삐걱거리는 소리를 냈다. 천천히 다락 안이 보였다. 그네를 타는 나무 인형이 보였다. 계단 끝에서 다시 빠르게 계단을 내려갔다. 검붉은 얼룩을 맨발로 꾹꾹 밟은 후, 다시 계단을 올라갔다. 내일 교복을 입고 갈 것이다. 나는 말할 것이다. 나는 작년에 열여섯 살이었고, 올해도 열여섯 살이고, 내년에도 열여섯 살일 것이라고. 그리고 만약 방법을 알았다면 오래전에 내가 했을 것이다, 라고.

계단은 중심에 굵은 기둥이 있고 열두 개의 계단 판이 놓여졌다. 계단 한 판의 회전각은 22.5도였다. 아버지는 왜 계단을 270도만 회전시켰을까? 목재 건물인 집은 천장이 높아 충분히 360도 회전시켜도 되었을 텐데. 계단은 위에서 보면 원에서 사분의 일을 남겨두었다. 회오리처럼 휘감겨 위를 향해 뻗어 올라가는 계단은

몸에 리듬을 만들어주었다. 이렇게 몸에 리듬을 만들며 나선형 계
단을 오르다 보면 어딘가 다른 곳에 닿을지도 모른다는 막연한 기
대를 품게 되었다.

소요

무엇을 보았니, 무서운 것을 보았어요, 그건 꿈이란다, 그러니
어서 꿈에서 빠져나오렴, 어떤 꿈은 기억에서 사라지지 않아요, 저
기 무리에서 벗어나 천천히 날아가는 새가 보이니, 저렇게 뒤처
진 새가 나쁜 꿈을 물고 날아갈 거야, 새에게 말해버려, 그리고 잊
어라, 아이였을 때, 섬 근처에는 바닷물이 빠지는 끝썰물이면 바
다 가운데 모래언덕이 많이 생겨났어요, 모래언덕은 학교 운동장
만큼 컸다가 들물이 시작되면 점점 작아졌어요, 그러다 만조 때면
바닷속에 잠겨버리는, 환상 같은 모래언덕이었어요, 섬주민들은
그것을 풀등이라 불렀어요, 언제부터인가 해안 근처에 모래를 퍼
닦아 가는 배가 나타났어요, 배는 모래를, 모래를 계속 퍘어요, 여
자는 해안가에 앉아 있었어요, 절망을 삼킨 것처럼 고개는 허공을

향해 쳐들었고 입은 저절로 벌어졌어요, 언제나 같은 자리에 앉아 있던 여자가 사라졌어요, 바다와 모래를 아무리 뒤적거리고 파헤쳐도 찾을 수가 없었어요.

바보 천치가 되었다. 감각은 굳었고 지각은 애초에 없었던 것처럼 무엇을 봐도 생각과 판단을 할 수가 없었다. 시퍼런 바다가 날것으로 들이닥쳤다가 모래사장을 훑고 빠져나가는 섬에서는 달의 인력을 헤아려 12시간 25분 주기로 물때를 계산했고 먼바다에 서성이는 구름의 꼬리만 봐도 비의 시간을 예측했다. 좌대낚시를 위해 섬을 찾아온 이들에게 끝썰물과 초들물 시간을 알려줬고 낚싯대를 손봤고 주꾸미와 미꾸라지로 미끼를 준비했다. 황금 물때면 바다의 조류를 헤아려 그물을 던지는 아버지의 손길에 젓새우가 얼마나 끌려올지 우럭이 얼마만큼 잡힐지 예상했다. 장소가 나를 변화시켰다. 아니다, 장소가 아닌 병원에 누워 있는 아버지 때문이다. 아니다, 이곳에서 다시 만난 소요 때문이다. 붉은 양산을 쓴 여자의 손을 잡고 섬으로 왔던 빼빼 마른 몸을 휘청거리며 얼굴을 숙이던 소년, 소요 때문이다. 지금의 소요가 아닌, 소년이었던 소요 때문에, 그 소요의 손을 잡고 서너 시간 후면 바닷속에 잠길 모래언덕을 파닥거리며 뛰어다니던 기억이 되살아나 쩔쩔매는 나는 바보 천치가 되었다.

소나무에 기대 물을 바라보았다. 인디언 카누를 타고 있는 연인들이 내가 서 있는 구역을 지나쳐 갔다. 내가 서 있는 이곳은 원래, 바다였다. 이곳 역시 하루에 두 번씩 만조와 간조가 생기던, 먼 바다의 바닷물이 흘러들어왔다가 빠지며 물고기를 이끌던 바다였다. 어디 바다에서 모래를 펐을까. 얼마만큼의 모래를 퍼부으면 바다를 메워 도시가 될 수 있을까. 바다를 매립하여 건설한 신도시의 공원에는 인공으로 이 킬로미터 길이의 강을 만들어놨다. 바다였던 곳을 메웠다가 다시 그곳을 퍼내고 물을 채워 만든 강은 깊은 곳부터 서서히 원래의 바다와 경계를 허물고 내통할지도 몰랐다. 내통되는 통로를 따라 물이 밀고 들어와 도시 전체가 바다에 잠기는 상상을 했다. 유독 이 공원 주위에는 층수를 헤아릴 수 없는 높은 빌딩들이 밀집되어 있었다. 높은 빌딩을 견뎌낼 만큼의 지반을 다지기 위해 퍼부어졌을 모래를 헤아리다 어지럼증이 났다. 강 중턱 기슭에는 토끼 숲을 조성해놓았다. 조악한 나무집을 하나 마련해주었고 흙으로 도톰하게 만든 언덕에 구멍을 파놓았다. 토끼는 호기심 없이 인형처럼 앉아 몸을 움츠렸다. 새로운 굴을 파지 않았고 숲 관리자가 파놓은 굴 안을 들여다보지도 않았다.

하얀 원피스를 입은 여자는 카누에 올라 중심을 잡은 후 주황색 구명조끼를 벗었다. 출발 지점에서 안전요원이 호각을 불며 구명조끼를 입으라 했지만 여자는 못 들은 척했다. 여자를 마주 보고 앉은 남자가 노를 저었다. 거스를 것 없이 카누는 곧바로 중류로 내려왔다. 선착장 본부에서 무전이 왔다. 나는 호각을 불고 여자에게 구명조끼를 착용하라고 말했다. 여자는 양팔을 휘저으며 수영하는 포즈를 취했다. 수영을 잘한다는 표현 같았다. 인공으로 만든 강은 깊이가 삼 미터도 되지 않았고 강폭 또한 오 미터를 넘지 않았다. 카누가 뒤집혀도 강 둘레에 배치된 다섯 명의 안전요원 중 누군가 뛰어들어 구조할 것이었다. 인디언 카누는 캐나디언 카누와 달리 본체가 무거운 나무로 만들어져 노를 젓기 힘든 반면 배가 뒤집히는 경우가 없다고 했다. 과격한 행동을 하지 않는 한.

나는 물속에 뛰어들기가 싫었다. 언제 끌어온 바닷물인지 정수된 물인지 알 수 없는 물에서는 고인 물에서 나는 특유의 물비린내가 났다. 바다에서 갓 잡은 생선을 풀어놓아도 곧바로 죽어버릴 것 같았다. 물속에 들어가는 상상만으로 팔다리에 물때가 끼는 것 같아 께름칙했다. 더군다나 아침에 예기치 않게 생리가 터졌다. 익숙하지 않은 생활 탓인지 예정일보다 나흘이나 일찍 시작되었다. 기대고 있던 소나무에서 등을 뗐다. 물컹, 뭉쳤던 혈이 흘러나왔다. 축축하고 불쾌했다. 안전요원들이 사용하는 탐폰을 미리 구비해놓지 않아 일반 생리대를 사용했다. 덩어리 피가 흘러 생리대 옆으로 새는 기분이 들었다. 저 연인들을 끝으로 보트 운영시간은 마감되었다. 하얀 원피스를 입은 여자가 핸드폰으로 노를 젓고 있는 남자 사진을 찍었다. 카누가 내 구역에서 멀어졌다. 돌고래상 앞에 서 있던 안전요원이 호각을 불었다. 카누는 돌고래상이 있는 지점에서 돌아오는 것이 원칙이었다. 안전요원은 여자에게 구명조끼를 입으라고 소리를 질렀다. 여자가 핸드폰으로 음악을 틀었다. 안전요원은 집요하게 호각을 계속 불었다. 호각 소리와 여자의 핸드폰에서 나오는 노랫소리에 신경이 거슬렸다. 배가 뒤집혀 여자가 물에서 허우적거리는 꼴을 보고 싶었다.

응급 의료 전용 헬리콥터가 섬으로 다가왔을 때, 낡은 목선의 바닥을 검붉게 적셨던 피가 꾸덕꾸덕 말랐다. 나는 아버지의 머리를 담요로 감싸 꾹꾹 눌렀다. 겁에 질려 피가 멈췄는지 확인할 수 없었고 피가 보이지 않도록 담요를 겹으로 둘둘 말았다. 헬리콥터는 소요가 보낸 거였다. 아버지가 배에 쓰러져 있는 것을 발견하고 머리통을 찌르고 있던 병목을 뽑아 들자 내 머릿속 피가 빠져버린 듯 앞이 하얘졌다. 어디로 구조 요청을 해야 하는지 막막했다. 섬 주민들은 소요를 섬에서 쫓아낸 후부터 우리를 피했다. 그래서 나는 다신, 연락하지 말라고 윽박질렀던 소요의 번호를 눌렀다. 나는 헬리콥터 안에 소요가 있을 거라고 여겼다. 하얀 헬리콥터가 섬을 한 바퀴 돌아 선착장에 착륙했다. 파란색 제복을 입은 두 명의 구급대원이 이동식 침대를 가지고 와 아버지의 머리에 지혈을 하고 압박붕대를 감을 때까지 나는 헬리콥터 출입문 아래 내려진 계단을 바라보았다. 눈살을 찌푸린 소요가 침을 뱉으며 계단을 내려올 것 같았다. 헬리콥터가 병원 옥상에 착륙하고 대기 중이던 의료진과 응급실로 내려갔을 때 의자에 앉아 있던 소요가 몸을 일으켰다. 내 시선이 그의 목뼈에 닿을 정도로 훌쩍 키가 커졌다는 것을 알았다. 니가 급할 때는 잘도 연락하는구나. 소요는 휘청거리는 앙상한 소년이 아니었다. 정신없는 응급실 사람들과 부딪혀도 흔들림이 없는 크고 단단한 청년으로 변해 있었다.

인디언 카누가 뱃머리를 돌려 내가 있는 쪽으로 다가왔다. 돌고래상 앞에 서 있던 안전요원도 천천히 걸어왔다. 저기요, 사진 좀 찍어줘요. 인디언 카누가 강기슭 쪽으로 바짝 다가왔고 여자는 팔을 길게 뻗어 핸드폰을 줬다. 사진을 찍고 핸드폰을 돌려주려 하자 여자가 한 번 더 찍어달라고 했다. 나는 연이어 세 컷을 찍었다. 핸드폰을 받은 여자가 나를 불렀다. 저기요, 어? 여자네. 저기, 빌딩들이 보이도록 다시 찍어주세요. 여자의 요구대로 사진을 찍고 핸드폰을 돌려주기 위해 상체를 뻗었다. 쿨럭, 하며 하체에서 덩어리 피가 흘러나왔다. 여자가 핸드폰을 받기 위해 손을 뻗자 카누가 출렁거리며 좌우로 흔들렸다. 남자가 노를 기슭에 지지하자 카누는 중심을 잡았다. 돌고래상 앞에 있던 안전요원이 내 곁으로 다가왔다. 소요 언제 와요? 이곳 안전요원이었던 소요는 사흘만 자기 자리를 지켜달라고 했다. 소요가 어떻게 말해놨는지 내 수영 솜씨를 확인한 관리실장은 주민등록증을 복사한 뒤 돌려주며 나를 소요가 있던 자리에 배치시켰다. 사흘이 지나고 열흘이 지나도록 소요는 연락이 없었다. 어떤 사이예요? 녀석한테 볼일이 있는데. 나는 말없이 하늘을 올려다봤다. 강 위를 가로지르는 육교 다리에 매달려 아래를 보는 여자아이의 손에 빨간 풍선이 매달려 있다. 그 모습은 너무 화려해서 오히려 무서웠던 오르골의 세계 같았다. 인디언 카누를 타는 연인들 위로 아치 다리가 있고 다리 난간에 매달린 아이의 손에는 풍선이 들려져 있고, 아기를 안은 아빠와 흰 모자를 쓴 여인. 바디 원판 아래 태엽을 감으면 오르골 음악이 흘러나오며 밀랍으로 만든 인형들의 몸이 돌아가는 오르골 상자처럼 슬프고 무서웠다. 오르골 상자는 소요의 것이었다. 난 커서 이렇게 안전하고 화려한 세상에서 살 거야, 너도 돌려봐. 소요는 오르골을 내밀었다. 나는 오르골의 태엽을 팽팽하게 감았다. 태엽이 풀리며 똑같은 음악이 흘러나오고 내부 아이스링크 위의 피큐어가 한 방향으로 회전하며 돌아갔다. 활짝 웃으며 반복적으로 돌아가는 밀랍 인형의 안전한 세계가 나는 소름 끼쳤다. 내 표정을 살피던 소요가 상자의 뚜껑을 닫았다. 닫힘과 동시에 화려했던 세계가 훅, 꺼져버렸다. 태엽이 풀리며 인형이 돌아가는 것만으로도 슬펐는데 오르골의 태엽이 망가져 한자리에 들러붙어 움직이지 못하는 인형은 슬픔을 지나쳐 무서웠다. 나는 소요 몰래 오르골을 썰물 때의 모래에 파묻었다. 소요가 섬을 떠날까 봐 두려웠다.

여자아이의 비명 소리가 들렸다. 울음을 터뜨린 아이의 손에 있던 풍선이 하늘로 올라갔다. 빨간색 풍선은 누군가 밑에서 바람이라도 불어주듯이 하늘로 빨려갔다. 동시에 여자의 비명 소리가 들렸고 카누가 뒤집혔다. 나는 돌고래상 구역인 안전요원을 바라보았다. 생리 중이라 말하려 할 때, 그가 말했다. 그쪽 구역이거든요,

구명조끼 입으라는 말 안 듣더니. 그는 여자가 물에서 허우적거리는 모습을 보며 입꼬리에 힘을 주었다. 억지로 웃음을 참으며 고소해하는 표정이었다. 물속으로 뛰어들었다. 곧바로 하체가 미지근해졌고 축축한 생리대로 물이 빨려 들어가는 느낌이 생생했다. 카누가 뒤집힌 쪽으로 수영을 하며 나는 구명조끼를 입은 남자가 필사적으로 헤엄쳐 카누에 매달리는 것을 보았다. 하얀 원피스가 까뒤집혀 여자는 수영을 할 겨를도 없이 팔을 파닥거렸다. 나는 여자의 머리칼을 둘둘 말았다. 말려 올라간 원피스 자락을 잡아도 되는데 머리채를 잡아당겼다. 여자가 어느 정도 물을 삼키도록 일부러 천천히 여자의 상체를 끌고 카누를 향해 헤엄쳤다. 어쩌면 지금, 여기에 아무도 없고 여자와 나 단둘이라면 나는 여자를 건지기 위해 물에 뛰어들지 않았을지도 몰랐다. 머리를 휘저었다. 움직임이 정지된 밀랍 인형이 아닌, 사람을 물속에 가라앉도록 내버려둘 수는 없었다. 그랬다, 백 번을, 바보 천치가 되어 생각해도 아닌 것은 아니었다. 단단한 등으로 벽을 만들고 서 있었던 섬의 여자들이 떠올랐다. 죽음을 방관할 만큼 사람이 미워지는 것은 어떤 것일까. 여자는 악착같이 내 몸에 달라붙었다. 여자의 원피스가 내 몸에 휘감겼다. 구조 보트를 타고 온 요원들이 남자를 보트에 태우고 여자를 양쪽에서 잡아 올렸다. 여자는 그 와중에도 핸드폰을 찾아달라고 버텼다. 티켓팅을 할 때 핸드폰에 관한 주의사항을 들으셨을 텐데요. 선착장 직원이 여자의 손을 잡아주며 말했다. 여자는 선착장에 오르자 비명을 질렀다. 하얀 원피스에 핏물이 스며들었다. 핏물의 정체를 알고 있는 나는 서둘러 라커실을 향해 몸을 돌렸다. 잠깐만요, 여자가 내 팔을 잡고 내 다리 아래를 살폈다. 칠부 스판으로 달라붙은 검은 바지 틈새로 흘러내린 핏물이 종아리를 타고 내렸다.

무엇을 보았니, 무서운 것을 보았어요, 그건 꿈이란다, 그러니 어서 꿈에서 빠져나오렴, 어떤 꿈은 시간이 지날수록 더욱 선명해져요, 저기 무리에서 벗어나 천천히 날아가는 새가 보이니, 저렇게 뒤처진 새가 나쁜 꿈을 물고 날아갈 거야, 새에게 말해버려, 그리고 잊어라. 아버지는 낡은 목선을 가지고 있는 어부였어요, 섬에서 아버지처럼 목선으로 고기를 잡은 어부는 없어요, 아버지는 진짜 섬사람이었어요, 섬사람은 섬을, 바다를, 모래를 팔아넘기지 않는 사람이래요, 아버지를 따라 목선을 타고 바다로 나갔어요, 속을 슬며시 들여다보기만 해도 바다에는 갇혔던 물고기를 방금 풀어놓은 것처럼 어지럽게 물고기들이 돌아다녔어요, 바닷물이 먼바다로 빠져나갈 때였어요, 볼록볼록 솟아오르던 모래언덕들이 많이 사라졌다는 것을 알았어요, 아버지가 섬을 향해 목선의 방향을 틀었을 때, 익숙한 모래언덕이 모습을 드러냈어요, 그리고 그것을 보았어요.

여자는 섬으로 온 다음 날 아침에 머리카락을 잘랐다. 바다 풍광을 막는다고 아버지를 꼬드겨 마당가에 촘촘하게 서 있는 소나무를 베어냈다. 나무가 쓰러지자 마당 가득 바다가 펼쳐졌다. 아버지의 목선까지 보였다. 여자는 마당에 어질러진 그물을 걸어 구멍이 헐거워진 곳을 단단하게 기웠고 마당에 난 잡풀을 뽑았다. 낡은 셔츠를 가위로 오려 대나무에 연결해 총채를 만들어 마루 천장과 방 구석구석을 털어냈다. 노래를 부르며 총채를 휘두를 때마다 자잘한 돌과 먼지가 후룩 떨어졌다. 여자는 시멘트 벽에 흰색 페인트를 두껍게 칠했다. 방마다 틈새를 회반죽으로 메웠고 오톨도톨한 질감이 느껴지는 문양이 있는 벽지를 발랐다. 바다로 면한 창틀에 제라늄 화분을 놓았다. 부엌의 시멘트 바닥에 독한 세제를 뿌렸다. 이불 홑청을 뜯어 삶아 빨아 마당에 널었다. 펄럭거리는 광목 홑청 사이로 바다도 펄럭거렸다. 아버지가 갓 잡아 온 우럭을 건네주면 여자는 꺄악꺄악 비명을 지르며 펄떡거리는 우럭을 받아 들다 놓치곤 했다. 아버지가 우럭을 손질해 매운탕을 끓여 내오면 여자는 붉은 국물 속의 우럭 몸을 뒤집어 살을 발라내 우리의 밥 위에 놓아주었다. 여자는 회로 뜬 생선살과 매운탕보다는 석쇠에 올려 구운 생선을 좋아했는데 늘 생선을 두세 번 뒤집었다. 할머니가 있었다면 손등을 얻어맞을 일이었다. 할머니는 생선을 뒤집으면 생선을 걸어 올린 배가 뒤집힌다고 믿었고 생선의 뼈를 조심스럽게 끄집어내고 밑의 살을 발랐다. 나는 여자가 생선을 뒤집을 때

136

마다 아버지의 목선이 뒤집혀지는 것 같아 불안했다. 생선의 살을 발라 소요의 밥 위에 올려주고 생선의 내장까지 줄줄 빼서 후룩 삼키던 여자는 늘 마지막에 생선의 눈알을 빼 먹었다. 여자는 아버지에게 목선을 태워달라고 떼를 썼다. 아버지는 삐쩍 마른 몸으로 벽만 찾아 달라붙어 앉아 있는 소요를 잡아 일으켰다. 목선에 오르자 먼바다로 물이 빨려 나가기 시작했다. 바닷길을 이십여 분 달렸을 때 모래언덕이 솟아올랐다. 여자가 환상의 섬을 발견한 듯 소리를 질렀다. 아버지는 목선을 모래언덕 가까이에 댔다. 출발할 때 달아놓은 어망을 걷어 올리자 주꾸미 사이에 아버지 손바닥만 한 민어 한 마리가 있었다. 깊은 바다에서 끌려 나와 수압차와 스트레스로 죽어버린 민어를 아버지는 곧바로 회로 떴다. 아가미를 따고 쓸개, 지느러미를 떼어내고 비늘을 긁어내고 조심스럽게 부레를 잘라내어 기름소금에 묻힌 후, 소요의 입에 넣어주려 했다. 아버지가 회를 뜨는 모습을 목을 꺾고 보던 소요는 휘청거리며 뒷걸음질 쳤다. 사내놈이 그렇게 비실거려 어따 써? 이 민어 부레가 최고의 강장 음식이야. 아버지는 피 묻은 목장갑을 낀 손으로 소요의 겨드랑이를 들어 올렸다가 내려놓았다. 소요는 마지못해 기름이 돌돌 도는 민어 부레를 받아 두어 번 씹고는 삼켰다. 그 모습에 만족한 아버지는 소요의 겨드랑이를 놓아주었다. 나는 소요의 손을 잡고 모래언덕을 뛰어다니다 불가사리를 발견하면 소요의 손에 놓아주었다. 우리가 윗옷을 걷어 보자기를 만들어 수북하게 불가사리를 모앉을 때 여자가 비명을 질렀다. 여자의 발치에는 흉측하게 생긴 생선이 팔딱거렸고 아버지는 퉁퉁 부어오르는 여자의 검지와 손등을 살폈다. 아버지는 미역치라고 했다. 미역치의 독침은 뾰족한 등지느러미는 물론 아가미 근처의 가시와 가슴, 배, 지느러미에도 있고 독성이 강해 통증이 심하고 마비가 오기도 한다고 했다. 아버지는 오른쪽 면장갑을 벗어 왼손에 겹쳐 끼고 미역치의 아가미 바로 밑을 꽉 움켜잡았다. 팔딱거리던 미역치가 잠시 움찔하는 순간, 아버지는 회칼로 미역치의 눈알을 도려냈다. 도려낸 눈알을 짓이긴 후 눈알에서 나오는 액체를 여자의 손등에 골고루 발랐다. 신기하게 부풀어 올랐던 손등은 모래언덕에 물이 차오르기 시작하기도 전에 가라앉았다. 들물이 시작되자 운동장만 했던 공간이 서서히 좁아졌다. 소요와 나는 모래언덕의 한가운데를 팠다. 우리의 팔이 들어가는 깊이만큼 파고 그곳에 불가사리를 넣고 모래로 덮었다. 발목을 적시며 목선에 올라 뒤를 돌아보았다. 배꼽처럼 솟아난 모래언덕에 붉은 불가사리들이 떠오르다 모래언덕과 함께 흔적도 없이 사라졌다, 환상처럼.

바다를 매립해 세워진 신도시의 높은 건물 틈새로 드러난 하늘에 흰 구름이 두텁게 뭉쳐 있었다. 음식점과 학원가가 밀집한 지역을 벗어나면 금세 도로는 텅 비었다. 타워크레인이 달린 공사 중인 건물 어디에도 일하는 인부들이 보이지 않았다. 차는 간헐적

으로 지나다녔고 아파트와 높이 치솟은 빌딩 입구 근처에서만 간
간이 사람을 만날 수 있었다. 이 도시에 얼마나 많은 고정 인구와
유동 인구가 살고 있는지 아는 바가 없었지만 수많은 빌딩과 아파
트와 상가에 비해 살아가는 사람의 숫자가 적다는 것은 하루만 이
도시를 걸어보면 셈이 나왔다. 걸음을 멈추고 하늘을 올려다보았
다. 여름 안개가 짙어지는 초저녁 하늘에는 구름이 빌딩들을 훑으
며 빠르게 움직였다. 겹쳐진 구름이 만들어내는 회색 테두리를 유
심히 보았다. 테두리에서부터 모래가 주르륵 흘러내릴 것 같았다.
하늘을 올려다보는 얼굴 위로 빗물이 떨어졌다. 한 점, 두 점, 내리
떨어지던 비는 미처 피할 겨를도 없이 세차게 쏟아졌다. 간간이
인도에 보이던 사람들도 비를 피해 어디론가 사라졌다. 촘촘히 쏟
아지는 비는 순식간에 옷과 몸을 적셔놓았다. 붉은 양산을 떠올리
며 걸음을 빨리했다. 세계의 여러 국기를 꽂아놓은 텅 빈 대로변
을 걷다 보니 어느 결에 비는 멈췄고 어디선가 접은 우산을 든, 젖
지 않은 옷을 입은 사람들이 하나둘 나타났다. 다시 음식점과 학
원가가 밀집해 있는 지역 앞이었다. 하늘을 올려다보았다. 빗물을
짜낸 구름이 삶아 빤 옥양목처럼 하앴다. 모두들 바짝 말랐는데
회색 도로와 나만 젖었다. 방향을 바꾸어 근린공원을 향해 걸었다.
웃자란 공원의 여름 잡초에서 날벌레들이 튀어나왔고 인공 연못
에서는 물비린내가 났다. 연못 앞에 웅크리고 앉았다. 소나기가 내
렸음에도 연못의 수위는 아침보다 한 뼘은 낮아졌다. 밤에는 다시

물이 차오를 것이다. 연못의 바닥은 원래 이곳의 바다에 닿아 수위가 바뀌는 것이라고 나는 확신했다.

아버지 머리에 고였던 피는 머리에 구멍을 내고 호스로 뽑아냈지만 서서히 다시 고였다. 아버지의 몸속을 돌던 피가 머리에 몰려 올라간 듯 피가 고였고 빼고 나면 다시 밀려들어 찼다. 의사는 종이에 머리통의 윤곽을 그렸다. 머릿속을 감싸고 있는 막은 일반인의 것보다 세 배는 얇았다. 피는 왼쪽 뒷머리 근처 혈관이 터진 것과 상관있지만 피가 고이는 속도로 봐선 정확한 원인을 알 수 없다고 했다. 머리에 구멍을 뚫고 피를 뽑아낼 때마다 아버지의 얼굴은 핏기가 가셔 점점 하얘졌다. 세 번째 머리에서 피를 뽑아낸 후 대학병원 의사는 더 이상 해줄 것이 없다며 난감해했다. 의사는 건강한 사람이라면 고였던 피가 저절로 마르기도 하지만 현재로선 불가능하다고 했다. 아버지를 재활병원으로 옮긴 후부터 나는 아침이면 병원에 들렀다. 아버지는 나를 알아보고 웃는지 원래 무안해지면 웃던 습관 때문인지 이를 드러내고 웃었다. 핏기 없는 얼굴은 말갛게 웃고 있었다.

소요는 커피숍 흡연실 안에서 담배를 피우고 있었다. 커피를 주문하고 기다리는 동안 유리문 너머로 소요를 바라보았다. 흰 셔츠를 입은 소요는 허리를 빳빳하게 세우고 앉아서 담배 연기를 내뿜으며 창밖을 내다봤다. 커피숍 밖을 지나가던 여자들이 흘긋거리며 소요를 쳐다보았다. 이 도시로 와 소요를 만날 때마다 변한 모

습을 발견했다. 뭉툭했던 코끝은 날렵해졌고 눈은 쇳조각을 뚫을
듯 쏘아보았다. 손바닥만 한 얼굴은 근육이 굳어 바라보는 사람을
얼어붙게 만들었다. 주문한 커피를 받아 들고 흡연실 안으로 가
바로 앞 의자에 앉자 소요는 비에 젖은 내 모습을 보고 인상을 찌
푸렸다.

"소나기를 만났어."

소요는 가방에서 체크무늬 손수건을 꺼내 탁자 위에 놓았다. 나
는 말없이 구김이 없는 흰 셔츠와 각을 맞춰 접어놓은 손수건을
봤다. 강력한 에어컨의 냉기가 젖은 옷에 닿아 소름이 돋았다.

"이미 스며들었는데, 뭐."

소요는 손수건으로 조각도로 새겨놓은 듯 얇은 입가를 훔쳤다.

"아침에 또, 아래층에서 인터폰이 왔어. 벽을 타고 물이 흘러내
린대. 집주인 전화번호를 알려달랬어. 아래층에 물이 새면 위층에
서 방수 공사를 해야 한다더라."

"나도 집주인이 누군지 몰라. 당분간 욕실에서 물 쓰지 마."

"집주인이 누군지도 모르는데 내가 있어도 되는 거야? 보트 하
우스에서도 널 찾던데."

"일하러 가야 해. 내 연락처 함부로 알려주지 마."

소요는 머그컵을 들어 남은 커피를 마시고 몸을 일으켰다. 나는
소요의 팔을 잡았다.

"양산을, 양산을 하나 사야겠어. 붉은 것으로."

소요는 다시 의자에 앉아 담배에 불을 붙였다. 담배를 한 모금 빨고 연기를 내뿜으며 나를 향해 다가왔다.

"한 가지만 묻자, 너는 그 섬에서 살고 싶니?"

소요가 담배를 다 피울 때까지 나는 대답을 못 하고 머그컵만 만지작거렸다. 소요는 담배를 재떨이에 비벼 끄고 말없이 일어나 커피숍을 나갔다. 한 달 전, 소요는 서류를 가지고 섬에 왔었다. 소요는 여자가 사라졌을 때 당시, 섬 해안에서 모래를 퍼 갔던 선박과 선박 회사를 조사해 찾아냈다. 그들이 어떤 안전조치도 취하지 않고, 위험을 알리는 팻말도 없이 불법으로 모래를 퍼 생긴 구덩이에 여자가 빠져 죽었다고 보상을 요구하는 내용증명이었다. 소요는 우리에게 증인을 서고 서류에 사인을 해달라고 했다. 서류를 당시 선박 회사에 제출할 것이고 거절을 당할 경우 언론사와 환경 단체에 노출할 계획이라 했다.

"그게 다 무슨 소용이야. 그 사람 넋은 저기에 있는데."

아버지는 마당 아래 펼쳐지는 먼바다를 손으로 가리켰다. 아버지와 내가 사인을 하지 않자 소요는 우리의 도장을 만들어 찍을 것이라고 했다. 소요가 떠난 후 아버지는 술을 마시기 위해 목선을 타고 바다로 나갔다.

무엇을 보았니, 무서운 것을 보았어요, 그건 꿈이란다, 그러니어서 꿈에서 빠져나오렴, 실제보다 더 실제 같아요, 저기 무리에서 벗어나 천천히 날아가는 새가 보이니, 저렇게 뒤처진 새가 나쁜 꿈을 물고 날아갈 거야, 새에게 말해버려, 그리고 잊어라. 아버지는 물때를 잘 알았어요, 아버지는 바닷물에 휩쓸려 내려가다 그물에 걸린 생선을 끄집어냈어요, 바로 눈앞에서 모래언덕이 솟아올랐어요, 풀등이었어요, 그 풀등 한가운데 긴 머리카락이 온몸을 치렁치렁 휘감고 있는 거대한 생선이 있었어요, 팔딱거리지 않았지만 생선은 은빛으로 빛났어요, 생선의 눈에 구멍이 뚫려 있었어요, 구멍에서 모래가, 반짝거리는 은빛 모래가 흘러내렸어요, 풀등이 점점 더 넓은 모래언덕을 드러낼 때까지 나는 그것에 시선을 두었어요, 아버지의 목선이 풀등 가에 닿았을 때, 그것이 여자라는 것을 알았어요.

여자가 아버지를 졸라 목선에 올라타면서부터 섬마을 사람들은 대놓고 아버지를 나무랐다. 여자가 발목까지 내려오는 하늘거리는 치마를 손으로 잡고 여객선에서 내릴 때부터 아니꼬워했던 터였다. 게다가 여자는 공판장 평상에서 벌어지는 술판에 끼어들었다. 뱃사내들의 고기잡이 경험에 호기심을 드러냈고 시시한 농담에 머리를 뒤로 젖히고 웃었다. 여자는 목선에 오를 때면 늘 양산을 펼쳤다. 붉은 꽃이 그려진 양산은 바다에서 금세 눈에 띄었다. 목선에 커다란 꽃 하나기 피어 바다를 떠나니는 것 같았다. 목선의 움직임은 섬사람들의 신경을 거슬리게 했다. 여자는 아버지가 그물에서 건져낸 해삼을 칼로 도려내 주면 쪽쪽, 받아먹었다. 그즈음 나는 아버지의 목선이 출항하거나 회항할 때 모래를 퍼 올리고 있는 커다란 선박을 자주 목격했다. 먼바다에 있던 선박은 차츰차츰 섬 가까이로 왔다. 이른 새벽 혹은 늦은 밤에 해안가까지 바짝 다가왔다. 나도 보았고, 소요도 보았다. 여자도 보았고, 섬 주민들도 봤을 거였다. 여자는 만나는 섬 주민을 붙잡고 선박에 대한 의문을 던졌다. 주민들은 여자의 말을 못 알아듣는 척했다. 여자가 불법 모래 채취, 라는 말을 꺼냈을 때 주민들이 오히려 화를 내며 여자의 말을 막았다. 여자가 아버지를 설득해 섬관리위원회에 전화를 걸도록 했다. 처음엔 아버지도 여자의 말에 동조해 바닷속 모래를 마구 퍼내면 본류대 방향이 바뀌고 물골을 헤아릴 수 없어 위험하다고 말했다. 섬관리위원회 본부에서 조사를 위해 밤에 해경을 보냈을 때는 정작 선박이 나타나지 않았다. 해경은 형식적으로 두 번 더 왔다가 아버지에게 허위 신고에 대한 법적 책임을 묻겠다고 했다. 아버지가 술기운에 여자의 어깨를 후려쳤다. 그리고 소문이 돌았다. 여자가 섬 사내들을 유혹한다는 소문이 아버지의 귀에까지 닿았다. 가끔, 여자는 녹색 술병을 들고 해안가에 묶어놓은 목선에 오르기도 했다. 붉은 양산으로 술병을 가리고 바다를 향해 앉아 술을 마신다는 것을 소요와 나는 알았다. 술에 취한 여자가 잠들었을 때, 아버지가 공판장을 지나 목선으로 다가갔다. 공판장 앞에 섬 여자들이 모여 아버지를 지켜보았다. 소요와 나는 나무를 베어내어 시야가 넓어진 마당에서 바다를, 아버지의 목선을 내려다보았다. 아버지가 붉은 꽃이 그려진 양산을 휘두르는 것을, 잠들어 있는 여자의 머리채를 잡아 끌어내리는 것을, 목선에서 내려서는 여자를 양산으로 두들겨 패는 것을 우리는 말없이 봤다. 아버지는 더 이상 목선에 여자를 태우지 않았고 술을 마시면 밧줄로 때렸다. 여자는 왜 자신을 안 믿고 돈에 홀려 모래를 팔아먹는 섬사람들 말만 믿느냐고 대들었다. 여자는 바다를 내려다보며 녹색 술병으로 팔다리에 멍든 밧줄 자국을 문지르다 공판장에 사람이라도 보이면 마당 끝에 서서 주민들을 고발하겠다고 악을 썼다. 여자의 머리카락은 금세 자라 어깨로, 어깨 아래로, 허리로 치렁치렁 흘러내렸다. 여자는 머리카락을 자르지도 않았고 마당에 막 자란 잡풀이 우리 종아리를 긁어도 내버려두었다. 여자는 소요에게 공판장에서 술을 사달라고 부탁했다. 소요는 여자에게 다가가 여자의 뺨을 휘갈겼다. 술을 마시니깐 아무도 엄마 말을 안 믿는 거야. 그걸 몰라? 여자는 내가 차려 온 밥상에 손을 대지 않았다. 아버지는 잡은 생선을 던져주고 공판장 뒷방에 가 밤새도록 술을 마시고 노름을 했다. 나는 연탄불에 우럭을 구워 상 위에 올려놓았다. 이불을 말고 누워 있던 여자가 몸을 벌떡 일으켰다. 어떤 것에도 관심이 없었던 여자가 가느다란 손으로 젓가락을 움켜쥐고 재빠르게 우럭의 눈알을 쏙쏙 빼 입속에 넣었다. 나는 여자가 생선의 눈알을 입에 넣을 때 번들거리던 눈빛을 보고 소스라쳤다. 생선의 눈알만을 빼 먹던 여자는 점점 줄어드는 해안가 모래밭에 앉아 있었다. 절망을 삼킨 것처럼 고개는 허공을 향해 쳐들었고 저절로 입이 벌어졌다. 그리고 여자는 섬에서 사라졌다. 아버지는 목선으로 인근 바다와 모래를 모두 뒤졌고 훑었다. 소요는 여자가 모래를 퍼 올리던 선박의 모래 속으로 빨려 들어갔다고 주장했다. 아버지는 선박의 기사들이 여자를 빼돌렸다고 했다. 아버지는 선박이 올 때마다 인부들과 몸싸움을 했다. 여자가 사라지고 난 후부터 아버지는 물때를 놓쳤다. 두 번째 썰물이 시작되어서야 바다로 나갔다. 어떤 때는 새벽까지 공판장 뒷방에서 술을 마셨다. 저녁에 일어나 소요의 침묵을 견딜 수 없을 때 목선을 타고 바다로 나갔다. 소요는 생선 비린내를 싫어했다. 특히, 살이 파헤쳐지고 뼈와 내장만 남은 접시를 건들기도 싫어했다. 우리에게 생선 외에 다른 반찬은 없었다. 생선은 아무리 바싹 구워도 내장은 늘 젖어 있었고 축축했다. 나는 생선의 뼈와 내장을 수챗구멍에 버리고 접시를 오래 닦았다. 수챗구멍에 걸린 생선뼈에 뒤엉킨 여자의 머리카락을 집어낼 때면 뒤가 선뜩선뜩했다.

소요와 내가 섬의 반대편에 있는 분교로 가기 위해 산자락을 걸어가다 보면 섬 여자들을 만날 때가 있었다. 그들은 무언가를 삼킨 듯 입을 꼭 다물고 말없이 우리를 돌아보았다. 여자들의 시선을 받을 때마다 소요는 눈을 내리깔았고 침을 뱉었다. 소요는 공판장 집의 아들을 때리고 금고에서 돈을 꺼내 하루에 두 번 들어오는 여객선을 타고 도시로 갔다. 코에 솜뭉치를 끼운 아이 손을 잡고 공판장 여자가 목선으로 찾아왔다. 소요가 공판장 금고에서 꺼내 간 액수만큼의 돈을 받아 쥔 여자는 아버지에게 소요를 내보내라고 충고했다. 나는 혼자 산자락을 걸어 올라가 분교에 다녔다. 산자락 위에 사는 과부는 터를 넓혀 민박집을 짓고 있었다. 목재를 쌓아놓은 곳에 기대앉아 바다를 보았다. 넓게 출렁거리는 바다 전체에 소요의 얼굴이 가득가득 넘쳐났다. 입이 바짝바짝 말랐다. 물 마시듯, 물 마시듯이 소요가 보고 싶었다.

학교 수업이 끝나고 집으로 올 때마다 목재 더미에 앉아 우리 집에서 보이는 것보다 더 먼 바다에서 섬으로 다가오는 여객선을 보았다. 안쪽에서 수군거리는 목소리가 들렸다. 김씨가 여태 못 잊는 거 아냐, 오늘도 새벽까지 배에서 양산을 펴놓고 술을 마시고 있던데, 어디 그이뿐이야, 그년 보며 침 흘리던 놈들 죄 못 잊겠지, 침만 흘렸어? 최씨랑 붙었다며? 내가 언제? 그런 것 같다고 했지, 뭐 여건만 됐다면 그러지 않았겠어? 그게 그거랑 같아? 여태 그런 줄만 알았는데. 나는 그들이 나를 발견하지 못하도록 목재 더미에서 일어나 몸을 숙여 천천히 산 아래로 내려갔다. 선착장으로 다가온 여객선에서 담배를 피우고 있는 아버지 뒤로 모자를 쓴 소요가 보였다. 나는 산의 흙을 미끄러뜨리며 아래로 뛰어내려갔다. 모자의 그늘에 가려진 소요의 얼굴은 쇳조각처럼 뾰족하고 날카로웠다.

소나무를 베어낸 마당으로 바닷바람이 그대로 들어와 마당의
잡풀과 뒤엉켰다. 마당을 할퀴는 바람은 여자의 긴 머리카락을 떠
올리게 했다. 비바람이 방문을 후려치고 번개가 파도를 가르는 날
이면 소요 곁으로 바싹 다가가 누웠다. 무서워, 무서운 것을 보았
어, 나 혼자 두지 마, 가지 마. 소요의 몸을 꼭 껴안고 소요의 입에
서 나오는 더운 입김이 이마에 닿아 이마가 젖어야 잠이 들었다.
그 후에도 여러 번 소요는 공판장의 금고에서 돈을 빼냈고, 배에
서 엔진을 떼어내 도시로 들고 나가 헐값에 팔았다. 소요의 짓이
란 것을 알고 노여움이 치받친 섬 주민들이 몰려왔다. 그래서 소
요는 섬에서 쫓겨났다.

무엇을 보았니, 무서운 것을 보았어요, 그건 꿈이란다, 어서 꿈
에서 빠져나오렴, 실제보다 더 실제 같아요, 저기 무리에서 벗어
나 천천히 날아가는 새가 보이니, 저기 뒤처진 새가 나쁜 꿈을 물
고 날아갈 거야, 새에게 말해버려, 그리고 잊어라, 아니요, 어떤 것
은 잊히지 않아요, 잊지 않도록 오래 기억해야 해요, 여자의 표정
은 보이지 않았어요, 바다를 향해 앉아 있었으니깐, 네 명의 섬 여
자들이 여자 곁으로 다가갔어요, 한 명이 여자의 어깨를 밀쳤어요,
여자는 바람에 날리듯 옆으로 쓰러졌어요, 섬 여자들이 여자를 둘
러싸고 머리칼을 휘감아 잡아당겼어요, 여자가 결심한 듯 일어나
섬 여자들을 뿌리치고 바다를 향해 걸어갔어요, 섬 여자들은 팔짱

을 낀 채 여자를 바라보았어요, 휘청거리던 여자는 몇 걸음 걷지 못하고 구덩이에 빠지듯 바다에 확 삼켜졌어요, 여자의 가늘고 하얀 팔이 파닥거리며 파도 위 공기를 움켜잡고 할퀴어도 섬 여자들은 팔짱을 풀지 않은 채 잔잔한 바다를 바라보듯 서 있었어요, 일렁거리던 바다 표면이 잠잠해질 때까지 여자들의 단단한 등은 움직이지 않았어요.

보트를 타기 위해 줄을 서 있는 사람들을 지나쳐 선착장으로 갔다. 보트 관리실장은 내 인사를 받으며 서두르라고만 말했다. 카운터에 앉은 여직원이 라커실 열쇠를 주며 소요가 핸드폰을 안 받는다며 소요와 연락을 하는지 물었다. 나도 모른다고 대답했다. 전날의 사고에 대해 아무도 말이 없었다. 옷을 갈아입고 안전요원 마크가 찍힌 구명조끼를 입고 모자를 썼다. 높은 빌딩의 그림자 숲에 파묻혀 있는 토끼 숲의 소나무 아래에 섰다. 소나무에 등을 기대려다 나무의 표면을 만졌다. 나무의 껍질에 소금이 하얗게 말라붙어 있었다. 소금을 긁어내 입에 댔다. 짠맛이 났다. 소나무 뿌리가 다져놓은 흙과 모래를 파고들어 원래의 바다에 가 닿았을지도 몰랐다. 나무에 등을 기대고 몇 층인지 헤아릴 수 없는 빌딩들을 올려다보았다. 이 도시는 모래에 파묻은 소요의 오르골을 떠오르게 했다. 선칙징을 출발한 인니언 카누와 아메리칸 카누가 맞닿을 듯 가까워졌다가 아슬아슬하게 피해 갔다. 돌고래상 근처에 있던 안전요원이 내 쪽으로 걸어왔다. 그는 핸드폰 폴더를 펼쳤다. 소요 연락처 좀 알려줘요. 나는 고개를 저었다. 여기 직원들 대부분 소요한테 돈을 빌려줬다던데, 그쪽도 그래요? 네. 나는 작은 소리로 대답했다. 그는 미간을 잔뜩 좁히고 목뒤 살갗을 긁다가 돌고래상 쪽으로 갔다. 소나무에 등을 기대 물을 쏘아보았다. 저 물은 바닷물인가, 강물인가. 내가 서 있는 곳은 바다인가, 도시인가. 안전한가, 이곳은. 소나무에서 등을 뗐다. 붉은 꽃이 그려진 양산을 사야겠다. 섬으로 돌아가 목선을 바다에 띄우고 양산을 펼칠 것이다. 목선에 펼쳐놓은 양산은 바다에서 선명하게 눈에 띌 것이다. 나는 물때와 상관없이 바다에 나갈 것이다. 모든 섬 주민이 바라볼 수 있도록.

파란 평행봉

네 번째 살인 사건은 어젯밤에 발생했다. 다른 세 건과 마찬가지로 집은 불태워졌고 시신은 마당 안전한 곳에 있었다. 피해자는 몇 년째 가족과 소식이 끊긴 독거노인이었다. 피해 금품은 없었다. 살인 방화범은 특정 원한 관계라기보단 사회 부적응자일 것이라 했다. 목에 졸린 흔적이 있었지만 시신의 표정은 편안해 보였다고 말하며 정 PD는 카메라에 담긴 시신의 얼굴을 확대해 보여줬다. "죽여줘서 고마워, 하는 것 같지 않아? 행복한 표정이지." 그는 오른손으로 목덜미를 쓸었다. 그의 말대로 분홍색 땡땡이 스카프를 목에 두른 노인은 눈을 감고 웃고 있는 것처럼 보였다. 마치 야유회에서 낮잠을 자며 달콤한 꿈을 꾸고 있는 것 같았다. 죽는 순간의 얼굴은 억지로 만들 수 없다. 온전히 그 순간, 자신만의 표정인 것이다. 그러나 행복한 표정이라니.

'모텔 A 9시.'

문자를 읽으니 나른한 잠이 몰려들었다. 문자를 지우고 핸드폰 전원을 껐다.

"PD 아가씨, 아까 그 양반, 아는 사람이여?"

6밀리미터 카메라 모니터 안에 담긴 김씨가 말했다. 그는 카메라를 향해 돌아보곤 부엌문을 뜯어냈다. 그와 나는 오늘 반나절 동안 독거노인을 찾아다녔다. 이 집을 찾아냈지만 집주인은 수리할 것이 없다고 했다. 김씨가 나무가 너덜거리는 부엌문을 발견하고 새시 문으로 바꾸자고 제안했다. 김씨와 새시로 된 문을 사러 시내에 다녀오다 버스 터미널에 들렀다. 주차 단속이 심해 내가 카메라 플래시 배터리를 사 오는 동안 김씨가 로터리를 한 바퀴 돌아오기로 했다. 김씨를 기다리다 방송 아카데미 동기였던 정 PD와 만났다. 그는 경찰 사건 현장을 다루는 프로를 하고 있었다. 최근 이 지역에서 잇달아 발생한 독거노인 살인방화사건을 취재온 그는 내 아이템이 무료로 집수리를 해주는 늙은 총각, 이라는 말에 입꼬리를 올리며 웃었다.

"집수리해주는 늙은 청년이라니. 아직 그런 휴먼이 통하는 시대냐."

"휴먼은 어느 시대에나 찾는 사람들이 있어."

정 PD는 자신의 카메라를 꺼냈다.

"이 시대 진정한 휴먼은 이거야."

그는 카메라에서 어제 죽은 시신의 웃는 표정을 확대해 보여줬다. 카메라 모니터 안에서 확대된 시신은 십여 년 동안 아들네가 찾아오지 않았다는 여든일곱 살의 할머니였다. 연락을 받은 아들이 오늘 새벽에 왔는데 그는 이곳에서 그리 멀지 않은 도시에서 식당을 운영한다고 했다. 아들은 노모의 죽음 앞에서 담담했고 범인을 찾아내는 것에 관심도 없더라는 거였다. 정 PD는 다른 사건 때보다 더 기대가 된다며 범인을 얼른 만나보고 싶다고 했다.

모니터 안에서 김씨는 부엌문 틀에 새시를 댔다. 사 온 새시 문보다 원래 있던 나무 문이 작아 틀을 넓혀야 했다. 그는 정과 망치로 시멘트 틀을 부쉈다. 그는 카메라를 의식해 어색하게 웃으며 일에 대해 이것저것 설명했다. 나는 모니터를 접고 작가가 메일로 보내준 구성안을 보았다. 아무리 생각해도 이번 아이템은 그림이 없었다. 마을 집수리를 무료로 해준다던 김씨는 막상 이곳에 와보니 적지만 돈을 받고 있었다. 자재 비용도 집주인이 냈다. 무료 집수리라 말할 수 없었고, 집수리가 자주 있는 것도 아니었다. 작가는 지방신문에서 취재한 내용만 믿고 구성안을 보냈고 이쪽 사정에는 귀 기울이지 않았다. 시간도 없고 연출만 잘하면 되지 않느냐는 것이었다. 하긴, 다른 아이템을 찾을 시간도 없었다. 외수 프로덕션마다 아이템을 위해 전국을 뒤지고 있는 요즘, 특이한 아이템은 현장에서 연출의 몫이었다. 펑크 내지 않고 제시간에 맞추는 것도 늘 빠듯했다.

핸드폰 전원을 켜니 진의 음성이 남겨져 있었다. 진은 몇 시에 도착하는지 짜증 섞인 목소리로 물었다. 도로 사정이 좋다고 해도 열시까지 여의도에 도착하는 것은 불가능했다. 경부고속도로에 들어서며 단축 버튼을 눌렀다. 진은 삼 일째 불면에 시달리고 있다며 내가 도착할 때까지 기다리겠다고 했다. 진은 이번 출장에 따라오겠다며 짐을 싸 들고 여의도로 왔었다. 출장 다녀오자마자 만나줄 것을 약속하고 겨우 돌려보냈다.

"프로덕션에도 들러야 해, 피곤해."

나는 어디든 머리만 대면 금세 잠 속으로 빠져들 것 같았다.

"나와의 약속은 안중에도 없지, 늘 그렇잖아. 올 때까지 서강대교에 있을 거야. 안 오면 확, 뛰어내려버릴 거야."

진은 곧바로 전화를 끊어버렸다. 늘 후미진 골목 끝을 후려치고 달아나는 바람처럼 일방적으로 전화를 했고 기다렸고 멋대로 토라졌다. 진이 앉아 있던 파란 평행봉을 떠올렸다. 여름 저녁 무렵이었다. 집 앞 놀이터를 지나다 평행봉에 걸터앉은 청색 교복을 입은 소녀를 보았다. 한쪽 평행봉에 엉덩이와 두 팔을 걸치고 다른 쪽 봉에 다리를 뻗고 있던 그녀는 목을 꺾어 나를 돌아보았다. 나는 놀이터를 지나쳐 뒤를 돌아보았다. 청색 교복 소녀는 순식간에 평행봉 위로 올라가 양쪽 봉에 한 발씩 디디고 서 있었다. 나와 눈이 마주치자 다리를 붙이고 평행봉에서 떨어졌다. 몸을 굽히거나 팔을 모으지 않고 그대로 굳은 인형처럼 모래사장 위로 풀썩 꼬꾸라졌다. 그리고 며칠 후 진과 나는 자매가 되었다.

우리에겐 각각 두 명의 어머니와 아버지가 있으며 양부와 양모에게 있는 형제자매를 합치면 다섯 명이었다. 성이 다른 우리들은 모두 형제자매이기도 하고 아니기도 했다. 한때, 진만의 아버지였던 사람은 현재 나의 아버지이며, 나를 낳은 엄마는 지금 진의 엄마다. 진과 나는 엄마를 교집합으로 가족이 되었다. 민수와 나는 아버지를 교집합으로 가족으로, 진은 진을 낳아준 엄마를 교집합으로 현지, 현수란 아이들과 형제자매가 되었다. 엄마를 교집합으로 진의 조부모와 고모, 삼촌은 나의 조부모와 고모, 삼촌이 되었고, 나의 외조부모와 이모, 외삼촌은 진의 외조부모와 이모, 외삼촌이 되었다. 가족의 합집합은 점점 확장되었고, 어디까지 합집합의 범위를 두어야 할지 몰랐다. 나는 겹으로 교집합이 되었다가 합집합이 되는 가족 관계를 철저히 무시해버렸다. 진은 유독 내 앞에서 겹 가족의 계보에 집착했다. 그녀는 얽힌 가족 관계를 도표로 그렸다.

"다행히 현지, 현수 엄마는 죽어서 더 이상 가족이 생기진 않았어."

니는 모든 깃에 죽음을 끌어들이는 진의 태도가 마음에 안 들었다.

"더 이상 곁가지가 생기질 않았잖아. 죽음으로써 말이야. 죽음이 많은 것을 해결해주기도 해, 착하게도."

결국, 진은 죽음을 착하다, 라고 표현했다.

"죽음이 착하게 여겨져서 매번 손목을 그었니? 죽지 않아도 곁가지를 만들지 않을 수 있어, 의지로."

진은 팔을 내밀어 안쪽의 붉은 상처들을 문질렀다. 뭔가 불리한 상황에 놓이면 팔을 내미는 습관이 있었다. 진은 리스트컷증후군이었다. 양팔에 오십여 개가 넘는 붉은 줄이 꿈틀거렸다. 대부분은 하얗게 번들거렸지만 최근에 만들어낸 것은 아직 붉었다. 상처는 보는 사람을 저절로 인상 찌푸리게 만들었다. 하여간 스무 살의 진이 현재 나의 자매고 그녀는 지금 서강대교 난간에 걸터앉아 있을 것이다.

천안 휴게실에서 우동이라도 먹을 생각으로 차를 주차시켰다. 노파와 김씨는 저녁을 먹고 가라며 붙잡았다. 나는 사람들과 모여 앉아 밥을 먹는 것이 내키지 않았다. 아버지의 집에서도 식탁에 앉은 적이 없었다. 편의점에서 서서 먹거나 식당에서 핸드폰으로 뉴스 검색을 하며 먹는 것이 편했다. 화장실에 들렀다가 세면대에서 손을 씻었다. 진의 팔뚝이 떠올랐다. 우동을 먹으려던 생각을 접고 차에 올라탔다. 전면 차창 오른쪽에 부착된 정기주차 스티커 위에 달이 달라붙어 따라왔다. 달라붙은 달은 보름달이었다.

진은 다리 난간에 기대서 있었다. 발 옆에 커다란 가방이 놓여 있고 발목까지 내려오는 흰색 스커트와 목에 두른 터키블루 스카프가 바람에 펄럭거렸다. 나는 비상등을 켜고 차를 세웠다.

"타, 집에 데려다줄게."

진은 난간에 올린 손을 앞으로 뻗었다. 푸른 꽃무늬가 프린트된 재킷과 흰 스커트는 추워 보였고 도발적으로 보였다. 진은 나를 노려보다 난간 위에 걸터앉았다. 몸의 중심을 강 쪽으로 쏠리게 했다. 사선으로 메고 있던 가방이 강 쪽으로 내려가 몸이 기우뚱거렸다. 나는 진을 잡아주지 않았다.

"지금 몇 시야? 여기서 네 시간 기다렸어. 언니가 보는 앞에서 죽어버릴 거야."

나는 난간 위에 올려놓았던 손을 내리고 진을 쳐다보았다. 수분과 핏기가 없어 성냥을 그으면 불이 붙어버릴 자작나무 같은 얼굴이었다. 얼굴 윤곽을 이루는 모든 뼈가 앙상하게 드러났다. 눈 아래 마스카라가 얼룩져 구멍이 팬 것처럼 보였다. 검은 커튼 같은 머리칼이 아슬아슬 휘날렸다. 진은 가발을 고정시키며 발을 뻗었다.

그래, 차라리 죽어버려. 나는 진의 어깨를 힘껏 밀어버린다. 잠시 기우뚱하던 진은 내 손을 잡으려 버둥거린다. 내 손목을 붙잡고 있는 앙상한 팔을 내려다본다. 괴괴한 기류를 스스로 몸에 쌓아두는 진은 늘 죽음에 기대 제 모습을 드러낸다. 죽음에 간당간당 기대 있는 모습을 끝장내주고 싶다. 간단하다. 가볍게 툭, 밀면 되는 것이다. 나는 나뭇가지 같은 팔을 떨쳐버린다. 진은 가볍게 다리 아래로 떨어진다.

차로 돌아와 시동을 켜고 차를 출발시켰다. 다리 중간 부분 갓길에 차를 멈췄다. 차들이 클랙슨을 울리며 지나갔다. 룸미러로 진이 천천히 난간에서 내려오는 것이 보였다. 차들이 지나칠 때마다 스카프와 긴 머리카락이 강 쪽으로 길게 늘어졌다. 진은 커다란 가방을 뒷좌석 바닥에 놓았다. 뒷좌석에는 내 트렁크 두 개와 카메라 백이 놓여 있다. 하나는 세탁된 옷이 들어 있고, 하나는 세탁할 옷이 들어 있는 트렁크였다. 진은 조수석에 앉아 말보로 담배를 꺼내 입에 물었다. 내가 라이터를 켜주자 진은 담배를 문 입을 내게 내밀었다. 죽음을 이용해서라도 관심을 끌려고 하는, 아슬아슬하게 평행봉 위에 서 있는 것 같은, 자신을 버려진 가축 같다고 말하는 진은 매번 이렇게 나에게 왔다. 차를 유턴해서 올림픽대로를 탔다. 진은 담배를 몇 모금 빨곤 팔을 차창 밖으로 내밀어 천천히 불꽃을 떨어뜨렸다. 한강철교 아래를 지날 때 진은 신발을 벗고 다리를 의자 위에 올려 몸을 말고 손으로 머리를 감쌌다.

"같이 있어줘. 언니 곁이 아니면 잠이 안 와."

나는 말없이 룸미러로 뒤를 확인하고 압구정동으로 빠졌다. 앞만 보고 앉아 있던 진은 가로수길을 지나자 한숨을 내쉬고 말했다.

"잠을 자려고 누우면 얼굴 없는 남자가 내 머리맡에 다가와 앉아. 검게 녹슨 놋숟가락으로 내 머리를 탁탁, 두드리고 내 머리를 파. 처음엔 골이 딱딱해서 내 머리통을 꽉 잡고 숟가락으로 박박 긁어. 그러다 어느 순간, 골이 뜨끈해지며 흐물흐물해져. 숟가락에서 누런 골수가 흘러 내 이마에 떨어져. 나는 그가 내 골을 다 파먹고 텅 빈 머리통 안을 들여다보다 나와 눈이 마주칠 때까지 꼼짝 못하고 있어. 그 남자의 입에서 내 골이 뚝뚝 떨어져."

나는 사이드브레이크를 거칠게 올리고 팔을 뻗어 조수석 문을 열었다.

"난 어디든 머리만 대면 잠들 것 같아, 피곤해. 나른한 꿈 얘기, 죽는다는 타령 들을 시간 없어. 난 죽으려 해도 죽을 시간도 겨를도 없어."

진은 한숨을 쉬곤 천천히 신발을 신었다. 뒷좌석을 향해 몸을 돌렸다. 허리를 꺾은 채 무언가를 찾았다. 벌어진 재킷 속에 달라붙는 옷을 입어 갈비뼈 윤곽이 드러났다. 숨을 쉴 때마다 갈비뼈 근처가 달싹달싹 움직였다. 진은 내게 일기장을 내밀었다.

"피곤하다고."

"사람들이 기억에서 잊혀가. 내가 싫어했던 사람들 같은데 어렴풋이 감정은 기억나는데 그 사람 생김새, 이름이 기억 안 나. 이젠 좋아하는 사람들까지, 언니까지도 기억나지 않을까 봐 점점 겁이 나. 술을 마시면 나도 모르게 날카로운 조각을 찾아. 피를 보고 싶

어져, 손목을 그었을 때, 진득하고 따뜻한 느낌이 좋아. 피를 보게
되면 더 많은 피를 보고 싶어져 안절부절못하게 되고 나도 내가
두려워.”

“엄살 좀 부리지 마.”

진은 다시 한숨을 내쉬고 천천히 커다란 가방을 들고 내렸다.
대문 앞에 서서 안으로 들어가기 전 나를 돌아다보았다. 진의 작
은 몸피로 달빛이 고스란히 흘러내렸다. 나는 운전대를 팔로 감싸
고 터키석이 군데군데 박힌 흰 외벽을 쳐다보았다. 건물은 삼층
구석 부분을 제외하곤 어둠 속에 파묻혀 있었다. 어둠 속에서 눈
을 부릅뜨고 몸을 웅크리고 있는 동물 같았다. 진이 계단을 올라
가는 것을 보며 오늘 일정을 더듬었다. 가편집만 끝내면 작가가
대본 쓸 때까지 여유가 있었다. 진의 방에 불이 켜지는 것을 확인
하고 핸드폰으로 문자를 보냈다. ‘오후 1시, K 모텔.’

편집기 모니터 안에서 김씨가 직사각형 틀에 나무를 덧댔다. 새
시 아귀가 잘 맞지 않았다. 그 너머, 부엌에서 노파가 밥상을 차리
기 위해 움직였다. 김씨가 새시와 벽 틈새에 시멘트를 다 바르자
노파가 상 차렸다고 말했다. 밥상에는 김이 나는 수육, 생선 구이
와 여러 가지 밑반찬이 놓였다. 김씨는 소주를 글라스에 따랐다.
“PD 아가씨도 일단 식사 좀 하시지요.” 나는 테이프를 앞으로 돌
려 김씨가 밥상 앞에 앉는 부분을 삭제했다. 그때, 나는 카메라 정

지 버튼을 눌렀다. 작가 구성안에는 집주인이 보답으로 마련한 단출한 시골 밥상, 이라 적혀 있었다. 나는 수육과 반찬 몇 개를 치우고 찍었으면 좋겠다 말했다. 그들은 놀라다가 이내 고개를 끄덕이며 수육 접시와 반찬을 내려놓았다. 김씨가 다시 상 앞에 앉으며 말했다. "텔레비에서 볼 땐 몰랐는데, 그게 다 짜고 치는 고스톱이구만요." 테이프를 다시 앞으로 돌려 김씨의 목소리를 지웠다. 이 부분은 음악으로 덧씌우라는 표시를 해뒀다. 가편집한 것을 빠르게 돌려 확인했다. 〈사람이 사는 세상〉은 매주 45분간 방영되는 다섯 개 꼭지가 있는 프로였다. 경쟁을 핑계로 여섯 군데 외주 프로덕션에서 제작했고 방송국 외주담당 PD가 매번 종합 편집한 것을 검사했고 시청률이 제일 낮은 프로덕션은 다음 주를 쉬어야 했다. 시청률은 매분 체크되었다. 사람이 사는 모습을 찍는 것이 아니라 시청률을 높일 수 있는, 그림 되는 곳을 찾아 헤맨다고 할 수 있었다. 나보다 세 살이 많은, 서른두 살인 정 PD의 머리카락은 하였다. 그는 범인을 잡아야만 방송을 할 수 있기에 아이템 선택을 잘해야 한다고 했다. "기껏 용의자를 추적했는데 범인이 아니야. 경찰들이야 다시 수사하면 되지만 우린 방송 펑크 나는 거잖아. 그나마 살인 사건 정도 되어야 경찰들도 빨리 움직여주지. 밋밋한 사건은 기본 육 개월은 끌어."

시청률은 좀 나오지만 입에 맞는 사건을 얻어 찾기가 힘들다고 했다. 그는 굵직한 사건들이 많이 터지길 은근히 바란다고 덧붙였다.

"편집 다시 해야겠어. 약해."

가편집 시사 후, 팀장은 한 소리 했다. 편집기를 사용하기 위해 소파에서 세 시간 자고 편집해놓은 것이었다.

"시간대를 생각해봐, 토요일 정오야. 밝고 경쾌하고 빠르게 가자고 했잖아. 이거 보다가 채널 돌리기 십상이지. 재밌는 그림도 없고, 저 남자 카메라 너무 의식하는 것 아냐? 좀 자연스럽게 담아오지. 할 수 없어, 컷이라도 더 잘게 잘라. 결혼 안 하고 혼자 늙은 남자라는 걸 앞쪽에서 빼주고."

그가 편집실을 나가자마자 핸드폰 벨이 울렸다.

"진이란 년, 또 일 저질렀다. 나랑 병원에 가보자. 그인 지방에 내려갔어."

대문 앞에서 나를 돌아다보던 진의 얼굴이 떠올랐다. 동시에 진에게 문자를 보냈는데 약속을 지키지 못했다는 사실도 깨달았다. 편집기에서 테이프를 꺼내 막내 작가에게 자막 체크를 시키고 사무실을 나왔다. 올림픽대로는 차로 꽉 막혀 있었다. 엄마는 처음부터 진을 못마땅해했다. 나는 재혼 예식에 가지 않았다. 여행을 다녀온 후 엄마는 화랑 홈페이지에 올릴 영상물을 찍어달라는 핑계로 만나자 했다. 압구정동으로 가는 차 안에서 엄마는 여행 사진을 보여주었다. 신호등에서 차가 멈춰 섰을 때 나는 사진을 대충 훑어보고 돌려주었다. 이혼 후, 엄마는 문화센터와 대학에서 운영하는 사회교육원을 찾아다녔다. 퀼트, 컴퓨터, 양재, 비즈공예, 문학반 등 여러 강좌를 수강했지만 대부분 오래가진 않았다. 유화강좌는 꽤 오랫동안 들었다. 미술관 순례를 다녔고 술에 취해 새벽에 들어오기도 했다. 엄마가 재혼을 할 때 나는 아버지가 재혼한 집으로 들어갔지만 일주일에 한두 번 들러 잠만 자고 세탁한 옷을 챙겨 나왔다. 압구정동 집은 흰 벽에 드문드문 파란색 타일이 박혀 있는 외벽이 멋졌다. 내가 외벽을 쳐다보자 엄마는 봐라, 내가 이런 곳에 산다, 하며 내 어깨를 쳤다.

"터키석이야. 청색에 구리 불순물이 들어가 있대. 지중해 색이 딱, 저 색이래. 지중해로 여행 가기로 했는데. 진이란 년, 일을 저질러 태국 갔잖아."

화랑에 있던 그는 자신이 화가였다고 소개했다. 화랑 건물이 아름다운 건축물에 선정되었다는 것도 강조했다. 일층은 화랑, 이층은 살림집이고, 삼층은 작업실로 쓰고 한쪽 구석에 바를 만들어놓았다고 했다. 인터뷰를 끝내고 그는 조각품이 많은 정원과 삼층도 찍어달라고 했다. 나와 엄마는 마당 왼쪽에 있는 옥외 계단을 올라갔다. 나는 구리 불순물이 섞여 아름다운 색을 만들어낸 터키석을 바라보았다. 물려받은 재산이 있었나, 이름 없는 화가가 왜 이렇게 부자야, 뭔가 불순물이 섞인 거 아냐, 라고 혼잣말을 했다. 화랑에 걸린 것 중 비싼 깃은 몇 억이 된다고 말하던 엄마는 걸음을 멈췄다. 나선형 옥외 계단 난간에 소녀가 앉아 있었다. 흰색 민

소매 잠옷을 입은 채 담배를 피우고 있었다. 아래로 내려뜨려진 왼손과 담배를 든 오른손 팔 안쪽에 가로로 붉은 줄이 그어져 있었다. 햇빛 속에서 수십 개의 붉은 줄이 꿈틀거렸다. 나를 보기 위해 평행봉에 앉아 있었던 청색 교복 소녀였다.

삼층 바에서 음료수를 따라주던 엄마는 의자에 앉아 팔을 문질러댔다.

"죽고 싶진 않은 게지. 오래되었대. 특히, 생리 때 심해. 자랑삼아 팔을 내밀고 있는 것 보면 소름 끼쳐."

엄마 말에 의하면 진은 늘 죽기 직전 누군가에게 발견되었다. 아니, 진 스스로 누군가에게 교묘한 방법으로 죽음을 알려 살아난다는 것이었다. 진은 엄마가 재혼하기 전 이 년 동안 정신병원에 있었다고 했다.

밍크코트를 입은 엄마는 차에 타자마자 욕을 퍼부었다.

"그년, 아침까지 술 마신 거야. 방에 술병이 가득하더라. 내가 본 것만도 다섯 번이야, 심장마비 걸려 내가 먼저 죽어나갈 판이야."

진은 의자 위에 선 채로 커터로 손목을 긋고 피가 바닥에 떨어지는 것을 보고 있다가 엄마가 방문을 엶과 동시에 천장에 매달아 놓은 스카프에 목을 끼웠다고 했다. 엄마가 바닥에 고인 피를 보고 놀라 문 앞에서 움직이지 않자 진은 칼로 스카프를 끊었다.

"칼을 들고 올라간 것 보면 죽을 생각도 없었어. 목을 끼우곤 의자를 걷어차지도 않더라. 일부러, 나 보게 하려고 그런 거야, 인간

같지 않은 년."

차 안으로 햇살이 와글와글 들이비쳤다. 엄마의 이마에 땀이 맺혔다.

"밍크코트 입기엔 이르지 않아?"

나는 화장지를 꺼내 엄마에게 내밀었다. 엄마는 이마에서 땀을 톡톡 닦아냈다. 파우더 케이스를 열어 얼굴을 살피다 환하게 웃었다. 기초부터 색조까지 태반을 원료로 만든 화장품으로 화장을 했다고 했다.

"케이스 예쁘지? 요걸 바르면 어떤 줄 아니? 화장이 뭉치지도 않고, 또르륵 흘러내린다, 땀이."

"땀이 굴러떨어지는지 확인해보려고 벌써 밍크코트를 꺼내 입은 거야? 딸 병원 가는데?"

엄마는 차에서 내리며 나를 노려봤다.

"니야말로 내 딸이냐?"

진은 멍한 표정으로 붕대를 감은 양팔을 맞비비고 있었다. 담당 의사는 퇴원을 해도 좋다고 말하곤 나와 엄마를 상담실로 데리고 갔다. 한동안 잠잠하다가 증세를 일으키는 원인을 알고 있는지 물었다. 심리 검사를 다시 받아보자는 제안을 했고, 리스트컷증후군 환자에게는 가족의 관심이 중요하다며 장황하게 설명했다. 부작용이 거의 없는 렉사프로를 처방했다며 약에 대한 설명도 덧붙였다. 엄마는 긴 설명을 듣는 내내 얼굴에서 땀을 훔쳐냈다. 스웨터 하나 걸친 나에게도 상담실 안은 훈훈하다 못해 답답하게 느껴졌다. 엘리베이터가 일층에서 멈췄을 때 진은 말없이 엘리베이터에서 내렸다. 지하 주차장에서 빠져나오자 엄마는 차창을 내리고 진의 아버지와 통화를 했다. 나는 진에게 핸드폰으로 문자를 보냈다.

'금요일, S 모텔. 오후 4시.'

엄마는 차에서 내리기 전에 말했다.

"내 눈앞에서 사라지면 원이 없겠어. 요즘 같아선 그쪽에, 정신병원에 다시 들이밀고 싶어."

나의 엄마이기도 하고 지금, 진의 엄마이기도 한 그녀의 얼굴을 쳐다보았다. 태반을 원료로 한 화장품으로 화장했다고 했다. 한때, 산모와 태아를 연결해주었을 태반 성분이 흡수된 그녀의 얼굴은 땀으로 번들거렸다. 낯선 사람의 태반을 얼굴에 덧바른 그 얼굴이 소름 끼쳤다.

작년 봄, 복학했던 고등학교에 자퇴서를 내고 오는 길이라며 진이 여의도로 찾아왔다. 나는 종합 편집을 끝내고 나오던 중이었다. 진은 술을 사달라고 했다. 술을 마시자 진의 얼굴은 갓 잡아 올린 멍게처럼 붉어졌고 옷소매를 걷어붙이고 자주 손목을 긁었다. 상처를 하나씩 짚으며 손목을 그었을 때마다의 상황을 얘기했다.

"과학 실험실에 있었어. 애벌레를 관찰하던 중이었나 봐. 꿈틀꿈틀하는 것이 처음에는 안쓰러워 보였는데 어느 순간 견딜 수 없었어. 꿈틀꿈틀. 내 모습 같았어. 내 필통을 뒤지고 옆에 앉은 아이의 필통도 뒤졌어. 커터을 찾았는데 없었어. 샬레를 떨어뜨려서 깼어."

"그만."

나는 진의 말을 자르고 처음 손목을 그었을 때와 이유를 물었다. 진은 언제인지 생각이 안 나고 특별한 이유가 없다고 대답했다.

"말하고 싶지 않은 거겠지. 아니, 어쩌면 특별한 이유가 없을지도 몰라. 관심을 끌고 싶은 유아적 심리겠지."

순식간에 진이 녹색 술병을 깨 병목을 잡고 깨진 곳으로 손목을 그었다. 피가 탁자에 뚝뚝 떨어져도 멈추지 않고 이미 생긴 상처 위에 덧그었다. 병원에서 응급처치를 하고 새벽에 잠깐 눈을 붙이기 위해 모텔에 들어갔다. 우리는 청소하는 아줌마가 문을 두드릴 때까지 잠을 잤다. 진은 악몽 없이, 약 없이 긴 잠을 잔 것이 처음이라고 했다. 그때부터 우리는 일주일에 한두 번 만나서 같이 잤다.

진은 흰 아사면 잠옷을 내게 내밀었다. 나를 만날 때면 늘 가지고 다니는 커다란 가방 안에서 얇은 침대보를 꺼내 침대 위에 펼쳤다. 아사면 잠옷에서 섬유유연제 냄새가 났다. 잠옷으로 갈아입은 나는 바스락거리는 침대보 위에 누웠다. 빨아서 햇빛에 말렸을 침대보에서는 햇볕 냄새가 났다. 진은 커튼 자락을 잡고 꼼꼼하게 쳤다. 방 안에 어둠이 가라앉았고 커튼을 통과한 오후 햇살이 붉게 그림자 졌다.

"혹시, 죽 먹을래?"

진이 보온밥통을 꺼내 보였다. 진은 불면증 치료제인 스틸록스를 잣가루와 섞어 죽을 쑤어 왔다.

"그런 것 도움 없어도 나는 잠이 그리워."

진은 플라스틱 숟가락으로 죽을 두 숟가락 떠먹고 보온밥통 뚜껑을 닫았다. 진은 나에게 보이기 위해 일기를 썼다. 나는 허브 향이 나는 일기장을 받아 첫 장을 넘겼다. '시장에는 수천 개의 죽음이 엎드려 있어.' 지겹다. 일기는 시작과 끝이 온통 죽음에 대한 것이었다. '수분이 말라비틀어진 야채, 아가미를 펄떡거리며 죽음의 순간을 기다리는 생선, 나는 아직 살아 있는, 그러나 죽은 것이나 다름없는 생선을 샀어.' 나는 진이 시장에서 무엇을 샀는지 궁금하지 않았고 무엇보다 졸음이 몰려들었다. 일기장을 옆에 놓고 누웠다. 마사지를 하던 진이 한숨을 쉬곤 머리에서 긴 가발을 벗어 화장대에 놓았다. 듬성듬성 나 있는 짧은 머리칼이 작은 두개골에 찰싹 달라붙었다. 항우울제 과다복용 부작용으로 진의 탈모는 점점 더 심해졌다.

"알람을 맞춰줘. 세 시간 자고 일어나 더빙하러 가야 해. 너 잠들면 갔다 와서 깨울게."

진은 한숨을 내쉬곤 일기장을 화장대에 던져두었다. 모텔 로고와 전화번호가 프린트된 베개를 내 발밑에 놓아주었다. 피가 발끝에서 종아리로 흘러내리는 것 같았다. 발가락 끝부분부터 서서히 피로가 걷혀졌다. 진은 내 머리맡에 앉았다. 클렌징 워터를 화장 솜에 묻혀 내 얼굴 화장을 지웠다. 눈썹을 지우고, 볼과 입술을 지워줬다. 하나씩 지울 때마다 피로가 한 겹씩 벗겨졌다. 누군가 내 얼굴을 홀랑 걷어 가버린 것 같았다. 진이 따뜻한 수건으로 얼굴을 닦아주고 레몬 향이 나는 일회용 마스크 시트를 얼굴에 덮어주었다. 섬유 유연제와 레몬 향이 서로 뒤섞여 콧속으로 파고들었다. 몸속의 모든 장기들이 느슨해지고 맥이 풀렸다. 나는 얼굴을 지운 채 오후의 어두운 방 안에서 잠 속으로 뭉텅뭉텅 빠져들어갔다.

누군가 내 머리맡에 앉아 있었다. 내 귓가에 뭔가 속삭이는 것 같았고, 무언가를 먹는 것 같았다. 빳빳하게 굳은 손을 주먹 쥐었다가 다시 폈다. 방 안은 어두웠다. 수분이 빠져버린 마스크 시트를 얼굴에서 떼어냈다. 일어나 커튼을 걷었다. 커튼 밖도 어두웠다. 벽을 더듬어 스위치를 찾아 눌렀다. 어깨 뒤에서 누군가 나를 짓누르고 있다는 것을 느낌과 동시에 방 안이 환해졌다. 시계는 일곱시를 가리켰다. 재빨리 잠옷을 벗고 옷을 입었다. 진은 스카프로 얼굴과 숱이 성긴 머리통을 덮은 채 잠들었다. 화장대에 놓인 가발이 사려놓은 물미역 타래처럼 보였다. 진의 일기장을 들고 전등 스위치를 껐다. 스카프로 머리 전체를 덮은 진이 어둠 속에 파묻혔다.

더빙할 성우기 다른 일징이 끝나시 않아 누 시간 정도 늦을 것 같다는 문자가 왔다. 내 자리에 앉아 진의 일기장을 넘겼다. 진은 시장에서 생선을 샀다. 진은 검은 비닐봉지 안에서 꿈틀거리는 생선 때문에 어디든 들어가지 못하고 길거리를 걸어 다녔다. 나는 일기장을 들고 밖으로 나왔다. 엘리베이터 안에서 펼쳐진 곳을 읽었다. 진은 정말로 죽고 싶다고 적었다. 나는 일기장을 덮었다. 서강대교를 지나며 습관적으로 다리 양쪽을 살폈다.

방문을 열자 고여 있던 공기에서 불쾌한 냄새가 났다. 창문을 열고 트렁크에서 옷가지를 꺼내 베란다에 있는 세탁기에 넣었다. 방 한쪽에 놓인 바구니에 개켜져 있는 옷들을 빈 트렁크에 담았다. 집에 아무도 없을 때 다시 나가야 하는데 하품이 나고 졸렸다. 세탁기가 끝날 시간을 계산해 알람을 맞춰놓고 침대에 누웠다. 전화벨 소리에 일어나니 열시가 넘었다. 핸드폰을 펼쳤다. 부재중 전화에는 팀장 번호만 네 번 찍혀 있었다. 집 안에는 인기척이 없었다. 거실 불을 켜고 세탁기에서 빨래를 꺼내는데 손목이 쓰라렸다. 거실 불빛에 비춰본 양 손목 안쪽에 붉은 줄이 그어져 있었다. 양손에 다섯 개씩 일정한 간격으로 그어진 선은 깊지는 않았지만 긁은 곳이 부풀어 올랐고 핏방울이 맺혔다. 나는 잠잘 때, 양손을 머리 위로 올리고 자는 습관이 있었다. 순간, 내 머리맡에 구부리고 앉아 커터로 내 손목을 긁고 있는 진의 모습이 떠올랐다. 화가 남과 동시에 불길한 예감이 머리를 스쳤다. 트렁크를 현관 앞에 내놓고 진의 일기장을 펼쳤다.

'생선의 이름은 몰라, 집에 와서 보니 죽었어. 분명, 시장에선

아가미가 팔딱거리는 것을 보았는데 말이지. 죽음까지 가는 과정
이 고통스럽대. 그러나 죽음의 순간, 완벽한 죽음까지는 단 오 분
도 걸리지 않는다더라. 오 분 동안 난 무엇을 하고 싶을까. 언니가
나를 기억하도록 흔적을 남겨주고 싶은데 언니는 싫어할 거야,
분명.'

일기장을 한 장 넘겼다. 진은 그동안 다녔던 여러 병원으로 가
처방전을 받았고, 처방전을 들고 약국으로 가 되는대로 약을 받아
와 죽을 쑤었다고 적었다.

'이젠, 정말 죽어버릴 거야, 언니 곁에서. 언니가 나를 죽음으로
이끌어줘. 그건 허락할 거지?'

시간을 계산하며 신발을 신었다. 진의 핸드폰은 전원이 꺼져 있
었다. 나는 진이 손목을 그을 때마다 관심받고 싶은 욕망을 표현
하는 것이라 여겼다. 진에게는 죽음과 삶이 팽팽하게 줄다리기하
고 있기에 오히려 안전하다고 생각했다. 차 시동을 거는 발이 후
들거렸다. 죽겠다, 죽겠다, 라고 말하는 사람은 결국, 어느 순간 죽
음으로 발을 내디딜 수 있다며 관심을 가져야 한다고 강조하던 의
사의 말이 떠올랐다. 차에서 내려 붉은 조명등이 켜진 복도를 지
나 엘리베이터를 탔다. 좁은 복도 끝, 방문이 열려 있었다. 현관으
로 들어가자 자동센서가 켜졌다. 막 청소를 끝냈는지 방 안은 정
돈되어 있었다. 소독약 냄새와 함께 시큼한 냄새가 방 안에 진동
했다. 카운터에 앉아 있던 여자는 진이 방 안에 토악질을 해놓았

고 침대가 피로 얼룩졌다고 했다. 중년 여자가 오기 전에 어떻게 알았는지 구급차가 먼저 도착했다며 소매가 걷혀져 있는 내 손목을 보았다. 걱정과 안도의 마음보단 또 속았다는 생각에 화가 났다. 모텔을 나설 때, 핸드폰 진동이 울렸다. 정 PD였다.

"너 아이템 펑크야. 독거노인의 집을 수리해준다던 김씨가 노인 살인 방화 사건 강력한 용의자야. 지금 경찰에서 조사받고 있어."

일곱 명의 아이를 낳은 여자의 얼굴을 클로즈업했다. 얼굴은 부기가 안 빠졌는지 좀 부어 보였지만 평온해 보였다. 여자는 이십대 후반부터 삼십대 후반까지 일곱 명의 아이를 낳았다. 대개는 이 년 터울이었고, 삼 년 터울도 있고 연년생도 있었다. 첫째는 고등학교 일학년이었다. 다섯째와 여섯째는 쌍둥이 아들이었다. 막내딸은 며칠 전에 돌잔치를 했다. 여자는 근 54개월 동안 배가 불러 있었다. 사 년이 넘는 시간이었다. 남편은 농사일을 하며 시장에서 종묘사를 운영한다고 했다. 제가 씨앗을 잘 관리해서인지 저희 집에서 사 가면 씨앗도 잘 자라고 묘목도 빨리 굵어진대요. 남자의 인터뷰를 그대로 살렸다. 화면을 넘겨 네 살 쌍둥이 사내아이들이 장난감 자동차를 서로 차지하려고 싸우는 장면에서 멈췄다. 맏딸이 그들을 따끔하게 혼냈다. 맏딸인 민정이는 동생들에게 손들고 있으라는 벌을 주고 막내인 아기를 등에 업고 저녁을 준비했다. 계란말이를 하기 위해 계란 세 개를 풀고 밀가루를 섞었다.

나는 밀가루는 왜 섞는지 물어보았다.

"이렇게 해야 양이 더 많이 나와요."

민정이는 김치를 동생들이 먹기 편하게 잘게 썰었다. 그들의 소란스러운 저녁 식사 시간에는 나도 엄청난 허기를 느꼈다. 나는 이례적으로 그들의 밥상에 같이 앉았다. 애들 엄마는 이건 먹지 마, 하며 아이들에게 눈짓을 보냈다. 내 앞에 계란말이 접시가 따로 놓였다. 식사 도중 엄마한테 전화가 왔다. 안 받으려 했는데 촬영 중도 아니었고 진동이 아닌 벨소리에 아이들이 나를 쳐다보았다. 나는 핸드폰을 들고 밖으로 나갔다.

"진이 년, 모텔에서 약 먹고 손목 그었을 때, 제 엄마한테 전화했다더라. 오늘 그이 꼬드겨 정신요양원에 보냈어. 의사도 추천했고, 사설이라 시설도 깨끗하고 좋대. 이제 한시름 났다."

사설이라 시설이 좋다니. 나는 손목 안쪽을 들여다보았다. 아물기 시작해 꾸들꾸들 딱지가 생겼다. 나도 모르게 손목 상처 부분을 손톱으로 긁었다. 셋째 아들인 영식이 나를 찾으러 나왔다. 내가 밥상으로 다가갔을 때 넷째 아들이 훌쩍이고 있었다. 내가 나간 사이 내 몫의 계란말이를 먹어 엄마한테 혼나는 중이었다. 그때, 나는 카메라를 꺼내 울고 있는 아이와 입으로는 웃으며 눈을 흘기는 칠남매 엄마의 얼굴을 클로즈업했다.

"험한 세상에 애들 줄줄이 낳았다고 다들 뭐라 해요. 애들 아빠와 저는 세상이 아름답다고 착각하며 살아가요. 아직은 그 착각이 애들을 키우는 데 큰 힘이 돼요."

여자는 인터뷰에서 웃으며 태연하게 말했다. 나는 안타까웠지만 그 착각을 계속 착각하며 살길 바랐다. 그렇게 착각을 하며 살아가는 여자가 한편으로 부러웠다. 이번 아이템은 찍을 때 시간 가는 줄 몰랐는데 편집할 때도 버리기 아까운 그림들이 많았다. 가편집한 것을 다시 확인할 때 핸드폰이 울렸다. 정 PD였다. 김씨가 독거노인들에게 죽여달라는 부탁을 받았고 대가로 돈을 받았다고 자백했다. 대개 이백만 원을 받았지만 더러 몇십만 원밖에 못 받은 노인도 있다고 했다. 그런데 받은 돈의 사용처는 끝까지 밝히지 않았다. 정 PD는 다른 사건을 찾아야 한다고 했다. 위에서 기사화하지 말라는 지시가 내려와 사건 취재 중지 명령이 떨어졌다고 했다. 방송국 측에서도 프로 특성상 맞지 않고 방영 후 발생할 문제를 피하기 위해 촬영을 접으라고 했다며 정 PD는 분하고 답답해했다.

"프로 특성이 안 맞다니 말이 돼? 왜 선악이 확실해야 하는데? 뭐가 선이고 뭐가 악인데?"

나는 대답할 말을 찾지 못했다. 책상 제일 아래 서랍에서 테이프를 담아놓은 상자를 꺼내 테이프 하나를 편집기에 넣었다. 독거노인 집을 무료로 수리해주는 늙은 총각 아이템은 방송을 못 했다. 다른 프로덕션에서 제작한 것이 경쟁 없이 방영되었다. 제작비도 안 나왔다. 팀장과 작가는 아이템이 펑크 난 것이 내 탓이라도 되는 듯 나에게 툴툴거렸다. 모니터 안에서 남자는 수줍게 웃었다. 남자의 방은 초등학생 그림처럼 간결했다.

"결혼을 안, 안 한 게 아니라 못, 못 했어요."

남자는 손으로 입가를 쓸어내고 머리를 긁적이며 말했다.

"배운 것도 없고. 또, 초, 촌구석에서 남의 땅에 농사짓는 사람헌테 어느 누가 와 고생할라고 혀유?"

남자는 일을 할 때는 말을 잘했는데 인터뷰에서는 말을 더듬거렸다. 테이프를 바꿔 끼웠다. 음소거 버튼을 누르고 독거노인의 집 보일러를 손보고 있는 그의 표정을 훑어보았다. 양미간이 넓고 눈썹 끝이 아래로 처져 순한 인상이었다. 오 년 후면 환갑이라던 남자의 표정 어디에도 살의는 느껴지지 않았다. 정 PD가 보여준 분홍색 땡땡이 스카프를 매고 웃는 노인들 주검을 떠올렸다. 죽임, 이라는 결과만 보지 않고 과정을 헤아리면 김씨의 행동을 이해할 수 있을까. 죽임의 과정이 용서될까. 편집한 것과 편집하지 않은 테이프를 모두 꺼냈다. 노인의 시신을 안전한 곳으로 옮기고 집에 불을 지르는 김씨 모습이 담겨 있는 것 같은 생각이 들어 확인했던 테이프들을 보고 또 보았다. 어떤 테이프에도 죽임에 관한 단서는 흔적도 없었고 김씨의 행동은 평온했다. 핸드폰이 울렸고 전화를 건 사람은 엄마였다.

"긴이 요양원에서 사라졌대. 어쩐지 그년이 고분고분하더라 했어. 내가 미치지. 일단 그이한텐 말 안 하는 게 낫겠지?"

"그런 거 나한테 일일이 물어보지 마."

나는 테이프를 서랍에 모두 집어넣고 자리에서 일어났다. 주차장으로 가기 위해 엘리베이터를 기다리는데 화가 치밀어 올랐다. 오래된 버릇처럼 손목 안쪽을 손톱으로 긁었다. 차 시동을 걸고 빌딩을 빠져나오니 주말 저녁이라 여의도 도로는 텅 비어 있었다. 국회의사당 앞을 지나 서강대교를 지나며 다리 양옆을 살폈다. 대흥동에서 합정동 쪽으로 방향을 틀어 양화대교를 지나며 양쪽을 살폈다. 양화대교 중간에 생긴 카페 앞에 차 몇 대가 세워져 있었다. 양평동 뒷길로 가 마포대교를 향해 갔다. 마포대교를 지나며 다리 양쪽을 두리번거렸다. 여의도를 한 바퀴 돌아 국회의사당 앞을 지나 서강대교로 들어섰다. 오른쪽 다리 난간에 누군가가 서 있었다. 긴 머리카락을 휘날리고 있는 여자였다. 차 속도를 줄이며 차선을 변경했다. 브레이크를 밟으며 차를 세우려 할 때 다리 난간에 팔을 올리고 있던 여자가 뒤를 돌아보았다. 차를 세울까 망설이다가 그냥 지나쳤다. 바로 뒤에 따라오던 차가 클랙슨을 울린 탓도 있었다. 룸미러를 보니 난간에 팔을 올린 여자가 내 차를 계속 쳐다보았다. 차를 유턴해 다시 그곳에 갔을 때 다리 위에 여자는 보이지 않았다.

놀이터 한쪽에 평행봉이 있었다. 이곳을 많이 지나다녔지만 놀이터에 들어가본 적이 없었다. 평행봉으로 다가갔다. 칠이 벗겨진 봉을 양손으로 잡았다. 발돋움을 해 평행봉 위로 올라가보려 했지만 쉽지 않았다. 손에서 땀이 났고 젖은 손에 쇠가 묻어 녹내가 났다. 생각해보니 어렸을 때부터 지금까지 평행봉 위에 올라간 기억이 단 한 번도 없었다. 한쪽 봉을 양손으로 잡고 발을 올려 간신히 위로 올라갔다. 한쪽 봉에 엉덩이를 대고 다른 쪽에 다리를 걸치고 앉았다. 나선으로 휘말려 내려오는 미끄럼틀, 흔들림이 없는 그네, 녹색 칠을 해놓은 정글짐, 새로 설치한 것처럼 보이는 야외 헬스 기구들, 가로등이 켜지기 시작하는 저녁 거리, 모든 것이 낯설게 보였다. 평행봉 위에 올라앉아 있는 내 자신조차 낯설어 보였다. 천천히 몸을 일으켜 한쪽 봉에 한 발씩 딛고 평행봉에서 일어났다. 몸의 중심이 흔들렸지만 양손을 뻗어 평행을 유지했다. 바람이 허공을 가르며 다가와 서서히 나를 통과했다. 고개를 들어 상처처럼 길게 흩어져 있는 구름을 쳐다보았다. 처음으로 진의 생각을 헤아려보았다. 죽고 싶었고 동시에 살고 싶었을 것이다.

내 곁에 있어줘

골목을 휩쓴 바람이 나뭇잎과 함께 솟구쳤다. 빌딩 그림자에 폭 쌓인 이곳의 바람은 유독 앙칼졌다. 바람이 불 때마다 올이 굵은 스웨터 사이로 바람 더미가 뭉텅 들어왔다. 소요는 돌 벤치에 쌓인 젖은 나뭇잎을 손으로 쓸어내고 앉았다. 의자 위로 다리를 올려 무릎을 접고 스웨터 소맷자락을 당겨 손을 집어넣고 몸을 웅크렸다. 무릎에 올린 고개를 돌려 옆 벤치에 앉은 남자를 보았다. 아까부터 소요를 힐끔거리던 남자는 담배를 바닥에 던져 신발로 비볐다. 회색 양복에 황토색 단화를 신은 남자는 바람이 달라붙는 신문을 펼쳤다가 착착 접었다. 얼굴을 가릴 만큼의 크기로 접어 무릎에 놓고 핸드폰을 들여다보았다. 소요는 섶은 무릎에 턱을 괴고 건너편 벤치에 누워 있는 노숙자에게 무연히 시선을 던졌다.

누군가 소요의 어깨를 짚었다. 퍼뜩 놀라 몸을 웅크리며 고개를 돌렸다. 교복 위에 점퍼를 걸쳐 입은 소녀가 소요 옆에 풀썩 주저 앉았다. 소녀는 핏기 없는 손에 말아 쥔 만 원짜리 지폐를 내밀었 다. 소녀의 얼굴은 창백했고 푸르스름한 눈 밑 살이 파르르 경련 을 일으켰다. 소요는 지폐 세 장을 확인하며 몸을 내밀어 옆 벤치 의 남자를 살폈다. 어느새 남자는 바람에 까뒤집히는 신문을 펼쳐 들었다. 소녀는 점퍼의 지퍼를 채우기 위해 고개를 숙였다. 손의 떨림으로 지퍼가 자꾸 어긋났다. 소요는 몸을 소녀에게로 돌려 점 퍼의 끝을 잡았다. 소녀가 소요의 손길을 사납게 뿌리치고 어긋나 는 손짓을 해댔다. 지퍼의 차가운 쇠붙이가 소요의 손등을 할퀴자 핏방울이 맺혔다. 소요는 손등의 상처를 혀로 핥았다. 차갑고 비릿 했다. 소요는 소녀의 양팔을 밀치고 지퍼를 채워줬다. 지그재그로 지퍼 양쪽이 꽉 맞물리자 소녀의 딱딱거리던 이빨 부딪히는 소리 가 멈췄다. 소요는 소녀의 귀에 입을 대고 낮게 속삭였다.

"에스정? 아니면 러미날?"

지퍼를 목까지 올린 소녀는 손을 점퍼 주머니 속에 집어넣었다.

"아무거나, 얼른."

노숙자가 몸을 뒤척이자 소녀는 눈을 가늘게 뜨고 소요에게 서 두르라는 눈짓을 했다. 소녀의 눈 주변 전체가 검은 물이 고인 웅 덩이처럼 파였다. 소요는 천천히 일어나 빌딩 뒤로 갔다. 가나안 경, 신일광학을 지나 골목 입구에서 화재, 생명보험회사 빌딩을 올려다보았다. 매끄러운 유리에 들러붙은 노을이 빌딩 표면을 활활 태우고 있었다. 빌딩과 빌딩 사이에 있는 좁은 골목으로 들어섰다. 돋보기 전문 현미안경 옆, 계단에서 쓰레기봉투를 훑던 고양이가 막다른 계단 끝으로 올라가 사라졌다. 계단 끝에 있는 대문 없는 집은 미리내의 집이다. 우중충하고 더러운 골목에서는 퀴퀴한 냄새가 났다. 소요는 악취 나는 골목을 기운 없이 걸어 들어갔다. 골목은 다른 골목에 비해 서성이는 사람들이 많았다. 모두 아는 얼굴들이다. 서로들 눈짓으로 골목에 들어서는 얼굴을 살폈다. 그들은 골목에 들어선 사람이 소요라는 것을 파악하곤 일순간 정지했던 일을 다시 했다. 골목의 끝, 야트막한 담 사이에 난 비좁은 계단에 앉은 정분네는 태연히 마늘을 깠다. 정분네가 앉은 계단에는 인조 고무나무 화분이 세 개 있다. 고무나무를 들어 올리면 흙 대신 검은 비닐봉지가 있었다. 커다란 화분 통은 위급한 상황에 숨기고 싶은 물건을 숨기는 장소였다. 위급한 상황도 다 옛말이었다. 이 골목은 이제 경찰의 관심 밖이었다. 가끔, 신문기자나 심심풀이로 드나들 뿐이었다. 미리내가 서 있는 소요 옷수선 앞은 미리내 자리다. 그녀는 하루에 서너 번씩 옷을 갈아입고 그 자리를 지켰다. 소요는 미리내 곁을 재빨리 지났다. 예전에 미리내는 하와이 나이트클럽의 여가수였다고 했다. 지금 하와이 나이트클럽에는 가수가 필요 없었다. 밤보다는 낮에 너 사람들이 늘락거렸다. 대부분 시장에서 일하는 사람들인데 한갓진 시간에 몸을 풀기 위해서였다. 소요는 정분네 앞에 서서 만 원을 빼놓고 이만 원을 내밀었다.

"작은 걸로."

정분네는 마늘을 까는 데 어울리지 않는 검게 녹슨 식칼을 든 손을 쳐들어 코를 닦으며 흐흐, 웃었다. 마늘 바구니 옆에 있는 커다란 검은 비닐봉지에서 러미날 백 정이 든 봉지를 꺼냈다. 정분네 옆에서 비둘기들이 무언가를 열심히 쪼아 먹고 있었다. 늘 정분네 옆에 있는 비둘기는 사람이 다가가도 피할 낌새가 없었다. 소요는 발로 비둘기의 옆구리를 찼다. 비둘기는 소요의 발길질에도 움직이지 않고 집요하게 땅바닥을 쪼았다.

"흐흐, 내 새끼들."

정분네는 검은 봉지에서 에스정 한 알을 꺼냈다. 이빨로 잘근 씹어 비둘기 앞에 뱉었다. 흰 알약과 거품 많은 침이 바닥에서 보글거렸다. 비둘기들은 시퍼렇게 눈을 빛내며 맹렬히 모여들었다. 촘촘히 모인 비둘기의 깃털이 무서울 정도로 검게 윤이 났다. 소요는 러미날을 가방 안에 넣고 일어났다. 소요 옷수선, 이라는 간판 달린 지하방 앞에서 뒤를 돌아보았다. 정분네가 방부제를 넣은 분무기를 들어 깐마늘에 뿌렸다. 미리내는 소요의 어깨를 잡았다.

"요즘 애티를 벗어내고 있구나."

소요는 미리내의 손을 뿌리쳤다. 끈적거리는 미리내의 시선은 이 골목을 드나드는 소녀들의 몸에 들러붙었다. 미리내는 남자들을 유혹하기도 했지만 소녀들에게 쉽게 돈을 버는 방법을 제시하기도 했다. 골목 초입 주차장에서 검은색 에쿠스가 빠져나왔다. 소요는 가방 안에 손을 넣어 러미날 봉지를 열었다. 러미날 열 알을 세어 가방 안쪽 주머니에 덜어 넣었다. 검게 선팅된 에쿠스의 차창이 열리고 운전자가 얼굴을 내밀어 바닥에 침을 뱉었다. 소요는 가방 안에 넣은 오른손으로 봉지를 봉합하며 카악, 하고 침을 모아 뱉었다. 반질거리는 에쿠스의 왼쪽 뒤 꽁지에 소요의 하얀 침이 흘러내렸다.

소녀는 돌 벤치에 앉아 핸드폰으로 문자를 보내며 다리를 덜덜 떨었다. 신문을 읽던 남자는 없었다. 전화 부스 앞에 한 무리의 소년들이 모여 있었다. 몇 명은 벌써 몸을 가누지 못해 서로의 몸에 기댔다. 소요는 돌 벤치에 놓인 종이컵을 들고 그 자리에 앉았다. 고개를 든 소녀는 여전히 한 손으로 문자를 보냈다. 가방에서 러미날을 꺼내 줬다. 소녀는 등에서 가방을 내려 지퍼를 열고 러미날을 넣었다. 손을 가방 안에 집어넣고 봉지를 열어 흰 알약 다섯 알을 꺼냈다. 식은 커피를 마시며 알약을 한 알씩 입에 넣었다. 다섯 알을 먹은 뒤, 점퍼를 벗어 돌돌 말아 가방 안에 넣고 바람이 마른 나뭇잎을 이리저리 패대기치고 있는 허공을 쳐다보았다.

"이게 마지막이야. 너 따윈 거들떠보지도 않을 거야. 잘 기억해 둬. 난 니가 징그러워."

소녀의 핸드폰에서 문자가 도착했다는 신호음이 들렸다. 소녀는 문자를 확인한 후, 가방에서 영어 단어장을 꺼냈다.

"조금 있으면 기말고사야, 지겨워. 너 알다시피 나, 반에서 일등이야."

소요는 소녀를 바라보았다. 뺨에 새파란 실핏줄이 보였다. 투명했다. 지하철에서 앵벌이를 끝낸 소년들이 소요와 소녀가 앉은 벤치로 다가왔다.

"꼬맹아, 알탱이 있냐?"

소요가 없다고 하자 소년들은 돈을 모았다. 한 명은 골목으로 가고 한 명은 편의점에 갔다. 귀밑까지 실을 꼬아 내려오는 녹색 털모자를 쓴 소년이 소요 옆에 앉았다. 녹색 털모자를 쓴 소년이 몸을 앞으로 내밀어 소요 옆에 앉은 소녀를 빤히 쳐다보았다.

"누구야? 예쁘다."

소년의 말에 소녀는 신경질적으로 자리에서 일어났다. 일어나서는 가야 할 길을 가지 않고 교복 치마의 허리 부분을 한 단 접었다. 앙상한 무릎뼈가 도드라졌다. 일부러 소년에게 보이듯 치마 끝을 탈탈 털었다.

"학원 가야 해. 다음다음 주 금요일에 올게. 그땐 시험 기간이라 일찍 끝나, 오후 두시."

소녀가 가방을 메고 돌아설 때 소요는 소녀의 자주색 교복 상의를 잡았다.

"야, 이예진. 다음부턴 사만 원."

소녀는 두어 걸음 걷다가 뒤돌아 소요를 쏘아보았다.

"도둑년."

소녀는 사뿐거리는 걸음으로 지하도를 향해 걸어갔다. 이제 소녀는 학원에 도착해 공부하는 학생의 자리로 갈 거였다. 흰 알약을 복용할 것이고, 약기운으로 용기를 내 덤벼들어 뭐든지 깊이 파고들 거다. 공부든 나쁜 짓이든. 그것이 무엇이든지 소요는 관심 없었다. 소녀가 규칙적으로 자신을 찾아올 수밖에 없다는 것이 중요했다. 한차례 바람이 몰아쳤다. 전화 부스 앞에서 약을 먹던 소년 소녀들이 캬아, 소리를 지르며 서로의 몸을 부둥켜안았다. 벤치위에서 잠든 노숙자가 몸을 동그랗게 말며 웅크렸다. 비닐 소재인 붉은 점퍼 속으로 바람이 들어가 그의 몸이 들썩거렸다. 퇴근 시간에 맞춰 빌딩에서 쏟아져 나온 사람들은 소리를 지르는 아이들의 무리를 보곤 인상을 찌푸렸다. 녹색 털모자를 쓴 소년이 소녀가 사라진 쪽을 쳐다보았다.

"교복을 입은 애들은 다 예쁜 것 같애."

"춥지? 우리 집에 갈래?"

"아니."

"여기선 얼어."

"거리가 좋아, 아니면 쪽방에 들던가."

쪽방에 들면 언니들이랑 한데 어울려 자는 거잖아. 맥주를 들고 오는 소년의 휘파람 소리에 소요는 물음을 삼켰다. 약을 사 온 소년이 봉지를 열어 다른 소년들의 손에 약을 한 움큼씩 나눠줬다.

소년들은 맥주를 나눠 마시며 흰 알약을 삼켰다. 소년들의 입가로 하얀 거품이 흘러나왔다. 다리에 힘이 풀린 소년이 바닥에 주저앉아 돌 벤치에 몸을 기댔다. 얕은 어둠이 소년들의 해쓱한 얼굴 속으로 뭉텅뭉텅 스며들었다. 눈동자가 풀린 소년이 알아들을 수 없는 목소리로 웅얼거렸다.

"어떤 아줌마가 내 다리. 일케 꾹꾹 눌러. 굳세게 살라며 만 원 줬어. 굳세게, 쿡."

어둑해진 소년의 얼굴에 웃음이 번졌고 얘기를 용케 알아들은 다른 소년들이 다리를 누르며 쿡쿡 웃었다. 웃음소리에 잠이 깬 노숙자가 몸을 일으키곤 담배 한 개비를 달라고 했다. 녹색 털모자를 쓴 소년이 담배에 불을 붙여줬다.

"내 참, 더러워서. 벌레 같은 놈들."

그는 담배를 받아 한 모금 빨곤 지하도를 향해 걸어갔다.

"벌레래."

소년들은 또 한차례 쿡쿡거리며 웃었다. 담배를 입에 문 소년이 바닥을 꿈틀거리며 기는 시늉을 했다. 소요는 녹색 털모자를 쓴 소년 곁으로 바싹 다가앉았다. 귀밑까지 내려오는 녹색 털모자가 소요의 뺨에 닿아 까슬까슬했다. 녹색모자는 소년의 얼굴을 하얗게 질려 보이게 했고 얼이 빠져 보이게 하기도 했다. 모자는 소년들과 어울리는 소녀가 시장의 모자 장수와 만날 때 가져온 거였다.

"기분 좋아?"

"어."

"어떻게?"

"머리에, 머리에 꽃이 피어나는 것 같아."

소년이 소요의 어깨를 감쌌다. 소년에게서 미묘한 냄새가 났다. 꽃향기 같기도 한 그 냄새는 차가운 바람과 뒤섞여 야릇한 냄새로 자꾸 맡아보고 싶게 만들었다. 채 다물지 못한 소년의 입가로 거품이 흘렀다. 소요는 녹색 털모자를 쓴 소년의 한쪽 팔에 어깨를 맡긴 채 하늘을 올려다보았다. 흰 구름이 점점 어둠 속으로 스며들었다. 소년의 몸속으로 흰 알약이 스며드는 장면을 보는 것 같았다.

외등 하나 없는 침침한 골목에는 호객 행위를 하는 여자들이 각자의 자리를 지키며 서성거렸다. 골목 안으로 낯선 남자가 들어서면 먼저 행색을 살핀 뒤 미리내가 다가갔다. 미리내가 남자의 걸음걸이에 발을 맞추며 낮게 속삭였다. 쉬었다 가요, 오빠. 어린 여자애도 있어. 붉은 깃발이 펄럭이는 담벼락에 기대어 있던 장군네가 남자의 팔을 잡았다. 힘든 일이 있구나. 털어내고 맘 편히 살어. 부적 써줄까. 남자가 골목 끝, 정분네가 앉은 계단 앞에 다다르자 정분네는 약에 취해 몸을 움직이지 않는 비둘기의 등을 쓰다듬으며 음산한 목소리로 은밀하게 말했다. 뭐, 찾는 것 있어요? 러미날? 에스정? 멋모르고 골목으로 들어선 남자는 어둑해져가는 골목 안에서 만난 늙은 여자들의 짙은 화장과 목쉰 음색에 기겁하며 빠르게 골목을 되돌아 나갔다. 부여식품에서 라면을 산 소요가 그들의 곁을 지나 계단을 두 계단 내려가 미닫이문을 열었다. 반지하 방은 골목에 면해 있는 집의 지하실을 개조한 것이다. 일층에 사는 장군이는 경기도에 있는 할머니 집에서 고등학교를 다녔다. 장군이는 엄마와 떨어져 있어야 살 수 있는 운명이라 했다. 가끔, 여기로 왔지만 올 때마다 장군이 엄마랑 싸웠다. 잉태했을 때 신을 내려 받은 장군이 엄마는 대나무에 붉은 깃발 하나 꽂아놓고 찾아오는 사람들의 미래를 점쳐줬다. 김유신, 이순신의 혼을 몸주로 받아들인 장군네는 사주로 보지 않고 관상만으로 떠올려지는 영상을 마구 내뱉었다. 대부분이 듣기 좋은 소리보다 악담을 내뱉어 찾아오는 사람도 별로 없었다. 장군이는 쓰레기 같은 골목을 통째로 불태워 없애야 한다고 말했다.

형광등은 한참을 깜박거리다 희미하게 켜졌다. 벽에 습기가 차 시멘트 위에 덧칠한 페인트 표면에 물이 배어 나왔다. 문 옆에 낡은 재봉틀이 있고 맞은편 행거에는 옷이 수북하게 걸쳐져 있었다. 윗옷의 팔께 이름과 수선할 내용이 적힌 작은 종잇조각이 붙어 있다. 글씨는 번져 있고 눅눅한 옷에선 퀴퀴한 냄새가 났다. 소요는 행거 앞에 서서 척척 걸쳐져 있는 옷을 뒤적거렸다. 엄마가 집을 나간 뒤부터 옷이 쌓이기 시작했다. 양재 자격증이 있는 아버지였지만 재봉틀 앞에 앉지 않았다. 처음에 손님들은 수선이 안 된 옷이라도 찾으러 왔지만 차츰 사람들의 발길이 끊겼고, 옷들은 삼 년 동안 주인을 잃은 채 쌓여 있었다. 소요는 전기장판 위에 무릎을 꿇고 앉아 방 안을 둘러보았다.

그날, 예진이는 벌 받는 아이처럼 무릎을 꿇고 앉아 방 안을 두리번거렸다. 소요는 방바닥에 널브러진 옷가지를 밀치고 전기장판 온도를 높였다. 예진이의 옷을 벗겨 장판 위에 펼쳐놓았다. 예진이는 옷만 말리고 갈 것이라고 말했다. 초등학교를 세 번 전학한 소요에게 처음 말을 걸어준 짝이었다. 전학 때마다 소요는 말이 어눌하고 몸이 왜소해 아이들의 놀림 상대가 되었다. 엄마 손이 닿지 않아 지저분한 옷차림과 준비물을 챙기지 못해 어김없이 선생님께 지적을 당했다. 힘자랑을 하는 남자애들은 일부러 밀치고 지나갔고 여자애들은 짝이 되면 재수 없어 했다. 어디서나 지긋지긋한 꼴을 당했다. 예진이는 처음으로 말을 걸어주었다. 화장실 같이 갈래? 그 말에 소요는 가슴이 두근거렸다. 소요는 예진이를 도와 청소를 했고 칠판을 닦았다. 어쩌다 숙제를 못 한 예진에게 자신의 노트를 주고 대신 손바닥을 맞았다. 예진이가 화장실 청소 당번이었지만 소요가 대신 했다. 남자아이 세 명이 화장실로 왔다. 야, 말라깽이. 예진이 하녀. 소요는 못 들은 척하고 양동이에 대걸레를 넣고 빨았다. 그때 예진이가 화장실로 들어왔다. 야, 이예진 니 하녀가 대신 화장실 청소를 하네. 세면대에서 손을 씻던 예진이 소요를 돌아보았다. 내가 시킨 것이 아냐. 스스로 좋아서

저러는 거야. 누군가 대걸레를 빤 양동이 물을 소요에게 들이부었다. 옆에 있던 예진이도 함께 물을 뒤집어썼다. 예진이의 비명 소리에 남자아이들은 시시하게 사라져버렸다. 옷이 젖어 엄마에게 혼날 것을 두려워하는 예진이를 억지로 여기로 데리고 왔다.

소요는 신경질적으로 전기장판에서 일어나 행거의 옷을 옆으로 밀쳤다. 회색 바탕에 청색 체크무늬가 있는 치마를 꺼냈다. 허리부분에는 Y빌딩 604호 미스 정, 기장 2인치, 라 적힌 종잇조각이 붙어 있었다. 벽에 붙은 뿌연 거울 앞에서 치마를 대보았다. 치마는 발목 위까지 내려왔다. 소요는 치마를 들고 재봉틀 의자에 앉았다. 스펀지가 비어져 나온 의자가 푹 꺼졌다. 교복을 입고 등에 가방을 메고 지하철에 예진이와 나란히 앉아 핸드폰으로 문자를 보내고 있는 자신을 상상했다.

"힘들어 죽겠어, 실컷 잠이나 잤으면. 학원 다니기 지겨워."

소요는 혼잣말을 하며 가위로 치마를 잘랐다. 근육이 발달되지 않아 가위질에 어깨가 뻐근했다. 오른팔을 원을 그리며 돌렸다. 소요는 예전에 아버지가 재봉틀 앞에 앉아 콧노래를 흥얼거리던 때를 떠올리며 실을 골라 바늘귀에 끼웠다. 치마 밑단을 한 번 접고 발판을 굴렸다. 둔탁한 소리를 내며 재봉틀이 움직였다. 발동작이 어설퍼 치맛단은 비뚤게 박아졌다. 아버지처럼 잘되질 않았다. 아버지는 가끔 술에 취해 집에 들렀다. 잠결에 눈을 뜨면 아버지가 재봉틀 의자에 앉아 담배를 피우고 있었다. 재봉틀을 쏘아보며 미친년, 미친년, 하고 혼잣말을 내뱉다가 말없이 나가버렸다. 아버지는 올여름에 마지막으로 다녀간 후, 아직 소식이 없었다. 막상 아버지가 오면 귀찮아질 것이 틀림없었다. 그렇지만 소요는 막연하게 기다려지기도 했다. 장군네는 소요를 볼 때마다 제 가슴을 치며 말했다. 느이 아버진 쥐도 새도 모르는 구덩이에 빠져 죽었어. 니 엄마가 찾아 혼을 달래줘야 해. 소요는 박음질을 하던 손을 놓고 재봉틀을 쏘아보았다.

"미친년, 미친년."

이빨로 실을 끊었다. 청바지를 벗고 치마를 입었다. 허리 부분이 커 엉덩이에 걸치자 치맛자락이 무릎 위에 닿았다. 허리 부분을 한 단 접었다. 거울 앞에서 몸을 빙글 돌려 행거 앞으로 갔다. 행거에 쌓인 옷들을 옆으로 밀쳐내고 구깃구깃 구겨진 남자 어른의 흰 셔츠를 끄집어냈다. 다시 옷들을 한꺼번에 척척 올려놓았다. 와이셔츠를 바닥에 펼쳐놓고 연필로 줄을 그었다. 겨울이 되면 빌딩 뒷마당에 모여드는 아이들이 적어졌다. 어디론가 사라졌다가 밖에서 자도 얼어 죽지 않을 봄이 오면 다시 모여들었다. 녹색 털모자를 쓴 소년은 추위를 많이 탔다. 작년 겨울, 소년은 쪽방 값이 없으면 약만 잔뜩 챙겨서 어디론가 사라져버렸다. 종이 인형처럼 얄팍해져 나타난 소년은 대학교 창고에서 약이 떨어질 때까지 자다 깨다를 반복했다고 했나.

일어나 행거 앞으로 가 하얀 재킷 주머니에 손을 넣었다. 크고 작은 알약이 주머니에 가득했다. 행거 뒤에 손을 집어넣고 더듬거려 가방을 꺼냈다. 다이어리를 꺼내 뒤에 있는 돈을 꺼내 셌다. 다시 돈을 넣고 다이어리를 덮자 다이어리 사이에서 작은 명함들이 쏟아졌다. 여자들이 커다란 가슴을 드러내고 다리를 벌리고 앉아 입술을 모으곤 속삭였다. 오늘 밤, 당신 죽었어. 화끈한 밤, 핸드폰 번호. 이미지 클럽, 원하는 것을 모두 알아서 해준다. 24시간 대기. 작년 여름에 모아놓은 것들이었다. 한참을 자다 일어나면 문도 걸지 않고 불을 켠 채 자고 있었다. 골목에 혼자 버려진 것 같았다. 행거에 걸쳐진 옷들이 사람들로 변해 우수수 쓰러지거나 오랫동안 매장되었던 주검이 되어 바닥에 툭툭 떨어지는 상상에 시달리다 미처 동이 트지 않은 골목으로 나섰다. 빌딩 돌 벤치에는 약 기운에 취해 잠든 소년 소녀들이 한데 엉겨 자고 있었다. 소요는 백화점까지 걸어갔다. 백화점의 진열창에 손자국을 내며 안을 들여다보았다. 평소에는 경비 때문에 백화점 안으로 들어가기가 쉽지 않았다. 설사 들어갔다고 해도 창문이 없는 공간에서 물건을 고르는 사람들, 마네킹처럼 서 있는 직원, 만지면 사라져버릴 것 같은 물건들, 그 모든 것들이 소요에겐 기괴하게만 느껴졌다. 아무도 없는 새벽어둠 속에선 오히려 편안하게 물건을 들여다볼 수 있었고 환하게 빛나는 진열장 안에 들어가 잠을 자고 싶은 기분이 들었다. 백화점에서 돌아오는 거리에 주차해놓은 차에는 아침 이슬이 서려 있었다. 차의 유리창 틈 사이에는 싼 이자 대출과 대리운전

번호가 적힌 전단지, 야한 여자들의 포즈를 찍은 명함이 여러 장 끼워져 있었다. 여자들의 사진이 있는 명함을 뽑아 모았다. 여자들의 사진을 모아뒀다가 가끔 꺼내 보면 알고 지내는 얼굴처럼 반가웠다. 형광 분홍색 수영복을 입은 여자의 사진을 거울 앞에 세워놓았다. 거울 앞에 세워놓은 여자는 가슴을 손으로 잡고 있다. 가슴 가운데 유두 부분에는 빨간색 별이 그려져 있다. 여자는 고개를 쳐들고 눈을 아래로 보고 있다. 웃웃을 벗었다. 소요는 여자처럼 팔을 앞으로 모으고 입술을 동그랗게 말고 거울을 보았다. 바싹 마른 어깨에 뼈가 툭 불거졌다. 손으로 가슴 주위의 살을 쓸었다. 가슴은 아무리 쓸어 모아도 동그랗게 말리지 않았다.

전기장판 온도를 높여놓아도 예진이는 기침을 계속했다. 소요는 부여식품에서 예진이의 집에 전화를 했고 빵을 사 왔다. 괴로워하는 예진에게 빵과 약을 먹였다. 언니들에게 들은 적이 있었다. 알탱이가 감기 걸렸을 땐 직방이야. 옛날에는 감기약으로 약국에서도 팔았다고 했다. 약을 넘기기 괴로워하는 예진에게 알약 일곱 알을 먹였을 때 누군가 문을 두드렸다. 정분네가 낯선 여자를 데리고 왔다. 예진이 엄마는 이런 골목이, 이런 집이 서울 한복판에 존재한다는 것을 처음 알았다며, 혼잣말을 중얼거리다 예진이를 데리고 갔다. 다음 날부터 예진이는 소요를 피했다. 소요는 예진이가 가지고 다니는 에비앙 생수병에 약을 넣었다. 어떤 날은 한 알, 어떤 날은 세 알, 어떤 날은 다섯 알을 넣었다. 약은 투명하게 녹아

예진이의 입속으로 흘러들어갔다. 소요는 예진이가 물을 마실 때마다 조금씩 자신과 가깝게 느껴졌다. 생수를 말끔히 마신 날이면 예진이는 하굣길에 다리근육이 풀려 주저앉았다. 예진이는 초등학교 마지막 겨울방학을 한 달 앞두고 전학을 갔다. 전학 간 다음 날, 예진이는 소요를 찾아왔다. 골목 안으로 들어서지 못하고 광학안경 앞 주차장에서 서성거리던 예진이가 다가왔다. "그때, 내게 줬던 감기약, 그것 좀 줄래?"

　재봉틀과 행거 사이 벽 쪽에 있는 싱크대로 갔다. 개수대에 물을 담아놓은 냄비를 들어 물을 쏟아버렸다. 수도를 틀어 냄비를 헹구고 물을 받아 휴대용 가스레인지에 올렸다. 라면 봉지를 뜯어 라면을 네 조각 내고 부스러기를 손으로 쓸어 모아 입에 털어 넣었다. 네 조각 중 하나를 들고 행거에 걸린 옷 사이에 파묻혔다. 옷에서 나는 눅진한 냄새를 맡으며 라면을 오드득 씹었다. 열린 문으로 골목의 길 위를 서성거리는 미리내의 통굽 슬리퍼가 보였다. 앞이 터진 슬리퍼 사이로 발가락이 보였다. 통굽 슬리퍼는 소요가 앉은 곳에서 골목 맞은편 팻말 쪽으로 갔다. 청바지로 옷을 갈아입은 미리내의 엉덩이가 팻말을 가렸다. 팻말 쪽으로 조금 더 다가가 옆으로 서서 담배에 불을 붙였다. 아랫부분으로 갈수록 퍼지는 청바지를 입은 미리내의 허벅지가 노란색 바탕에 검은 글씨를 가렸다. 청바지의 허벅지 부분에는 반짝이는 은색 실로 꽃이 수놓아져 있었다. 청소년 통행, 허벅지에 수놓아진 은색 꽃, 구역. 그 아래에 19: 00, 다시 허벅지에 수놓아진 은색 꽃. 소요는 라면 조각을 입에 넣고 몸을 더 숙여 옷 사이에 파묻혔다. 팔짱을 낀 미리내가 몸을 숙여 가게 안을 들여다보았다. 노랗게 염색한 긴 머리칼이 배에까지 내려오고 짙게 화장한 얼굴이 보였다. 입안에서 뿜어져 나오는 담배 연기가 하얗게 피어올랐다. 소요는 미래내를 피해 더 깊숙이 옷 속으로 파고들었다. 미리내는 소요를 못 보았는지 고개를 들고 골목 안쪽으로 갔다. 미리내가 사라지자 팻말의 글씨가 또렷하게 보였다. 청소년 통행제한 구역 19: 00-06: 00

싱크대로 가 세 조각의 라면과 스프를 넣고 젓가락을 꺼내 윗옷에 문질렀다. 싱크대가 있는 벽면에 더운 김이 스며들어 물방울이 맺혔다. 전기장판 위에 신문을 깔았다. 싱크대에서 휴대용 가스레인지째로 들고 와 신문지 위에 놓았다. 신문 냄새와 라면 냄새가 났다. 옷소매를 잡아당겨 냄비 손잡이를 잡고 국물을 마셨다. 냄비 뚜껑에 라면을 덜어냈다. 입으로 라면 발을 후후 불었다. 진한 라면 국물 냄새가 척척 쌓인 옷가지에 스며들어 퀴퀴한 냄새를 모두 삼켜버렸다. 젓가락으로 라면을 높이 치켜들 때 면발 사이로 신발이 지나갔다. 황토색 단화 위로 보이는 바지는 회색 양복바지다. 소요는 라면을 내려놓고 계단을 올라가 얼굴을 내밀었다. 미리내와 하얀 인조털 코트를 입은 여자가 동시에 사내에게 다가갔다. 약 가방을 메고 있는 정분네와 장군이 엄마는 계단에 쭈그리고 앉아 담배 한 개비를 주고받고 나눠 피웠다. 작은 불빛이 둘 사이를 오갔다. 사내는 그들에게 다가갔다. 사내의 옆구리에는 직사각형 가방이 끼워져 있었다. 소요는 아껴 먹던 라면을 두세 젓가락으로 후룩 먹었다. 행거에 걸린 옷 중 황토색 골덴 재킷을 꺼내 입었다. 신일광학을 지나 빌딩으로 갔다. 소년 소녀들이 군데군데 모여 있었다. 한쪽에선 컵라면을 한 젓가락씩 돌려 먹고 있었고 다른 쪽에선 핸드폰으로 음악을 틀어놓고 흐느적거리며 춤을 췄다. 돌 벤치에 기대앉은 소년과 소녀는 옷을 들추고 서로의 몸으로 파고들었다. 소요는 녹색 털모자를 쓴 소년이 있는 무리로 다가갔다. 그들 무리 중 한 소녀가 소요의 옷을 보곤 깔깔거리며 소매를 잡아당겼다.

"꼬맹아, 너 아빠 옷 입었냐? 소매 기장 이 인치 줄임. 이건 또 뭐야?"

소녀가 재킷의 어깨께 있는 종잇조각을 뜯어내 읽었다.

"떴어."

세 명의 소년 중 두 명은 벌써 눈이 풀려있고 가누지 못하는 몸이 흔들거렸다. 소녀가 소년의 몸이 바닥에 떨어지지 않도록 붙잡고 있었다.

"뭐가?"

"짭새는 아닌 것 같아. 기자겠지."

"우린 죄 없어. 이모들더러 알탱이 간수나 잘하라 그래."

"맞아. 판매만 불법이야. 근데, 안경 쓰고 옆구리에 가방을 끼고 있지?"

"그치, 어제 우리 세 명을 찍었어. 인터뷰해주면 돈을 준다길래, 찍어줬지. 덕분에 어제 우린 간만에 에스정을 샀지."

"언니, 수술은 했어?"

소요의 말에 소년들의 점퍼 사이에 파묻혀 있던 소녀가 고개를 들었다. 소요는 소녀에게 다가가 점퍼를 뒤척여 손을 집어넣고 소녀의 배를 만졌다. 소녀는 힘없이 소요의 손을 꼬집었다.

"꼬맹이, 별걸 다 아는 척하네?"

소녀는 소요에게 애를 뱄다고 말한 것을 잊었다. 소녀는 여름 동안 시장에서 모자를 파는 아저씨를 만났다. 처음 연결을 해준 사람은 미리내였다. 소녀는 아저씨를 만나러 갈 땐 약을 열 알씩 삼키고 갔다. 새벽녘에 소녀는 새 모자를 쓰고 빌딩으로 왔다. 그리고 다 같이 국밥집으로 몰려갔다.

"쪽방 가자. 돈 남았지?"

"어, 근데 배가 고파, 뭣 좀 먹고 싶어."

"찌라시 좀 줘. 나는 지하철 한 바퀴 쓸고 갈게."

소녀가 어깨에 걸친 소년들의 점퍼를 벗어 주고 가방에서 전단지를 꺼내 줬다.

"이거 입어."

소요는 재킷을 벗어 소녀에게 줬다.

"이런 꼬질한 것을 입으라고? 차라리 얼어 죽겠다. 야, 개값, 얼렁 일어나."

소녀는 녹색 털모자를 쓴 소년을 흔들어 깨웠다. 그들은 이름을 부르지 않았다. 서로의 이름을 몰랐고 호명하는 방법은 그때마다 달랐다. 소년 중의 한 명이 고개를 들곤 약 남았냐고 묻고 다시 무릎에 얼굴을 파묻었다. 소녀들은 서로를 부축해 걸어갔다. 조금은 멀쩡한 소년이 두 명의 소년을 깨웠다. 녹색 털모자를 쓴 소년은 아예 돌 벤치에 누워버렸다. 소요는 소년의 몸을 흔들었다. 소년은 눈을 떴다가 다시 감았다.

"우리 집에 재울게."

"꼬맹아, 개값한테 집에 숨겨놓은 큰 것 좀 먹이고 푹 재워라."

소요는 재킷으로 녹색 털모자를 쓴 소년의 몸을 덮었다. 소년은 며칠 전, 약 기운에 취해 편의점 구석에서 잠이 들었다. 종업원이 깨워도 일어나지 않고 소요가 아무리 잡아끌어도 기운을 차리지 못했다. 종잇장같이 얇은 소년의 몸 어디에서 그런 무게가 생겼는지 꿈쩍도 하지 않았다. 종업원이 사장에게 연락을 했고 사장은 소년의 뒷덜미를 잡아끌어 편의점 밖에 내동댕이쳤다.

"나 개값 물어주기 싫으니 죽으려면 밖에서 죽어라."

그때부터 무리는 소년을 개값이라 불렀다. 소요는 녹색 털모자를 쓴 소년의 머리를 무릎에 올리고 휘청거리며 걸어가는 무리를 쳐다보았다. 그들은 근처에서 허기를 채운 뒤, 빌딩과 빌딩 사이에 난 좁은 골목에 있는 쪽방으로 들 것이다. 내일 아침에 먹을 약을 남겨두고 남은 약을 입안에 털어 넣고 긴 잠을 잘 것이다. 그들의 휘청거리는 머리 위로 역 시계가 밤 아홉시를 가리켰다.

소요가 소년을 부축해 골목으로 들어서자 정분네 목소리가 들렸다.

"약이 어디 있다고 난리야. 무슨 약인데? 구경도 못 했구만. 그 카메라 좀 치웟."

남자는 가방 안에 든 몰래카메라를 다시 옆구리에 끼웠다. 소년은 다리에 힘이 풀리는지 자꾸 꼬꾸라졌다. 남자가 고개를 돌려 소요와 소년을 쳐다보았다. 말을 하던 남자가 잠깐, 하며 손짓을 하고 소요를 향해 걸어왔다. 소요는 소년을 끌다시피 해 지하 계단을 내려갔다. 계단을 내려가 미닫이문을 열고 소년을 밀었다. 소년은 라면 국물이 남은 냄비 옆에 넘어졌다. 소요는 냄비를 옆으로 치웠다. 황토색 단화가 미닫이문 앞으로 다가왔다. 소요는 미닫이문을 닫고 문을 걸었다. 행거의 옷 사이에 몸을 파묻고 앉았다. 남자가 문을 두드렸다.

"학생, 잠깐 얘기 좀 하자. 피해 주려는 것 아냐."

문을 두드리는 남자의 커다란 그림자가 어둠 속에서 소년의 몸 위로 드리워졌다. 옷 사이에서 희미하게 라면 냄새가 났다. 소요는 몸을 한껏 더 옷 사이로 밀어붙였다. 문을 두드리던 남자의 그림자가 멀어졌다. 어둠 속에서 목소리가 들렸다. 카메라 지우라니깐. 협조 좀 해주세요. 모자이크로 나가고 음성 변조해요. 누군가 라이터를 켰는지 잠깐 환해졌다가 어두워졌다. 소요는 어둠 속을 더듬어 낮에 메고 나갔던 가방 안 주머니의 약을 꺼내 흰 재킷 주머니에 넣었다. 행거의 옷을 헤쳐 옷 사이에 파묻었다. 밖에선 여전히 정분네의 목소리와 여러 명의 구두 소리가 들렸다. 휴대용 가스레인지를 들고 재봉틀에 기대앉아 불을 켰다. 파란 불빛이 동그랗게 원을 그리며 쉭쉭거렸다. 동그랗게 모여 휘청거리는 파란 불꽃 가운데에 손을 넣었다. 가스레인지의 동그란 불꽃 무리 속, 검은 철판은 차가웠다. 검은 철판을 보면 꼭 화려한 빌딩 속에 파묻힌 이 지하방 같은 생각이 들었다. 고개를 왼쪽으로 돌려 거울을 보았다. 검은 거울 속에 소요의 얼굴이 파랗게 비쳤다. 소년의 몸을 전기장판 위에 반듯하게 눕혔다. 소요도 소년의 옆에 누웠다. 파란 불빛을 받고 있는 소년의 얼굴이 파랬다. 소년의 한쪽 팔을 펼쳐 머리를 기댔다. 소년을 일 년 동안 봐왔다. 소년 몰래 지하철을 따라 탔다. 소년은 군청색 체육복을 입고 지하철 바닥을 기어 다녔다. 약기운으로 근육과 혀가 마비되어 저절로 새어 나가는 발음으로 말했다. "승객 여러부운, 도와주세요오. 저는 안사안 천사의 집에서 살았어요. 원장님은 돌아가시고오 온몸은 마비가 왔어요오. 여러분이 도와주시면 차악실하게 살아가겠습니다." 지하철에서 기어내린 소년은 자신을 본 승객이 사라질 즈음에 구석으로 가 바구니에서 돈을 꺼냈고 몸을 일으켰다. 가방 안에서 바람막이 점퍼를 꺼내 입었다. 가끔, 공익요원에게 끌려 지하철 밖으로 내동댕이쳐졌다. 소년은 안산 천사의 집을 알지도 못했다. 소년이 말했다. 할아버지 집에 불을 지르고 도망 나왔어. 할아버지는 동네 계집아이들에게 몹쓸 짓을 시켰어, 돈을 주면서. 소년의 말은 매번 달랐다. 아버지는 공무원이야. 아니, 선생님이었던가? 성적이 떨어진 나를 허리띠로 때렸어. 아니, 인감도장을 잃어버렸다고 때렸어. 소년은 즉흥적으로 자신의 과거를 상상해서 말했고 그것을 실제라 믿었다. 가스레인지의 불을 끄고 소년의 가느다란 허리를 끌어안았다. 앙상한 몸은 주인 없는 옷처럼 헐렁했다. 높이를 헤아릴 수 없는 빌딩 밑 그림자에, 골목에, 세상에 둘만 버려져 있는 것 같았다.

"주세요, 약 좀 주시오요. 네에?"

소년의 혀 꼬부라진 소리에 잠이 깬 소요는 일어나 밖을 살폈다. 밖은 어둠만큼이나 조용했다. 형광등 불을 켰다. 불은 몇 번 깜박거리다 그냥 꺼져버렸다. 소요는 휴대용 가스레인지를 돌려 켰다. 파란 불빛이 탁탁 소리 내며 켜졌다. 소년은 이마를 찡그리며 손가락으로 제 눈꺼풀을 들어 올렸다. 들려진 눈꺼풀 사이로 동공 풀린 눈이 보였다. 소년이 손가락을 내리자 다시 눈꺼풀이 스륵 감겼다. 행거에 걸린 흰색 재킷에 손을 넣어 에스정 다섯 알을 꺼냈다. 소년의 목을 받쳐 일으키고 약을 입안에 넣었다. 소년은 잠결에도 약을 받아 삼기곤 진기장판 위에 누웠다. 소년의 얼굴에 파랗게 불빛이 일어났다. 수건에 물을 적셔 소년의 얼굴을 닦았다.

닦아도, 닦아내도 소년의 얼굴은 새파랬다. 녹색 털모자를 쓴 소년은 가끔 소요 옷수선으로 찾아왔다. 어떻게 문을 열고 들어왔는지 몰랐다. 소요가 옷 사이에 웅크려 잠든 녹색 털모자를 쓴 소년을 발견했다. 그 후, 소요는 문을 걸지 않았고 잠결에도 일어나 옷 사이를 헤쳐보았다. 행거 속에 있는 알약을 하나 꺼내 물도 없이 꿀꺽 삼켰다. 전기장판에 엎드려 소년의 표정 없는 얼굴을 쳐다보았다. 하얀 알약이 천천히 목구멍을 타고 내려갔다. 처음으로 약을 삼킨 소요는 팔을 포개고 얼굴을 묻었다. 화악, 하고 약 기운이 몸으로 번졌지만 머리에 꽃이 피지는 않았다. 전기장판의 열기가 몸으로 스멀거리며 올라왔다. 전기가 몸의 피를 바싹바싹 마르게 했다. 피가 점점 걸쭉해지며 몸이 무거워졌다.

매캐한 냄새가 코와 머리를 콕콕 찔렀다. 소요는 눈을 떴다. 갈증이 났다. 몸 안의 피가 바싹 마른 것 같았다. 피는 굳어버려 혈관을 따라 움직이지 못하고 군데군데 뭉쳐 있는 것 같았다. 소년은 시들하게 들어오는 오후의 빛 사이로 왜소한 허리를 굽히고 앉아 담배를 피우고 있었다. 헐렁한 윗옷을 옷걸이에 걸어놓은 것 같은 소년이 고개를 돌렸다. 소요는 몸을 일으켰다.

"간다."

소년은 녹색 털모자를 썼다. 소요는 일어나 행거로 가 흰 재킷 주머니에서 약을 한 움큼 꺼내 양손에 들고 소년에게 내밀었다.

"가지 마. 내가 매일 약 줄게."

소년은 소요가 내민 약을 받아 들고 주머니에 넣고 몇 알은 입안에 털어 넣고 삼켰다. 재봉틀 앞에 있는 냄비를 들어 붉은 기름이 굳은 라면 국물을 마셨다. 소요는 일어나 두 손으로 문을 막았다.

"가지 마. 그냥, 여기, 내 곁에 있어줘."

소년은 피식 웃고는 전단지가 가득한 배낭을 멨다. 소년이 미닫이문을 열자 골목 어디선가 누군가 싸우는 소리가 들렸다. 소년은 소요에게 손을 흔들어 보이고 밖으로 나갔다. 소년의 운동화가 점점 멀어졌다. 새까맣게 때가 전 소년의 운동화가 청소년 통행제한 구역이라 붙은 팻말 아래를 지나갔다.

길은 생선 내장처럼 구불거린다

그는 풀칠을 했다. 붉은 꽃이 프린트된 실크지다. 꽃들이 풀을 빨아들여 촉촉해졌다. 그는 윤 소장에게 풀칠한 도배지를 건넸고, 윤 소장은 도배지 위쪽을 고정시킨 후 솔로 촥촥, 쓸어내렸다. 붉은 꽃들이 벽 속에서 화르륵 살아났다. 윤 소장은 몰딩 자와 커터를 이용해 윗부분에 나풀거리는 여분의 벽지를 오려냈다. 잘린 붉은 꽃잎이 떨어졌다. 윤 소장의 정교함은 알로덤을 오려내던 의사의 솜씨를 닮았다. 의사가 그의 피부에 적합한 것으로 이식한다고 했을 때만 해도 그는 희망을 가졌다. 이식만 하면 오른쪽 뺨과 같은 감각을 얻을 수 있을 거라 믿었다. 그는 욕실로 들어가며 얽어 있는 왼쪽 뺨을 비췄다. 사체에서 일은 피부인 알로덤은 시간이 지날수록 표피와 어울리지 못하고 뒤틀렸다. 이미 죽은 누군가의 혼이 왼뺨에 착, 달라붙어 비웃고 있는 것 같았다. 알로덤이 부작용을 일으키자 의사는 그에게 오른쪽 옆구리 살을 오려내 붙이는 재이식 수술을 권했지만 보험이 안 되는 성형수술이라 비용이 비쌌다. 그는 욕실의 거울을 흘깃 쳐다보았다. 스크랩바로 울퉁불퉁한 벽을 쓸어내듯 표피를 긁어내면 시원할 거 같았다. 왼손에서 장갑을 벗고 수도를 틀자 검붉게 뒤엉킨 손에서 물이 미끄러졌다.

"어이, 정규. 뭐 해?"

윤 소장이 욕실 안을 들여다보고 풀칠해 접어놓은 도배지를 들고 작은방으로 들어갔다. 그는 욕실에서 나와 작업대를 접고, 대야에 솔을 담고 대형 봉투에 자투리 벽지를 쓸어 담았다. 한쪽 발을 봉투 안에 넣고 누르며 거실을 둘러보았다. 좁은 거실에 주먹만한 붉은 꽃이 도발적으로 보였다. 내일 집주인이 장만해놓은 신혼 가구가 들어올 것이다. 앞치마를 두른 새댁은 요리를 하고 집안 가득한 음식 냄새는 벽지의 매캐한 독소를 삼킬 거다. 가구들은 잦은 걸레질로 반들거리고 식기는 윤이 날 것이다. 그는 트럭에 도배 공구를 싣고 담배에 불을 붙였다.

"택시비 버리지 말고 함께 가지."

그는 말없이 윤 소장을 운전석으로 밀고 문을 닫아주었다.

"내일은 새벽 다섯시에 출발이니 술 적당히 마셔."

윤 소장은 시동을 걸고 출발하려다 창문을 열고 지갑을 꺼내 일당을 줬다. 그는 돈을 받아 반으로 접어 주머니에 넣었다. 트럭이 아파트를 빠져나가는 것을 보며 주머니에 손을 넣고 접힌 돈을 셌다. 보통 도배 일당에 비해 만 원이 적었다. 그나마 일거리를 주는 것이 다행이었다. 그는 아파트로 들어오면서 보았던 플래카드가 걸려 있는 곳까지 걸었다. 플래카드에는 초혼, 재혼, 노인, 장애인도 환영이라고 쓰여 있었다. 장애인인가, 그는 고개를 저었다. 장애인이 아니라 환자였다. 차라리 장애 판정을 받는다면 일을 찾기수월하고 혜택도 받을 수 있었다. 그는 불쾌한 기분을 누르며 전화 부스 안으로 들어갔다. 노란색 바탕에 파란 글씨로 쓰인 숫자를 하나씩 확인하며 눌렀다. 정성껏 모시겠습니다, 여자의 상냥한목소리에 그의 왼쪽 뺨이 팽팽해졌다. 상반신 화상이라는 말에 여자는 상관없다고 싹싹하게 대답했고, 일단 방문해보라며 위치를자세하게 가르쳐줬다. 플래카드가 활발하게 펄럭거렸다.

정 사장은 자신이 베트남 처녀들의 친정아버지 역할을 한다고했다. 결혼 후에도 자신이 맺어준 부부들과 친밀한 관계를 지속하고 있으며 다른 결혼정보 회사와는 달리 인연을 소중히 여긴다고강조했다. 그는 주머니에 넣고 있던 왼손을 꺼내 보였다. 모자를벗고 뺨을 돌려 왼쪽 뺨에서 목 위까지 피부를 이식한 것이라고말하고 셔츠 단추를 풀어 상체를 보여줬다. 정 사장은 얼굴을 찌푸린 채 그의 몸을 유심히 살폈다.

"썩 좋은 조건은 아니지만 상관없네. 칠십 노인이라도 베트남 처녀들은 남편이라면 하늘같이 섬기네. 서른아홉이면 청년이지. 대기 중인 처녀는 만 명이 넘네. 자네와 인연이 닿는 처녀를 충분히 찾을 수 있어."

정 사장은 우리나라 여성들이 혼인을 기피하는 경향이 심각하고, 출산율도 점점 낮아지는 추세라며 구체적인 수치까지 들먹였다.

"그나마 요즘 우리나라 출산율을 높이는 데 베트남 처녀들이 한몫한다네."

정 사장은 호치민에서 만남과 결혼 행사 사진을 스크랩해놓은 앨범을 넘기며 설명했다. 그가 담배를 꺼내 물자 재떨이 뚜껑을 열어주곤 다른 앨범을 꺼내 대기 중인 베트남 처녀들의 사진을 보여줬다.

"그것, 아는가? 베트남 처녀들은 부드럽고 애교가 많으며 특히, 잠자리 기술이 뛰어나네. 말투가 본능적으로 자극적이고 남자를 즐겁게 해주는 센스가 있어. 작고, 가늘고, 촉촉하네. 경험자들 대부분이 그렇게 말하더군."

그는 담배를 입에 문 채 땀으로 끈적거리는 오른손을 바지에 문질렀다.

"저, 그런데 돈은 얼마나 드는지."

정 사장은 다른 앨범을 펼쳤다. 부부가 나란히 주방에 서서 요리를 하고, 아이를 안고 웃고 있는 사진들을 천천히 넘겼다.

"돈이 중요한 것이 아니라 일단 자네의 인연을 만나는 것이 중요하네. 처녀를 선택하기 위한 사흘간 여행 경비와 예물 비용은 차차 의논하고. 혼인신고 후 신부를 초청하면 한 달 안에 베트남 처녀가 자네 곁에서 애교를 떨며 잠들 걸세."

"그래도 비용이 대충 얼마나 드는지 알아야."

"현재 우리나라에서 결혼 자금은 거의 일억이 넘는다는 것은 자네도 알고 있지. 오분의 일. 그 돈으로 젊고 싹싹한 처녀와 신비로운 인생이 시작되네. 자네 형편에 맞춰 결혼 비용과 신부 예물은 줄일 수도 있네. 공동으로 들어가는 경비는 대략 이천만 원이네."

정 사장은 가족 관계를 물었고, 그는 혼자라고 대답했다. 미처 말릴 겨를도 없이 정 사장은 서류를 꺼내 인적 사항과 연락처를 적고 기타에 화상, 이라 쓰고 작성한 서류를 파일에 끼워 넣었다.

"혼자인 것도 유리해. 가족 간에 갈등도 없을 테니. 둘이 알콩달콩 살다 자식 낳고 재미있게 살아보게."

순간, 그는 비닐 의자에 앉아 있는 어머니가 떠올랐지만 말없이 모자를 벗어 오른손으로 머리카락 사이에 밴 땀을 닦아냈다. 정 사장은 두 번째 앨범을 그 앞으로 밀며 마음에 드는 사진을 가져가라고 했다. 그는 유난히 살결이 흰 처녀 사진을 민첩하게 집어 들었다. 정 사장은 결정만 내리면, 일주일 후 베트남으로 가는 팀과 함께 갈 수 있다고 강조했다. 그는 간판도 없는 사무실을 나섰다. 계단을 내려오면서 아오자이를 입고 있는 처녀의 사진을 들여다보았다. 희미한 계단 불빛 속에서도 아오자이 안의 속살이 하얗게 비쳤다. 본능적으로 자극적인 말투, 라는 말을 들었을 때부터 그의 아랫도리는 부풀어 올랐다. 건물 뒤로 가 지퍼를 내렸다. 배설의 욕구가 팽팽한 것에 비해 오줌은 나오다 말았다. 그는 평소 물을 많이 마셨다. 불이 몸에 닿았던 순간을 생각하면 물 한 바께쓰를 단숨에 삼켜도 성이 차지 않았다. 물은 몸으로 흘러들어가 어디로 사라지는지 알 수 없었다. 몸의 35퍼센트는 땀을 흘리지 않았고 소변도 늘 소량이었다. 그는 낯선 언어로 애교를 떠는 작고, 가늘고, 촉촉한 베트남 처녀를 상상해보았으나 이미 쪼그라든 성기는 다시 일어설 기미가 없었다. 지퍼를 올리며 건물을 돌아 나왔다. 그는 겨드랑이에 베트남 처녀를 끼고 있는 듯 흥분된 목청으로 택시를 불렀다. 택시가 오늘 도배했던 아파트를 지나칠 때, 노란색 플래카드가 바람에 흔들렸다. '베트남 처녀와 결혼하세요.'

그는 반투명 백색으로 번들거리는 어깨 표피를 쓸었다. 쇄골을 손으로 짚었다. 표피인지 구분이 안 될 정도로 얇은 비닐막은 감각이 느껴지지 않았다. 그는 거울 없이도 몸을 느낄 수 있었다. 쇄골 아래에서 늑골 일곱 개까지는 표피와 진피 그리고 하피까지 타들어 검붉게 뒤엉켰다. 뒤엉킨 피부를 천천히 매만졌다. 그는 창녀들에게 담뱃불도 켜지 못하게 했고 상의를 벗지 않고 바지 지퍼만 내렸다. 일이 끝나면 상의를 벗고 불을 켰다. 그녀들에게 자신의 상처를 쓰다듬어달라고 요구했다. 그의 상체를 본 여자들은 욕설을 내뱉고 두려워했다. 그럴 때마다 자신이 퇴화되어가는 동물 같았고, 몸체에서 뜯겨져 꿈틀거리는 생선 내장이 된 것 같았다. 그는 여자들의 반응을 확인했고 스스로를 훼손하고 싶었고 욕보게했다. 그는 바지 뒷주머니에서 베트남 처녀의 사진을 꺼내 텔레비전 앞에 세웠다. 처녀는 손등으로 뺨을 받치고 그를 향해, 낯선 나라의 남자들을 향해 웃었다. 아오자이 앞섶의 단추를 세 개 풀어놓았지만 목까지 올라온 깃으로 인해 전체적으론 단정해 보였다. 그는 사진 앞으로 다가가 상체를 바짝 들이댔다. 처녀는 여전히 그를 향해 웃었다. 그는 정 사장이 했던 말을 떠올리며 벽에 기대앉아 담배에 불을 붙였다. 베트남 처녀들은 남편이라면 하늘같이 섬기네.

새로 지은 빌라의 벽은 초배 없이 벽지를 붙여도 될 만큼 편평했다. 초배지를 바르자 벽은 붕대를 감아놓은 것 같았다. 무딘 식칼이라도 찔러 넣으면 벽을 가르고 피가 흘러내릴 듯했다. 풀칠을 하다가 선뜩한 기분에 그는 벽을 돌아보았다. 그는 천장에 벽지를 붙이기 위해 작업대 위로 올라가 윤 소장을 도와 벽지를 폈다. 쪼그라든 상체의 살이 당겨져 금세 틈새가 쩍, 갈라져 진물이 쏟아질 것 같았다. 빠르게 움직이지 못하는 그가 시원찮을 텐데 윤 소장은 곧잘 기다려줬다. 빌라 여섯 채의 도배를 모두 끝내자 장갑 속을 파고든 풀이 말라 비틀렸다. 그는 장갑을 벗고 욕실에서 오른손에 물을 부었다. 하얗게 일어나고 당겨지던 손은 금세 부드럽게 풀어졌다. 왼손도 수도 아래에 대지만 물은 찰찰 굴러떨어지기만 했다.

열쇠를 빌라 주인이 일러둔 곳에 두고 트럭에 올라탈 때, 비가 퍼붓기 시작했다. 윤 소장이 운전하는 트럭이 신포시장을 지나 삼치구이 골목으로 들어섰다. 지독한 생선 비린내가 비 사이를 헤집고 다녔다. 오르막길 끝에 윤 소장의 집이 있고 그는 윤 소장의 셋방에서 살았다. 사람들은 비좁고 질척한 길에 발자국을 만들며 비를 피해 다녔다. 윤 소장은 수지네 유리문 앞까지 바짝 다가가 트럭을 세웠다. 트럭에서 내릴 때 핸드폰 벨소리가 울렸다. 그는 윤 소장에게 먼저 들어가라는 시늉을 했다. 정 사장은 이틀에 한 번씩 전화를 해서 일의 진행 상황을 전해주었다. 혼인신고는 했냐는 정 사장의 질문에 그는 했다고 대답했다. 그는 이미 서류상으로 탄타우라는 스물두 살의 처녀를 선택했다. 탄타우는 세 달 전에 다른 사람에게 선택되었으나 한국으로 돌아간 남자가 혼인신고를 하지 않아 한국으로 들어오지 못했다. 그런데 자네, 잔금은 어떻게 할 건가? 혹시, 아직 준비가 안 되었다면 일단 내일 사무실로 오게. 어떻게 함께 구해봐야지. 그는 운동화로 젖은 길을 비볐다. 생선 냄새는 흩어지지 못하고 비와 함께 길바닥으로 스며들었다. 그는 내일 사무실로 가겠다고 하고선 전화를 끊고 가게 안으로 들어갔다. 윤 소장은 가게 중간 둥그런 탁자에 앉아 술잔에 술을 채우고 있었다. 그는 의자에 앉으며 왼쪽 테이블에 앉은 사람들이 그를, 그의 피부를 힐긋거리며 보는 것을 느꼈다. 그는 어느 장소에서건 왼쪽에 사람이 있는 것을 의식해 벽 끝자리를 찾았다. 윤 소장은 삼치구이가 나오자 미리 채워둔 잔을 비웠다. 육천 원짜리 삼치는 팔뚝만 했다. 청색 껍질은 석쇠에 눌어붙었고, 흰 살에는 석쇠의 십자무늬 자국이 찍혔다. 그는 삼치를 뒤집어놓고 석쇠에 달라붙은 청색 껍질을 떼어내 먹었다. 잊을 수 없는 냄새가 났다. 단백질이 타들어가는 냄새.

"닭발은 왜 주문하는데? 일손 딸려 죽겠는데."

윤 소장 연배인 수지네가 닭발 접시를 내려놓고 윤 소장의 소주잔을 채가 마셨다. 윤 소장이 엉덩이를 치자 그녀는 싫지 않다는 표정으로 눈을 흘겼다. 윤 소장은 닭발을 집어 한입 베어 먹고 입을 오물거리다 뼈를 뱉어냈다. 우툴두툴 달라붙은 닭발의 껍질. 그는 닭발처럼 자신의 왼손을 오독오독 씹어버리고 싶었다. 왼손과 상체를 씹어버리고 뼈만 발라내 그 위에 말랑말랑한 살을 붙이고 싶었다. 왼쪽 테이블의 손님들이 일어났다. 그는 테이블을 슬쩍 쳐다보았다. 생선과 술이 반 넘게 남았다. 그는 닭발 하나를 집어 입 안에 구겨 넣으며 피식 웃었다.

"뭔 일이야? 요즘 자주 실실거리더구만."

그는 뼈를 뱉어내고 물을 들이켰다.

"형님, 쟤가 생각 없어요?"

"미쳤어? 낼모레면 환갑인 영감한테 언 년이 와? 제사 지내주러?"

옆 테이블에 술을 가져다주던 수지네가 끼어들었다.

"맹랑한 년, 까불기는. 아직 삼 년이나 남았다. 저도 그래봤자 한 해 늦는 것 가지구선."

"어이, 그러셔? 근데 면상만으론 울 삼촌이 친구 삼자 하겠소."

그녀는 닭발 하나를 집어 야물게 입안에 쏘옥 집어넣곤 다른 테이블로 갔다. 윤 소장은 씁쓸한 표정으로 수지네의 뒷모습을 보며 술잔을 들어 한입에 털어 넣었다. 윤 소장과 수지네는 윤 소장의 노모 때문에 살림 합치는 것을 차일피일 미루다 십 년이란 세월을 보냈다.

"요즘도 여전하지요?"

"어, 조금만 늦게 들어가도 마구 덤벼들어. 노인네 근력도 좋지."

그는 술잔에 술을 따르며 윤 소장의 눈치를 살폈다.

"형님, 돈 좀 있으세요?"

윤 소장은 입을 오물거리다 양념을 빠는 소리를 내곤 닭 뼈를 뱉어냈다.

"닭아 먹고 죽을래도 없다."

윤 소장은 남은 소주를 잔에 따라 마시곤 비틀거리며 일어났다. 그도 술이 올라 얼얼해진 왼뺨을 비비며 따라 일어섰다. 윤 소장을 부축해 조수석에 태우고 운전석으로 가는 사이, 비는 등과 어깨에 척척 업혔다. 빗물이 닿자 왼뺨이 저절로 실룩거렸다. 집 앞에서 윤 소장은 비틀거리며 내려 트럭에 기대섰다. 그는 대문을 여러 번 밀쳤다. 문은 녹내를 뿜어내며 벌컥, 열렸다. 그가 윤 소장을 부축해 몸을 대문 안으로 밀어줬다. 대문에서 현관까지 포도나무가 덩굴을 이룬 비좁은 마당 안으로 들어가는 윤 소장의 숱이 적은 머리카락이 머리통에 찰싹 달라붙어 두개골 윤곽이 드러났다.

그는 윤 소장의 트럭을 몰고 골목길을 내려갔다. 신포시장 앞에서 용현 사거리 쪽으로 방향을 틀었다. 용현 사거리에서 인천항 쪽으로 가 낡은 이층 건물이 붙어 있는 곳에서 속도를 줄였다. 열대여섯 남짓한 가게 대부분이 셔터가 내려져 있다. 미끼, 붉은 장미, 이슬, 수선화, 비너스. 셔터가 내려지지 않은 가게에서도 불빛이 새어 나오지 않았다. 지나가는 행인도 없었다. 대여섯 군데 정도 드문드문 붉은 조명이 비에 젖은 채 켜져 있었다. 그는 인천항 입구에서 차를 돌렸다. 신호를 무시하고 중앙선을 넘어 비너스 앞에 트럭을 세웠다. 붉은 불빛이 비처럼 줄줄 흘러나왔다. 한 평짜리 사각형 공간, 싸구려 그린 색 비닐 의자에 몸을 꼬부리고 앉아 바로 앞에 놓인 텔레비전을 멍하니 보고 있던 어머니가 고개를 돌렸다. 짙은 화장 속에서 뾰족하게 빛나던 눈이, 그를 확인하곤 아무 관심도 없는 얼굴이 되어버렸다. 그는 트럭에서 내려 시큼한 냄새가 나는 그곳으로 들어갔다.

"문 열어놔도 괜찮아요?"

"누가 영업한대. 여기가 내 집인데."

어머니는 그를 쳐다보곤 옆자리를 손으로 가리켰다. 그는 닳고 닳아 철판처럼 반질반질해진 비닐 의자에 앉았다. 그들은 나란히 앉아 텔레비전을 봤다. 사해수로 만든 미백 화장품을 광고하는 홈쇼핑 채널이었다. 쇼호스트는 모델의 화장 안 한 얼굴과 화장 후의 얼굴을 비교하며 남은 시간을 체크했다. 딸각. 어머니가 손을 뻗어 전원을 돌려 껐다. 비가 길바닥에 떨어지는 소리가 무거운 정적을 침범해왔다. 뱃고동 소리가 가까이에 항구가 있다는 것을 상기시켜주었다. 몸이 붉게 물든 파리가 텔레비전 위에 놓인 물병에 들러붙었다. 어머니는 엉덩이를 들어 밑에 깔고 앉았던 부채를 꺼내 눅눅한 바람을 일으켜 파리를 쫓아냈다. 이 비좁은 사각형 공간을 제외한 안쪽에는 두꺼운 커튼이 겹겹이 쳐져 있다. 통로 끝에 싱크대와 간단한 요리를 할 수 있는 주방이 있고, 오른쪽 옆에 이층으로 올라가는 가파른 계단이 있다. 불이 났던 흔적을 지우기 위해 벽은 짙은 자주색으로 칠했지만 천장 구석에는 아직 검은 그을음이 남았다. 그곳은 그에게 비현실적인 과거로 이끄는 통로처럼 느껴졌다.

"저 조만간 여자랑 살려구요."

벽 너머 옆 가게에서 노랫소리가 들렸다. 어머니는 꼬고 앉은 다리로 희미하게 들리는 노랫가락에 박자를 맞췄다. 슬리퍼가 발끝에서 까닥거렸다. 담배를 꺼내 불을 붙여 어머니에게 주고 그도 한 대 물고 한 모금 깊게 빨아 당기고 한숨과 함께 내뱉었다.

"돈이 좀 필요한데."

그는 담배를 세 모금 더 피우고 텔레비전 옆에 있는 재떨이에 비벼 껐다. 필터가 타 들어갈 때까지 담배를 쪽쪽 빨아 피우던 어머니는 꽁초를 문밖으로 던졌다.

"손님은 좀 있어요?"

"손님을 어디서 끌고 오냐."

그녀는 기다렸다는 듯 재빨리 대답했다. 그는 일어나 텔레비전 위에 놓인 물병을 들어 마셨다. 설탕을 타놓은 물은 달달했다. 그곳에서 나설 때 어머니가 그의 옷자락을 붙잡았다. 그는 뒤를 돌아 짙은 화장으로 어디가 눈인지 구분이 안 되는 어머니의 얼굴을 쳐다봤다.

"담배 두고 가."

공항에는 정 사장 외에 정장을 한 남자들이 네 명이 더 있었다. 그들은 침묵했지만 속내를 뻔히 안다는 표정으로 서로를 힐긋거렸다. 그는 모자챙을 앞으로 당겨썼다. 정 사장이 간략하게 소개를 시켜주자 그들은 낯선 여행에 대한 불안과 기대를 말하기 시작했다. 공업사를 운영한다는 김은 정 사장에게 장기 주차요금이 얼마인지 큰 소리로 물었다. 정 사장이 관심을 갖고 주차요금을 말해주자 김은 만족한 듯 의자에 앉아 가발을 벗어 소심스럽게 검은 비닐봉지에 담아 가방 안에 넣었다. 그들은 여권과 비행기표를 받아 들고 정 사장을 따라 비행기 안으로 들어갔다. 그는 창가 자리 옆자리에 앉았다. 김은 그의 옆자리에 다른 일행과 나란히 앉았다. 창가 자리에 앉은 사내가 그에게 자리를 바꿔줄 것을 부탁하자 그는 선뜻 응했다.

"호치민에는 여행 가십니까?"

그의 질문에 사내는 고개를 끄덕이곤 손바닥으로 입 주위를 쓸었다.

"그쪽은?"

"저도 여행 갑니다."

그가 대답하자 사내 옆자리에서 김이 사내 쪽으로 몸을 가까이 하며 소곤거렸다.

"우린 베트남 처녀와 결혼하기 위해 갑니다."

사내는 김과 그를 번갈아 보다가 난감한 표정을 지으며 그의 얼굴과 목덜미를 쳐다보았다.

"그런 플래카드를 본 적이 있지요. 플래카드를 볼 때마다 저 같은 사람들은 …… 왜, 하필 베트남 처녀인지."

김은 못마땅한 듯 입을 비죽거리고 옆자리에 앉은 일행에게 말을 걸었다. 사내는 창밖을 내다보고 있는 그를 향해 혼잣말로 중얼거렸다.

"아주 오래전 안남에 갔었지요. 젊었고 돈 때문에 갔지만 지금 생각하면 아찔해요. 지옥에서 벗어나기 위해 ……."

"대체 그 지옥엔 왜 다시 갑니까?"

김이 사내를 돌아보며 끼어들었다. 사내는 말없이 손가락을 입 언저리에 대고 앞을 뚫어지게 보고 있었다. 그는 창밖을 향해 얼굴을 돌렸다. 비행기는 서서히 육지를 벗어났다. 저녁놀이 지기 시작하는 하늘에 붉은빛이 풀어 헤쳐졌다. 붉은 불빛 아래 반질반질한 의자를 떠올렸다. 좁은 통로, 계단, 아버지와 미희들. 아버지는 가게에 새로 들어오는 미희들을 차례차례 데리고 밤낚시를 다녔다. 그럴 때마다 어머니는 미희들의 따귀를 때리고 속옷을 가위로 오렸다. 그러나 그때뿐, 어머니는 미희들에게 더 화려하고 조그만 속옷을 사다 주었다. 그즈음 아버지는 외겹인 눈이 옆으로 길게 찢어진, 그래서 늘 누군가를 노려보는 것 같은, 검은 머리칼이 허리까지 내려오는 미희만 데리고 다녔다. 어머니는 밤낚시에 그를 따라 보냈다. 그는 책가방을 멘 채로 낚시터로 따라가 텐트 안에 엎드려 숙제를 했다. 일부러 소수점 아래 셋째 자리에서 반올림을 해야 하는 나눗셈 문제를 찾아 미희에게 물어보았다. 미희는 공책을 빼앗아 허벅지 아래 깔고 화투로 운수를 점쳐주었다. 너, 산수셈에 밝더니 돈벼락 맞을 팔잔가 보다, 돈벼락 맞으면 날 잊지 마. 그는 고개를 끄덕였다. 미희는 맹세하라고 지시했다. 그는 양손으로 미희의 발바닥을 잡고 엄지발가락을 빨았다. 미희는 까르륵 웃으며 요 앙큼한 녀석 때문에 내가 여길 따리온다니깐, 하며 그의 머리통을 제 가슴으로 끌어당겼다. 미희의 야들야들한 가슴에서 분 냄새가 났다.

 그날, 어머니는 가게 문을 닫고 미희들과 집에서 고기를 구워
먹었다. 그는 아버지를 따라 포구로 갔다. 아버지는 생선을 사 낚
시 가방 안에 넣고 가게로 갔다. 가게엔 미희가 있었다. 아버지는
문을 안으로 잠그고 그에게 텔레비전을 보라 하고 계단을 올라갔
다. 그는 텔레비전 볼륨을 크게 해놓고 계단 밑을 서성거리다 계
단을 올라갔다. 알몸의 미희가 아버지 몸 위에서 파닥거렸다. 순
간, 그는 옆으로 치켜뜬 미희와 눈이 마주쳤다. 노려보는 것 같았
고 가느다란 틈새로 검은 콜타르가 흘러내리는 것 같은 눈이었다.
그는 계단을 내려와 낚시 가방에서 생선을 꺼냈다. 붉은 불빛에서
파닥거리는 생선은 미희의 몸을 닮았다. 계단 옆 가스에 불을 켜
고 파닥거리는 생선을 올려놓았다. 이게 무슨 냄새야. 아버지가 바
지춤을 추스르며 계단을 내려왔다. 마지막으로 본 아버지의 모습
이었다. 아버지를 돌아봄과 동시에 그의 얼굴과 상체로 불이 파고
들었다. 단백질이 타들어가는 냄새가 났다.

 그는 뒤를 돌아본다. 탄타우는 두리번거리며 골목을 올라왔다.
모자에 장식된 베트남 야생초는 끝이 누렇게 말려들어갔다. 길을
걷던 사람들이 걸음을 멈추고 탄타우를 쳐다보았다. 탄타우는 한
손으로 우산을 받쳤고 다른 손으로는 밥솥을 들었다. 아오자이 밑
단이 빗물에 젖어 종아리에 휘감겼다. 탄타우의 종아리를 보며 그

는 왼뺨을 비볐다. 그녀는 이마를 찌푸리며 골목 양쪽에 즐비한 삼치구이집 안을 들여다보았다. 그는 가방 두 개를 오른손에 겹쳐 들고 그녀의 손에서 밥솥을 받아 왼쪽 옆구리에 끼웠다. 밥솥은 그녀의 부모님을 위한 선물이었다.

탄타우의 고향에서 호치민이 멀다는 이유로 부모님과 남자 형제들은 오지 않았다. 대신 두 명의 언니들이 결혼 증인으로 나왔다. 탄타우 언니들은 결혼 행사 내내 커다란 가슴과 입을 앞으로 쑤욱 내밀고 앉아 있었다. 탄타우는 한국 십대 여가수의 노래를 한국어로 불렀다. 탄타우가 보여준 수첩에는 그가 모르는 가수의 사진이 끼워져 있었다. 탄타우의 언니들은 막내 동생이 타국어로 노래 부를 때도 뚱해 있었다. 이따금 저들끼리 귓속말로 속닥거렸다. 떰, 떰. 떰, 떰. 그 소리는 건너편에 앉은 그에게까지 들렸다. 그는 화장실 가는 길에 통역을 담당하는 사람에게 떰, 떰이 무슨 뜻이냐고 물었다. 그저 그래, 라는 뜻이라 했다. 결혼 행사가 끝나고 그가 인삼과 시계를 내밀자 그녀들은 시계를 꺼내 바로 손에 찼다. 밥솥을 꺼내주니 둘이 동시에 뭐라고 뭐라고 말했고 탄타우도 고개를 끄덕였다. 그는 통역하는 이를 불렀다. 그들의 말은 밥솥은 한국에서 필요하다, 우리는 솥을 사용하지 않는다, 차라리 거기에 해당되는 현금을 주면 좋겠다, 라는 거였다. 그가 그렇게 하겠다고 대답히지 그녀들은 그세야 뾰속하게 내민 입술을 벌려 웃으며 음식을 먹었다.

그는 윤 소장 집 앞에 서서 뒤를 돌아보았다. 탄타우는 또 뒤처졌다. 안채에는 불이 모두 꺼져 있었다. 그녀는 대문 안으로 들어와 계속 두리번거렸다. 그는 부엌의 불을 켜고 들어오라는 손짓을 했다. 그녀는 부엌을 훑어보며 우산을 접고 물기를 털어냈고 손수건을 꺼내 아오자이 밑단을 정성스레 닦았다. 그가 방으로 들어오라는 신호를 하자 그녀는 문턱에 서서 방 안을 들여다보고 엄지손가락을 입에 물고 손톱 끝을 물어뜯으며 말했다.

"이게 답니까?"

한국어로 말한 후, 다시 말했다.

"또이 톡 보엉."

그는 그녀의 팔을 잡아당겨 방 안으로 데리고 들어왔다. 정 사장 말대로 그녀의 목소리는 자극적이었다. 그는 비키니옷장에서 이불을 꺼내고 문 앞에 서 있는 그녀의 어깨를 잡아끌었다.

"또이 톡 보엉."

탄타우의 목소리에 그의 사타구니가 뜨듯해졌다. 그는 바지 지퍼를 내렸다. 그녀는 물에서 건져낸 소금을 확, 끼얹은 민물 생선처럼 파닥거렸다. 그녀가 파닥거릴수록 그의 머리는 욕망으로 팽팽해졌지만 그의 하체는 바람 빠지는 풍선처럼 쪼그라들었다. 그는 몸을 일으키고 베트남어가 프린트된 종이를 펼쳤다. 또이 톡 보엉. 전, 실망했어요, 라는 뜻이었다. 그녀는 아오자이 자락을 반듯하게 펼치고 앉았다.

"헤이 막 또이."

그녀는 그 말을 하고 얼굴을 정강이에 파묻었다. 그는 종이를 들춰봤다. 혼자 있게 내버려둬요. 그는 부엌으로 나와 수챗구멍 앞에 섰다. 배설의 욕구에 비해 오줌이 나오지 않았다. 지퍼를 내린 채로 서 있었다. 욕망과는 무관하게 육체는 여자들의 반응에 따랐다. 어쩌면 피해의식이었는지 몰랐다. 혹은, 음습한 통로의 계단을 내려오던, 불 속에서 아들의 이름을 부르던 아버지의 혼이 그를 관통하며 그에게서 욕망을 앗아갔는지도 몰랐다. 그는 욕망 따윈 아무래도 상관없었다. 시간이 지나도 반질거리며 떠오르는 상처를 안아주길 바랐다. 그는 수도를 틀어 물을 마셨다.

현관에 들어서니 페인트 냄새가 났다. 방문과 몰딩에 흰색 페인트가 칠해져 있다. 거실 벽 한쪽은 벽지를 뜯어내다 만 흔적이 있었다. 벽지는 얼핏 봐도 십 년이 훨씬 지난 것임을 알 수 있었다. 벽에는 균열이 많았고 천장 둘레로는 물이 흘렀다 마른 자국으로 얼룩이 졌다. 페인트 냄새에 익숙해지니 하수구 냄새가 올라왔다. 그는 좁은 거실에 도배 공구를 내려놓았다. 뒤따라 들어온 윤 소장이 작업 사다리를 내려놓으며 소리를 질렀다.

"아니, 이 아줌마들 왜 벽지는 뜯어내지 않고 칠만 한 거야."

윤 소장이 핸드폰으로 전화를 했지만 상대방은 받질 않았다. 윤 소장은 도배지를 가지러 가기 위해 나갔다. 안방 벽에는 장롱 크기만큼 색이 덜 바랜 벽지 무늬가 남아 있었다. 그는 카터로 벽지 이음매를 일으켰다. 끝을 잡아 뜯으면 전체가 확 벗겨지는 요즘 것과는 달리 벽지는 조금 뜯기다 말았다. 이런 벽지는 사라진 지 오래였다. 그는 카터로 벽지를 조각내며 뜯어냈다. 벽지와 벽 사이가 들뜬 부분은 손을 대면 저절로 벽지가 파삭거리며 부서졌다. 천장에서 시멘트 가루가 흘러내렸다. 오른쪽 겨드랑이에 땀이 찼다. 그는 카터를 바닥에 던져두고 웃옷을 벗었다. 늑골이 달싹거리고 뒤엉킨 표피가 당겨졌다 오그라들었다. 담배를 꺼내 불을 붙여 깊게 빨고 연기를 벽에다 내뱉었다. 장갑을 낀 왼 손가락에 담배를 끼우고 오른손으로 카터를 집어 벽지를 일으켰다. 도톨 튀어나온 꽃무늬 부분이 벽에 달라붙어 떨어지지 않았다.

"지독하게도 도배를 안 하고 살았군. 물 칠한 뒤에 긁어내야겠어."

윤 소장이 풀을 개는 대야에 물을 받아 안방에 가져다주고 스크랩바를 들고 거실로 나갔다. 그는 걸레를 대야에 담갔다 꺼내 걸레로 벽에 물칠을 한 후 스크랩바로 벽을 긁었다. 벽지가 떨어져도 벽을 긁었다. 우툴두툴한 벽은 군데군데 시멘트가 깨져 뚫려 있었다. 장롱 크기의 벽지를 반 정도 긁어냈을 때, 현관에서 앙칼진 여자 목소리가 들렸다.

"어찌 되었건 이건 모두 아저씨 책임이잖아요. 내일 새벽에 짐이 들어오는데. 아직 이 상태면 어떻게 해요? 도대체 일을 어떻게 하시는 거예요?"

그는 거실을 내다보았다. 작업복을 입은 청년은 부엌에서 싱크대 길이를 쟀다. 윤 소장은 난처한 표정으로 서 있었다. 여자는 허리에 손을 얹은 채 서 있다가 허리를 숙이고 도배지를 펼쳤다.

"이거 작은방 도배지예요? 이게 아닌데, 밤하늘에 은하수와 별들이 형광으로 쏟아지는 거잖아요."

윤 소장이 카멜레온 지업사에 전화를 했다. 벽지를 잘못 가져온 것을 확인한 윤 소장이 사과를 했다.

"제가 안 와봤으면 어떻게 할 뻔했어요, 아저씨가 물어내실 거예요? 도대체 제대로 하는 일이 없으니, 아이 짜증 나, 정말."

그가 거실로 나가 벽지를 들춰보자 여자가 꺅, 소리를 지르며 그를 쳐다보았다. 여자는 핸드폰을 꺼내 베란다로 갔다.

"오빠, 지금 당장 이리루 와봐. 집이 아직 엉망이야. 게다가 도배지에 문제가 생겼는데. 무섭게 생긴 아저씨가 윗옷을 벗고 막……"

"나는 한마디도 안 했는데."

그는 베란다로 나갔다. 여자는 굉장히 흉물스러운 것을 본 것처럼 두려움에 떨며 소리를 질렀다. 그는 매번 겪는 일이었지만 자신의 상처 자체가 누군가에게 공포감을 준다는 사실을 확인하는 것을 견딜 수 없었다. 겉이 하얗고 탄탄한 여자도 속엔 축축하고 꿈틀거리는 내장을 사 미터 넘게 담고 있을 거였다. 그는 갑갑했다. 그는 들고 있던 스크렙바로 가슴팍을 긁었다. 손가락을, 얼굴을 긁어냈다. 얇은 표피가 벗겨지며 피가 흘렀다. 비로소 그는 시원한 느낌이 들었다. 윤 소장과 싱크대 길이를 재던 청년이 그의 팔을 잡았다. 여자의 비명 소리가 들렸다.

직장인 무리들이 손에 테이크아웃 커피를 들고 골목을 걸어 내려왔다. 그는 점심시간이 끝나기를 기다리며 골목길을 배회했다. 흉부에 감았던 붕대를 풀었을 때, 의사와 간호사는 코를 막았다. 하피까지 썩어 들어간 피부에서는 누런 고름이 굳어 있었고 진물이 멈추질 않았다. 의사는 방치했다간 괴사되어 근육 마비와 피부암까지 발생할 수 있다고 겁을 주었다.

유니폼을 입은 세 명의 여자들이 수지네에서 나왔다. 그는 골목을 내려갔다. 수지네는 한갓진 틈을 타 카운터에 앉아 담배를 피웠다. 탄타우는 그릇을 쌓아놓은 함지 옆 앉은뱅이 의자에 앉아 설거지를 하고 있었다. 수지네는 그를 보곤 한숨과 함께 담배 연기를 길게 내뿜었다. 그는 쟁반을 들고 상을 치우지 못한 곳으로 가 그릇들을 담았다. 수지네가 부엌을 향해 탄타우를 불렀다. 탄타우가 일어나 그가 건네는 쟁반을 받아 정리한 후, 장갑과 앞치마를 벗고 부엌에서 설거지하는 다른 여자에게 고개를 숙이고 나왔다. 수지네가 카운터 금고를 열어 돈을 셌다. 그는 수지네에서 돈을 받았다. 탄타우는 그의 뒤를 따라 골목을 내려왔다. 은행에 들어가자마자 그녀는 대기표를 뽑았다. 그는 탄타우가 수지네에서 버는 돈의 일부를 베트남에 있는 탄타우의 오빠와 정 사장의 계좌로 입금시켰다. 탄타우는 은행 안에 있는 국제전화부스 안으로 들어가 전화선을 손가락으로 빙빙 돌리며 통화했다. 얼굴 표정은 밝았다. 그러다 부스 문을 열고 그에게 전화를 받으라는 신호를 했다. 탄타우의 오빠는 깜온, 이라 말하고 다른 안부를 묻지 않고 끊었다. 돈을 부쳐주어서 고맙다는 것인지 탄타우와 결혼을 해줘서 고맙다는 것인지 그는 알 수 없었다. 탄타우가 수지네에 들어가는 것을 확인하고 그는 골목길을 내려왔다. 버스를 타고 항으로 갔다. 하역 반장은 부두에 앉아 있는 이들을 가리키며 멀쩡한 사람도 일거리를 기다리는 중이라고 말했다. 하역장을 나와 횟집이 늘어선 곳을 지나 용현동으로 걸어갔다. 낮은 건물들은 모두 셔터가 내려져 있었다. 건너편 비너스에는 대낮임에도 불구하고 문이 활짝 열려 있었다. 그린 색 비닐 의자에 앉은 어머니가 붉은 색소가 첨가된 하드를 빨고 있었다. 혓바닥을 길게 빼 하드의 표면을 핥을 때마다 붉은 물이 주룩 떨어졌다. 그녀는 혀로 손등에 떨어진 붉은 물을 훔치다 의자에서 벌떡 일어났다. 남자 한 명이 천천히 걸어왔다. 그녀가 남자에게 다가가 말을 걸었다. 남자가 그녀를 피해 지나치려 하자 어머니는 남자의 팔을 잡아끌었다. 하얀 와이셔츠에 붉은 색소가 떨어졌다. 남자가 그녀의 팔을 밀쳤다. 휘청거리다 중심을 잡고 선 그녀는 남자의 뒤통수에 대고 악담을 퍼부었다. 그는 천천히 신포시장 쪽으로 걸었다.

탄타우가 골목길을 걸어 올라왔다. 수지네에서 나와 우산을 펼치며 길 아래를 천천히 돌아보고 이내 이쪽으로 방향을 틀었다. 아오자이를 벗고 청바지와 면 티를 입은 그녀를 쳐다보는 사람들은 없었다. 비로 젖은 길은 생선 내장처럼 구불거렸다. 축축한 내장 같은 길을 꾹꾹 밟으며 걷던 탄타우는 그의 운동화를 발견하고 걸음을 멈췄다. 광대뼈 위의 외겹인 가느다란 눈을 천천히 치켜떴다. 입을 벌려 뭔가 말하려던 그녀는 한숨을 내쉬고 그를 비껴 앞섰다. 그녀의 몸에서 단백질 타는 냄새가 났다. 그는 그녀의 뒤를 따라 걸었다. 그녀의 손에 들려져 있는 수지네 삼치, 라는 글씨가 찍힌 노란색 앞치마 끈이 길게 늘어뜨려져 땅에 끌렸다. 탄타우는 방 안으로 들어가 거울 앞에서 화장을 했다. 그는 부엌에 앉아 담배를 한 개비 피운 후 대문 앞에 세워둔 윤 소장의 트럭에 올라타 시동을 걸었다. 아오자이를 입은 탄타우가 옆자리에 앉으니 짙은 분내가 났다. 그는 신포시장 뒤쪽으로 갔다. 말없이 창밖을 내다보던 탄타우가 트럭에서 내려 건물 지하로 내려갔다. 그가 지하로 내려갔을 때, 탄타우는 이미 룸에 들어가 있었다. 그는 복도를 걸어 들어갔다. 탄타우가 부르는 노랫소리가 들렸다. 탄타우가 수첩에서 보여주었던 여가수의 노래다. 그는 유리에 손바닥을 짚고 안을 들여다보았다. 흔하고 흔한 남자들이 폭탄주를 만들고 있었다. 조명 빛이 고스란히 옷 위로 떨어지자 하얀 아오자이가 형광으로 빛나고 속살이 비쳤다. 노래를 부르던 탄타우가 뒤를 돌아 투명 유리문 밖의 그를 보았다. 아무런 희망도 관심도 없어 보이는 눈은 꾹 누르면 틈새로 젖은 콜타르가 흘러내릴 것 같았다.

미역이 올라올 때

우리는 바다에서 태어났다. 바다에서 태어났다는 것은 잘못된 표현이다. 정확히 말하면 솔밭 사이에 있는 방갈로에서 태어났다. 우리의 탯줄은 페인트가 묻은 가위로 잘려졌다. 먼저, 미라가 태어났다. 할머니는 배가 봉긋한 엄마를 재워놓고 방갈로에 가 물을 끓였다. 미리 준비한 가위로 탯줄을 자르고 꼬박 반나절 동안 기절했다. 미라의 앙칼진 울음소리에 방갈로 건너편 횟집 아줌마가 핏덩어리 미라와 할머니를 발견했다. 엄마는 열한 개의 방갈로를 돌아다니며 페인트를 칠했다. 내가 유별나게 빨리 나오고 싶어 발을 굴렀는지 엄마는 배를 움켜잡고 쓰러졌다. 솔밭 사이로 흐르는 초여름 저녁 안개가 엄마의 비명을 삼켰다. 할머니는 쌀을 안치고 엄마를 찾아 나섰다. 바다는 안개에 휩싸여 좀처럼 모습을 드러내지 않았다. 방갈로 쪽에서 비명 소리를 들은 할머니는 미라를 등에 업은 채 뛰었다. 가누지 못하는 미라의 목이 바람의 방향으로 꺾였다. 할머니는 나의 몸에 휘감겨 있는 탯줄을 페인트가 묻은 가위로 잘랐다. 우리는 할머니 얘기를 하도 많이 들어서 달달 외웠다. 나는 나보다 먼저 태어난 미라의 모습을 보는 듯했다. 미라는 자신이 엄마가 되어 가랑이를 벌린 채 허리를 비틀어 거품을 토해내며 나를 낳은 것 같다고 말했다. 나는 내가 할머니가 되어 주름과 피투성이 나를 살살 돌려 빼내 페인트 묻은 가위로 탯줄을 자르고 엉덩이를 때려 정신을 차리게 한 것 같기도 했다. 그럴 때마다 비릿한 피 냄새와 독한 페인트 냄새가 났다.

미라는 바다를 향해 걸어갔다. 여름이 끝난 바다는 빠르게 움직였다. 상복을 입은 미라가 틀어 올렸던 머리칼을 풀어 헤쳤다. 검은 머리칼이 물미역처럼 윤을 내며 길게 펼쳐졌다. 미라는 한 손으로 치마를 모아 쥐고 신발을 벗어 들었다. 발목께 물이 닿았다가 하얗게 부서졌다. 치맛자락이 바닷물에 척척 휘감겼다. 초경을 치르기 전까지 우리는 비가 오는 날이면 할머니의 눈을 피해 알몸으로 바다로 뛰어들었다. 아무것도 걸치지 않은 몸은 바닷물에 죄어졌다. 우리의 몸은 파도의 결에 닦이고 닦여 매끄러워지고 윤이 났다.

나는 미라가 지내던 바다로 면한 방으로 갔다. 창 아래 벽에 액

240

자가 기대져 있었다. 창틀에 두 팔을 뻗고 밖을 내다보았다. 소금 냄새가 얼굴에 확 뿌려졌다. 방문을 열면 댓돌이 있고 모래사장을 오십 미터 나가면 바다다. 바다로 면한 일곱 개의 방이 일렬로 있고 오른쪽 끝에 공동으로 쓰는 세면장이 있다. 왼쪽으로 할머니 방 벽을 따라 돌면 마당이 있고 건너에 부엌이 있다. 미라가 걸어가는 왼쪽, 방갈로가 있던 자리에 콘도가 있다. 낡은 콘도의 외벽엔 금이 갔고 한여름을 제외하곤 방이 찬 적이 없었다. 콘도 건너 도로 쪽에는 화려한 간판의 모텔들이 늘어섰다. 파도가 밀려왔다가 미라의 발목에 걸려 되돌아갔다. 미라는 신발을 옆에 놓고 모래 위에 앉았다. 미라의 등이 수평선 한 부분을 가렸다.

벽에 기대놓은 액자 앞에 웅크리고 앉았다. 액자에는 먼지가 뽀얗다. 홍이 진 이마를 머리칼로 가린 미라의 얼굴에 드문드문 빨간 꽃이 피어 있다. 똑같이 빨간 원피스를 입은 우리는 양손으로 원피스 자락을 살짝 들어 올리고 있다. 미라가 앓아누웠던 여름, 나는 방갈로 손님들을 구경하고 싶었지만 참았다. 미라는 목화솜 이불을 뒤집어쓰고 방문을 열었다. 나는 미라의 시야 안에서 혼자 고무줄을 타 넘었다. "너는, 나를 혼자 두면 안 돼." 미라의 이마에는 사선의 상처가 빨갛게 불거졌고 볼에는 빨간 꽃이 가득 폈다. 홍역을 앓던 미라의 얼굴에 붉은 꽃이 거의 사라졌을 때 우리는 할머니가 시내에서 사 온 소매 없는 원피스를 입고 바다로 나갔다. 모래사장에서 사진기자를 찾아 그를 집으로 데리고 와 할머니를 졸라 사진을 찍었다. 해바라기가 그려진 원피스를 입은 엄마의 머리칼에는 모래사장에서 주운 큐빅 빠진 머리핀이 꽂혀 있다. 사진 값을 흥정하느라 화가 난 할머니의 통통한 볼과 이마 위로 싱싱한 햇살이 빛났다. 할머니는 젊었고 화려했다. 늘 검게 머리를 염색했고 바닷가 여자답지 않게 짙은 화장을 했다. 사람들이 북적거리는 것을 좋아한 할머니는 옥수수를 사다 삶아서 방갈로마다 들이밀곤 했다. 빨간 함지에 감자를 담아놓고 우리에게 숟가락으로 긁으라 했다. 우리는 할머니가 쟁반에 담아준 감자전을 들고 방갈로를 들락거렸다.

커다란 트렁크를 열었다. 트렁크 안에는 그동안 미라가 이곳에 두고 갔던 책과 편안한 셔츠, 잠옷까지 모두 들어 있다. 얕은 숨을 내뱉으며 창밖을 볼 때 수평선을 가리고 앉아 있던 미라가 일어나 이쪽을 향해 걸어왔다. 나는 트렁크를 닫고 액자를 바로 세워두고 할머니 방으로 갔다. 미라는 수돗가에서 치마를 모으고 앉아 걸레를 빨았다. 걸레를 들고 자신이 지내던 방으로 갔다. 미라가 댓돌 위에 서서 바다를 바라보다 고개를 돌렸다. 할머니 방 창 앞에 서서 밖을 내다보는 나와 눈이 마주치자 뼈를 뿌리자고 말했다.

"파도가 심해, 오후에 잠잠해지면."

할머니는 자신을 화장해 바다에 뿌려달라고 했다. 미라는 유골분을 뿌리고 바로 떠나겠다고 했다. 배를 부탁해놓은 김씨는 오늘 바람이 좋은 날이라 했다.

"멀리 갈 필요 없이 십 리만 나가면 되지 않겠어?"

나는 김씨에게 오후에 나가자고 했다. 장롱을 열어 할머니의 옷가지들을 꺼냈다. 옷은 붉은 계열이 많았다. 속옷도 붉은 꽃무늬가 프린트된 것이 대부분이었다. 간혹, 색이 바래고 고무줄이 늘어난 것도 있고 천 사이로 와이어가 빠져나온 브래지어도 있었다. 화장대 서랍 안의 영수증과 수첩을 살피고 집어넣으려는데 서랍이 닫히지 않았다. 서랍을 통째로 빼내고 걸린 것을 꺼냈다. 공책이었다. '뼈가 드문드문 씹히는 날가자미의 생선 살, 김 위에 뿌려놓은 소금.' 방갈로의 낙서를 적어놓은 파란 볼펜이 번져 있었다. 엄마를 병원에 입원시킨 뒤 나는 이 공책을 잃어버렸다. 무언가를 쓰고 싶은 생각이 들지 않았고 그럴 겨를도 없었다. 무언가를 끄적거리는 것 자체가 사치스럽게 여겨졌다. 엄마의 병원비를 감당하기 위해 오징어를 떼어다 말려야 했고 미역을 손질해야 했다. 여름철에는 도로 건너편 횟집에서 회를 쳐놓은 생선 살을 펼쳐놓았고 고추장과 생선 기름이 미끈거리는 접시를 씻기도 했다. 민박 손님은 인근에 모텔촌이 형성되면서부터 줄어들었다. 할머니가 살얼음이 낀 항구에서 넘어진 뒤부터는 하루가 어떻게 지났는지 몰랐다. 마당에서 우당탕거리는 소리가 들려 마당으로 향한 문을 열었다. 미라는 마당 한복판에 드럼통을 끌어다 놓았다. 미라에게 공책을 내밀었다 미라는 공책을 넘기다 중간을 찢어 둘둘 말아 불을 붙였다. 미라의 손에서 공책을 빼앗았다. 파란 볼펜으로 적은 종이에 불이 파고들자 글씨는 파랗게 번졌다가 금세 검은 재로 변했다. 미라는 드럼통에 할머니의 옷을 넣고 석유를 뿌렸다. 석유 냄새가 나자마자 불길이 위로 치솟았다. 나는 할머니의 알록달록한 옷가지를 드럼통에 넣다가 곤색 스웨터를 들고 망설였다.

"이거, 가질래?"

미라는 스웨터를 쳐다보곤 대답 없이 긴 나뭇가지로 드럼통 안을 뒤적거렸다. 스웨터 팔꿈치 부분에는 보풀이 생겼고 반들반들해졌다. 스웨터를 얼굴에 대보았다. 좀약 냄새가 났다. 미끈거리는 미역과 오징어 냄새도 희미하게 났다. 여고 시절, 바다색을 찾아내기 위해 우리는 시내에 있는 털실 가게를 돌아다녔다. 실마다 색이 조금씩 다르다는 내 말에 미라는 파란색은 다 똑같아. 특히, 털실은 말이야, 하며 투덜댔다. 가게들이 문을 닫기 시작하자 미라는 짜증을 냈다. 결국, 나는 여름이 끝나는 날 바다색이야, 하며 이 실을 골랐다. 할머니는 실을 보고 곤색이네, 했다. 우리는 방갈로에서 라디오를 들으며 스웨터를 짰다. 조금씩 짤 때마다 할머니 몸에 맞추어보았다. 할머니는 팔을 길게 뻗었다.

"오래 입으려면 넉넉하게 짜야 해. 원래, 짠 옷은 잘 쪼그라들거든."

우리는 가을이 오기 전 스웨터를 완성했다. 할머니는 그것을 여름을 제외한 세 계절 내내 입었다. 해마다 조금씩 줄어드는 스웨터에 맞추어 할머니의 몸도 조금씩 작아졌다. 드럼통에서 피어오르는 연기가 바다 쪽에서 불어오는 바람으로 바다 반대 방향으로 흘러갔다. 미라는 빨간 누비 조끼를 드럼통 안에 넣고 마루에 걸터앉아 담배에 불을 붙였다. 미라가 앉은 옆에 할머니의 유골분 상자가 검은 보자기에 싸인 채 놓여 있다. 부엌으로 들어갔다. 부엌에는 일회용 접시에 담긴 홍어 무침과 수육, 오징어순대, 과일, 떡이 말라비틀어진 채 아무렇게나 쌓여 있었다. 육개장을 끓였던 솥에 남은 반찬들을 쏟아부었다. 설거지 할 그릇을 챙겨 수돗가에 내놓고 상을 차려 마루로 내갔다. 미라는 수저를 들어 밥을 꾹꾹 눌렀다. 나는 밥 한 숟가락을 입안에 퍼 넣었다. 미라는 국그릇을 마당에 내동댕이쳤다.

"나에게 복수한 거야."

나는 마당에 나뒹구는 그릇을 상에 올리고 부엌으로 가져가 선 채로 밥을 먹었다. 입안으로 밥을 퍼 넣고 김치를 먹고 홍어 무침과 수육을 집어넣었다. 아무리 퍼 넣어도 허기가 가시질 않았다. 항구에서 넘어져 엉치뼈에 금이 간 할머니 몸에는 결석과 함께 암으로 추정되는 것들이 번졌다고 했다. 의사는 소견서를 작성해주며 큰 병원으로 갈 것을 권했지만 할머니는 집으로 가길 원했다. 나는 할머니의 의견을 존중했다. 미친 거 아냐, 병이 있으면 치료해야지. 미라는 전화기를 찢고 나올 것처럼 소리를 질렀다. 병원에서 처방받은 진통제가 떨어졌을 때 할머니는 내 손을 잡고 말했다. 그만 됐다.

할머니는 혼자서 초종을 맞이했다. 전날, 할머니는 미라가 온다는 말에 몸을 닦아달라고 했다. 옷을 벗기자 앙상한 뼈에 미농지 같은 살이 붙어 있었다. 뜨거운 수건으로 몸을 닦자 하얀 살갗이 붉게 익었다. 수건을 문지를 때마다 살가죽이 옆으로 밀렸다. 옆으로 처진 가슴에는 말라비틀어진 유두가 달려 있었고 거뭇한 팔에는 주삿바늘 자국이 불거졌다. 할머니는 털이 빠진 밋밋한 아랫도리를 닦을 때 눈을 감고 입술 사이로 희미하게 흐흐, 웃었다. 옷을 입혀주니 화장을 해달라고 했다. 얼굴은 수분이 빠져 화장이 먹질 않았다. 틀니를 뺀 입에 주름이 오골오골 모여들어 손으로 입술을 펼치며 립스틱을 발랐다. 막상 미라가 왔을 때 할머니는 미라를 쳐다보지 않고 고개를 돌렸다. 나는 둘을 위해 핑곗거리를 대고 시내에 갔다. 시내에서 돌아왔을 때 미라는 전복죽을 수돗가에 버리고 있었다. 시멘트가 부서져 넓어진 수챗구멍으로 걸쭉한 죽이 천천히 흘러들었다. 미라가 수도를 틀자 김이 나는 전복죽이 물 위로 둥둥 떴다. 미라는 손을 씻다가 무릎 위에 올린 손을 마주 잡은 채 말했다.

"내게 마지막 모습을 보이기 싫었던 거야. 전복죽이 먹고 싶댔어. 길 건너 횟집에 전복죽을 사러 뛰어갔어. 횟집 아줌마 말이 생전에 전복죽을 안 드셨대. 난 그것도 몰랐어. 정말 먹고 싶어서인 줄로 알았지. 그런데, 그게 아니었어."

대학 졸업을 앞두고 임용고시에 합격한 미라가 배를 불룩하게 만들어 내려왔다. 당황했던 모습을 감추고 할머니는 셋이 아이를 키워보자고 했다. 나는 가슴이 두근거렸다. 잠든 미라를 보며 할머니와 나는 배 속에 웅크려 있을 아이를 상상했다. 그즈음 모래사장 위로 파도에 휩쓸린 검은 미역이 올라왔다. 나는 하염없이 올라오는 미역을 건져냈다. 할머니는 내가 건진 미역을 모두 바다에 던져버렸다. 며칠 후, 할머니는 새벽에 나를 깨워 인적이 드문 바다로 데리고 갔다. 할머니는 치마를 걷어 올리지도 않고 바위 사이로 들어갔다. 바다에서 막 빠져나온 해는 하늘을 갓 잡은 멍게 빛으로 만들었다. 할머니와 나는 바위 사이로 꾸역꾸역 올라오는 미역을 땄다. 나는 수경을 쓰고 바위 틈새를 들여다보았다. 바위 틈새에 길게 솟아오른 미역은 윤이 났다. 장대로 미역을 따서 손에 쥔 할머니의 치맛자락에 미역이 휘감겼다.

"미역은 초겨울부터 맑고 찬 바다에서 자라다 말끔하게 씻은 뒤에 올라와. 미역이 올라오면 잘 살펴야 해. 너무 오래 두면 쇠굳어 질겨지거든. 때를 잘 잡아 따야 미끈한 것을 고를 수 있어. 볕이 좋을 때, 비 적시지 말고 꼬들꼬들하게 잘 말려야 해."

할머니는 찬바람에 아랑곳하지 않고 물미역처럼 미끈거리는 웃음을 웃었다. 할머니는 미역 꼭지를 따 흐르는 물에 빨았다. 흰 거품이 가실 때까지 헹궜다. 감자를 으깬 밥에 쌈장을 넣어 미역쌈을 싸서 미라의 손에 쥐여주었다. 미라는 고개를 돌렸다. 우리의 부푼 기대를 비웃던 미라는 시내 병원에서 소파 수술을 받고 왔다. 푹 꺼진 배를 보고 할머니는 미라의 어깨를 때렸다. 독한 것, 이라고 욕을 했다. 대책 없이 낳기만 하면 어쩔 건데. 그런 멍청한 짓을 되풀림했으면 좋겠어? 미라는 앙칼지게 말하곤 도시로 돌아갔다. 미라가 이곳에 오지 않은 삼 년 동안 할머니는 내게 미라를 보고 오라고 했고 만나고 돌아오면 미라의 생활에 대해 꼬치꼬치 캐물었다.

마당으로 나서니 미라는 곤색 스웨터를 만지고 있다가 내려놓았다. 내가 설거지를 끝낼 때까지 미라는 마루에 앉아 있었다. 드럼통에서 무언가 탁탁, 소리를 내며 탔다. 화장터에서 할머니의 몸에 불을 붙일 때, 직원은 내게 할머니가 놀라지 않게 불났어, 라고 말하라고 시켰다. 나는 작은 구멍에 입을 가까이 대고 소리쳤다.

"할머니 불이야, 불, 방갈로에 불이 났어."

미라 옆에 앉아 공책을 펼쳤다. 우리는 우리가 태어난 지붕이 빨간 방갈로를 비밀의 방이라 이름 붙였다. 방갈로에 누워 우리가 태어난 상황을 얘기하며 웃기도 했고 울기도 했다. 우리 중 누구도 할머니에게 아버지에 대해 물어보지 않았다. 횟집 여자들이 뒤에서 수군거리는 것으로 충분히 짐작을 했고 서로 생각을 확인하지도 않았다. 미라와 나는 함께 초등학교에 입학했다. 미라는 내게 이모라 부르지 말라고 했다. 이모가 친구래. 또래 아이들은 출생의 비밀을 떠벌리고 싶어 했다. 우리는 아이들의 호기심을 채워주고 비위를 맞추며 시시하게 어울리고 싶지 않았다. 우리는 친구를 사귀지 않았고 친구들이 끼어들 틈을 주지 않았다. 여름밤이면 모기장을 걸어놓고 옆 방갈로에서 들리는 기타 소리에 맞춰 노래를 불렀다. 연인이 든 방갈로를 기웃거리다 할머니에게 야단을 맞기도 했다. 그런 밤이면 미라는 남자 어른 흉내를 내며 내 몸을 더듬었다. 여름이 끝나면 손님들이 방갈로에 두고 간 물건을 모아 정리했다. 슬리퍼 바닥에 두고 간 날짜를 적어두었고 향이 좋은 화장품은 공동 소유로 해서 비밀의 방 상자에 넣어두었다. 나는 머리핀과 모자는 아무리 예뻐도 버리자고 했다. 할머니가 남이 머리에 사용하던 것을 쓰면 그 사람의 고민이 고스란히 자신에게 온다고 했기 때문이었다. 나는 엄마가 모래사장에서 주운 머리핀을 머리에 꽂아 그렇게 되었다고 생각했다. 미라는 보란 듯이 핀을 꽂고 모자를 썼다. 횟집 앞, 의자에 앉아 있던 여자들은 우리를 보면 뒤에서 엄마가 미쳤다고 수군거렸다. 그러면 미라는 걸음을 멈추고 뒤돌아 그들을 노려보며 소릴 질렀다.

"미친년들, 누구더러 미쳤대."

나무로 만든 방갈로 벽에는 손님들이 왔다 간 흔적을 남겨놓았다. '진아, 범태 왔다 감, 진아야 영원히 사랑해.' 비밀의 방 벽에 우리는 '우리가 좋아하는 것들'이란 글씨 아래 각자 생각나는 대로 썼다. 낙서는 우리가 이곳을 떠날 때까지 계속되었다. '지붕이 빨간 방갈로에 쌓인 눈, 비 오는 날의 바다, 여름이 끝나는 날, 바다

에서 떠오르는 갓 잡은 멍게 같은 해.'

공책의 첫 장을 소리 내 읽고 미라에게 건넸다. 미라는 건성으로 뒤적거리다 한 부분을 펼쳐 읽었다. 내가 일기를 쓴 부분이었다. 나는 곤색 스웨터를 들고 보풀을 뜯어냈다. 미라는 공책을 펼쳐 든 채 고개를 들어 하늘을 쳐다보며 말했다.

"이때, 여관에 갔었니? 난 네 친구 집에 간 줄 알았어."

미라 옆으로 바짝 다가앉았다. 미라가 남자를 데리고 올 때마다 내가 여관으로 갔다는 것을 적은 부분이었다. 우리가 나란히 대학에 합격하자 할머니는 방갈로가 있는 솔밭을 콘도를 지을 계획을 하고 있는 건설업자에게 팔았다. 우리는 방갈로를 허물어버리는 것이 아쉬웠지만 도시로 가는 것에 잔뜩 흥분했다. 미라는 멋진 사랑을 하고 싶어 했고 나는 연애소설을 쓸 결심을 했다. 우리는 처음으로 바다를 떠나 도시에서 살았다. 미라는 입학하자마자 남자를 사랑했고, 짧은 시간 열렬히 만난 후 헤어졌다. 곧 다른 남자를 만났다. 미라가 남자를 데리고 올 때 나는 여관에 갔다. 바닥이 차가운 여관에 누워 알몸으로 바다에 뛰어든 엄마, 젊은 할머니, 방갈로, 미라와 바다를 두고 했던 맹세들을 떠올렸다. 방학 때 미라는 도시에서 아르바이트를 했고, 나는 할머니 집에서 민박 손님을 받았다. 방갈로를 허물기 전, 나는 벽에 써놓은 낙서를 공책에 옮겨 적었다. 우리가 공책을 한 장 넘길 때 김씨가 대문을 들어섰다.

김씨는 배의 시동을 걸곤 담배에 불을 붙였다. 미라는 치맛자락을 잡고 배에 올라탔다. 서걱거리는 치맛자락에 모래 때가 묻어 누렇게 얼룩졌다. 한 무릎을 세우고 앉은 미라는 내가 건네는 상자를 못 본 척했다. 김씨가 상자를 받아주었다. 배는 오십 미터 즈음에 있는 바위를 지나 멈추었다. 멀리 간판이 보였다. 지금은 잘 안 보이지만 '파도민박'이라는 글씨가 적힌 간판이었다. 어둠이 내려앉았을 때는 환하게 불 밝혀 집의 위치를 알려줄 것이었다. 보자기를 풀고 상자를 열었다. 손에 한 움큼 쥔 할머니의 뼛가루를 바다에 뿌렸다. 손가락 사이로 빠져나간 가루가 차분하게 물결 속으로 흘러들어갔다. 가루가 된 할머니의 몸은 가벼웠다. 할머니의 손으로 태어난 내가 할머니를 바다 위에 뿌려주었다. 나는 유골분 상자를 미라에게 건네주었다. 미라는 상자를 받지 않았다. 할머니의 뼛가루가 파도 위를 넘실 뜨다가 가라앉았다. 나는 가루가 배 위에 떨어지지 않게 조금씩 덜어 바다 위에 뿌렸다. 할머니 몸 전체가 가루로 뒤섞여 어디가 팔이고 어디가 다리인지 구분되지 않았다. 가루이며 몸 전체인 그것은 내 손에 따뜻한 온기를 전해주며 소로로 떨어졌다. 거의 남지 않은 가루를 다시 미라에게 건넸지만 미라는 여전히 외면했다.

"마지막 가시는 몸, 둘이 사이좋게 거두어주지 않고서."

김씨가 미라를 흘끗거리며 퉁명스럽게 말했다. 우리는 한참을 각자의 시선에 걸린 바다를 보며 앉아 있었다. 미라가 고개를 들었다. 이마를 가린 머리칼이 바람결에 움직이자 사선의 상처가 보였다. 기울인 상자에서 마지막 한 줌을 덜어 뿌릴 때 확, 바람이 불었다. 뼛가루가 우리 쪽으로 날렸다. 미라의 얼굴에 할머니의 뼛가루가 달라붙었다. 미라는 자신의 뺨을 치며 가루를 털어냈다. 나는 뱃전에 흩뿌려진 하얀 가루를 손으로 쓸어 모아 바다에 뿌렸다. 김씨가 어깨를 톡톡 털어내는 미라를 쳐다보곤 거칠게 모터를 돌렸다. 배가 바다를 가르며 할머니가 떠다니는 물결을 넘었다. 배에서 내린 미라는 김씨에게 목례하곤 집을 향해 걸어갔다. 야속한 것, 이라 말하는 김씨에게 인사하는 내 콧등이 잠깐, 시큰거렸다. 미라가 집 안으로 들어가는 것이 보였다. 이제, 미라는 짐을 챙겨 떠날 것이다. 항을 돌아 집을 향해 천천히 걸어갔다. 미라는 어느새 옷을 갈아입고 댓돌 위에 앉아 있었다. 신발을 옆에 벗어놓고 모래에 발을 묻었다. 열린 방문 가까이 커다란 가방이 놓여 있었다.

"터미널까지 태워줄게."

미라는 머리칼에서 상주 리본을 빼며 택시를 불렀다고 했다. 나도 댓돌에 앉아 신발을 벗어 발을 모래에 묻었다. 먼바다에서 구름이 몰려왔다. 하얗게 행군 구름 뒤로 검은 구름이 빠르게 쫓아왔다.

"네시에 엄마 면회 가는데 같이 갈래?"

빠르게 쫓아오던 검은 구름이 하얀 구름을 덮쳤다. 미라는 내 쪽으로 몸을 기울이며 바지 주머니에서 담배를 꺼냈다. 담배에 불을 붙이고 연기를 앞으로 길게 내뿜었다. 검은 구름이 흰 구름을 모두 업어 흰 구름은 테두리로만 남았다. 미라는 일어나 댓돌 옆에 벗어둔 신발을 신었다. 미라의 검은 구두 안으로 모래가 따라 들어갔다. 모래는 미라를 따라 도시까지 갈 것이었다. 도시까지 따라간 모래는 당분간 미라에게 바다를 생각나게 할 것이다. 모래는 몸을 죄어주던 바다를 풀어놓아 미라를 바다로 이끌지도 몰랐다. 우리는 도시로 갈 때, 신발 안에 모래를 잔뜩 넣고 갔다. 걸음을 디딜 때마다 발바닥에서 모래가 버석거렸다. 일부러 털어내지도 않았는데 어느 순간 신발 속의 모래는 사라졌다. 미라는 담배를 입에 문 채 신발을 벗어 발에 묻은 모래를 말끔히 털었다. 손을 넣어 신발 안의 모래도 털어냈다. 도로 쪽에서 경적이 들렸다. 미라는 담배를 모래에 파묻고 일어났다. 미라가 탄 택시가 출발할 때 묵직한 검은 구름이 바다로 떨어질 듯 가라앉았다. 미라가 앉았던 댓돌에 공책을 들고 앉았다. 솔밭이었던 콘도 쪽에서부터 서서히 물안개가 피어오르기 시작했다. 안개는 바다로 번져 몰려오는 파도와 뒤섞여지고 있었다. 공책을 펼쳤다.

알몸으로 바다에서 나오는 엄마를 본 적이 있다. 나는 숨을 죽인 채 어두운 창에 매달렸다. 할머니는 이불을 들고 허겁지겁 모래사장으로 나갔다. 바다에서 나온 엄마의 매끄러운 몸에 달빛이 미끄러졌고 풀어 헤친 머리칼에서 바닷물이 떨어졌다. 어둠 속에서 천천히 움직이는 엄마의 몸에서는 야릇한 빛이 흘렀다. 할머니는 모래사장을 달려가 커다란 이불로 물로 번들거리는 엄마 몸을 둘둘 말고 방으로 데리고 들어왔다. 엄마는 낯선 사내를 따라 도시로 갈 때까지 비 오는 밤이면 알몸으로 바다에 뛰어들었다.

"왜, 엄마는 바다에 뛰어드는 것일까?"

나는 미라에게 물었다.

"넌, 왜 빨간 방갈로를 좋아하지?"

라고 미라가 되물었다.

할머니는 방 안에서 사내와 얘기를 하고 있었다. 곱게 화장한 엄마는 싱글거리며 마루에 앉아 있었다. 우리는 학교에서 돌아와 방 안을 기웃거렸다. 할머니는 우리를 내쫓았다. 우리는 방갈로에 누워 그는 누구일까 생각했다. 미라는 나의 아버지일 것이라 했고 나는 미라의 아버지일 것이라 했다. 우리는 헤어지더라도 이 방갈로에서 만나자고 바다를 걸고 맹세했다. 그는 우리 둘 누구의 아버지도 아니었다. 그는 자주 왔고, 그가 올 때마다 할머니는 우리 손에 옥수수를 쥐여주고 놀다 오라고 했다. 우리는 비 오는 바닷가에서, 모기가 척척 들러붙는 방갈로에서 옥수수를 한 알씩 떼어 먹었다. 할머니의 계획대로 엄마는 바다를 떠났다. 바다를 떠날 때 엄마는 활짝 웃었다. 머리칼에는 모래사장에서 주운 큐빅 빠진 머리핀이 꽂혀 있었다.

우리는 엄마를 잊고 지냈다. 그러다 가끔, 모래사장에 떨어져 있는 머리핀이나 모자를 볼 때면 바다로 뛰어들었다. 우리는 여름이 끝나고 가을이 시작될 무렵의 바다를 좋아했다. 바다를 찾는 사람이 적었고 파도도 여름의 흔적을 지우기 위해 재빨리 움직였다. 오리 바위까지 먼저 가기 내기를 했고 암초에 붙어 있는 홍합을 땄다. 가끔, 미라는 헤엄치지 않고 물속으로 가라앉았다. 내가 놀라 미라에게 다가가면 그제야 푸우, 하며 위로 올라왔다. "바닷속에 가라앉는 느낌이 좋아. 가라앉다 보면 물이 내 몸을 죄어오면서 말을 걸어. 멀리 계곡에서 온 물, 강에서 흘러든 물, 어느 집에서 흘러온 물, 하늘에서 내린 비가 내 몸을 죄어오면서 말을 걸어. 그 모든 소리들이 내 귓속을 쿵쿵거리며 돌아다녀." 나도 바닷속으로 들어가보았지만 오래 견디지 못하고 바로 올라와버렸다. 물 위로 떠오른 우리는 손을 맞잡고 누군가 방갈로 벽에 적어놓은 시를 읊었다. "손에 손을 맞잡고 마주 대하자. 우리의 팔 밑으로 미끄러운 물결의 영원한 눈길이 지나갈 때, 밤이여 오라. 시간이여 울려라. 세월은 흐르고 나는 여기 있다."

방학이 끝나고 내가 도시로 가려고 할 때, 엄마가 왔다. 엄마를 데리고 갔던 사내는 할머니에게 화를 내곤 돌아갔다. 엄마의 몸은 멍으로 울긋불긋했다. 엄마는 나를 전혀 알아보지 못했다. 예전처럼 웃는 일도 없었다. 개강 날이 훨씬 지났지만 나는 도시로 갈 수 없었다. 엄마는 비가 오지 않는 날에도 바다로 뛰어들었다. 내가 머리채를 잡아끌고 나올 때까지 한없이 파도 속에서 허우적거렸다. 할머니는 미라의 아버지가 그 바다에 들어갔다고 말했다. 할머니와 나는 엄마를 사설 병원에 입원시켰다. 당분간의 병원비는 내 등록금으로 남겨둔 돈으로 냈다. 할머니는 미라에게 비밀로 하자 고 했다. 뒤늦게 사실을 알게 된 미라는 정신이 나간 것은 우리라 며 우리의 결정을 무시했다.

나는 공책을 한 장씩 뜯어 드럼통 안에 넣고 불을 붙였다. 오그 라드는 종이는 금세 검은 재로 변했다. 네 명의 여자 이야기는 재 가 되어 화르륵 사라졌다.

엄마는 푸른 환자복을 입고 목에 붉은 스카프를 두르고 있었다. 막 자란 머리칼이 어깨 위로 내려왔다. 스카프를 풀었다 다시 묶 다가 열린 문을 두드리자 달려 나와 내 어깨에 매달렸다.

"배가 고파, 뭐 좀 먹을 것 없니?"

엄마의 입에서 시큼한 약 냄새가 났다. 나는 가방에서 과자를 꺼내 주었다. 엄마는 과자 봉지를 옆 환자에게 흔들어 자랑했다. 봉사 활동을 나온 미용사는 옆 환자에게 머리를 감으려면 코트를 벗어야 한다고 달래는 중이었다. 옆 환자는 원피스로 된 환자복 위에 검은 코트를 입은 채 가부좌를 틀고 앉아 있었다. 엄마는 과 자 봉지가 뜯어지지 않자 봉지를 마구 문질렀다. 내가 봉지를 뜯 어주니 배가 고픈 사람처럼 허겁지겁 과자를 먹었다. 나는 엄마에 게 머리카락을 자르는 날이라고 설명을 했다.

"배가 고파, 먹을 것 좀 더 줘."

엄마는 올봄부터 옆 침대의 환자의 행동을 따라했다. 지난번에
는 몸에 천을 친친 감더니 최근에는 먹을 것에 집착했다. 엄마를
데리고 세면장으로 갔다. 세면장에는 봉사 활동을 온 미용사들이
환자들을 달래면서 머리를 감기고 있었다. 스카프가 젖으니 벗자
고 해도 싫다고 엄마는 고집을 피웠다.

"시러, 이거 우리 미라가 사준 거야."

엄마는 찾아오는 것은 나인데도 불구하고 나를 미라로 생각했
다. 어떤 때는 전혀 모르는 사람처럼 대하기도 했다. 실제로 미라
가 오면 알아볼까. 스카프는 지난달에 내가 사준 것이었다. 스카프
를 그냥 둔 채, 의자에 눕혔다. 몸을 뒤로 젖히자 엄마는 스카프를
끌어올려 얼굴을 덮었다. 샴푸로 거품을 낸 엄마의 머리를 들고
목 밑을 문질렀다. 엄마가 간지럽다며 웃었다. 과장된 웃음소리에
다른 환자들도 웃기 시작했다. 세면장에서 머리를 감던 모든 환
자들이 일제히 바글바글 웃었다. 창으로 비가 들어와 창 밑 탁자
가 젖었다. 창을 닫고 침대보를 정리하기 위해 베개를 들었다. 베
개 밑에 초코파이가 뭉개져 있었다. 봉지가 뜯겨진 초코파이는 반
정도 남았다. 부스러기가 베개 밑에 흩어져 있었다. 초코파이 봉지
를 휴지통에 버리려 하자 엄마가 달려와 빼앗았다. 엄마는 봉지를
소심스럽게 열어 하얀 크림 부분을 뜯어 먹었다. 손가락을 입으로
가져가 빨고 봉지를 손으로 똘똘 말아 베개 밑에 넣었다. 의자를
창가에 놓고 엄마를 앉혔다. 엄마는 금세 배고프다고 울상이 되었

다. 주머니에서 막대사탕을 꺼내 주었다. 엄마는 막대사탕을 껍질째 빨았다. 손에 꼭 붙들고 있는 사탕의 껍질을 까 주었다. 스카프를 한 목에 보자기를 두를 때까지 엄마는 얌전히 사탕을 빨았다. 엄마에게 보이지 않게 가위를 집어 들었다. 차가운 쇠붙이가 목덜미에 닿자 엄마가 소스라치게 놀랐다. 나는 사탕을 쥔 손을 흔들어 신경이 사탕에 집중하도록 했다. 서걱서걱 가위질 소리와 엄마가 막대사탕을 쪽쪽 빠는 소리만 들렸다. 종이 인형을 오려내다 우린 싸웠다. 가위를 먼저 쓰기 위해서였다. 결국, 가위를 차지한 미라가 인형을 오려내고 있었다. 비가 오고 있었고 할머니 감시하에 아랫목에 누워 있던 엄마가 순식간에 일어나 가위를 빼앗고 미라를 때렸다. 가위를 손에 든 채 미라의 머리를 내리치다 이마를 찔렀다. 이마에서 피가 뚝뚝 떨어져도 엄마는 계속 미라를 때렸다. 옆 침대 환자가 들어와 엄마가 먹는 사탕을 달라고 칭얼댔다. 그녀에게 막대사탕을 주자 엄마는 화를 냈다.

"저년 나빠, 옷 속에 먹을 것 잔뜩 숨겼어. 미랑아."

엄마가 내 이름을 맑고 경쾌한 목소리로 발음했다. 나도 모르게 엄마를 안았다. 엄마는 영문도 모른 채 안겨 손톱으로 내 뒷목을 찔렀다. 의자 앞으로 가 무릎에 손을 올리게 하고 손톱을 깎아주었다. 엄마는 손톱을 깎는 것을 보다가 말했다.

"아가씨, 우리 미랑이랑 닮았네, 참 예뻐. 아기 크면 아가씨처럼 예쁠 거야. 내 아기 여기에서 나왔어."

엄마는 의자에 앉은 채 가랑이를 벌리고 원피스로 된 환자복을 들췄다. 팬티를 입지 않아 거뭇하게 드러난 가운데로 손가락을 집어넣었다. 나는 엄마의 팔을 잡아 질 속에 들어가 있는 손가락을 빼냈다. 비릿한 피 냄새와 독한 페인트 냄새가 나는 것 같았다. 엄마의 손가락을 수건으로 닦고 발톱을 깎았다.

"비 오네요. 아기 아빠가 바다에 들어갔어요. 내가 건져야 하는데 너무 배고파요."

나는 가방에서 말린 미역 한 올을 꺼내 줬다. 엄마는 마치 처음 보는 것처럼 신기하다는 눈으로 쳐다보았다. 혀끝으로 조금 맛보다가 이내 옆에 있는 환자에게 자랑을 하며 쪽쪽 빨았다. 미역을 빨아 먹는 엄마의 입에서 침이 줄줄 흘렀다. 입가를 닦아주었다. 엄마에게서 짭짤한 바다 냄새가 났다. 엄마는 미역을 입에 문 채 침대에 누웠다. 바닥에 떨어진 머리카락을 쓸어 담고 병실 문을 열다가 뒤돌아보았다. 엄마는 두 손으로 마른 미역을 꼭 쥐고 쪽쪽 빨았다.

검은 보자기를 풀었다. 유골분 상자를 열어 안을 들여다보았다. 텅 빈 상자 안으로 얼굴을 들이밀었다.

"할머니이."

목소리가 울리다 상자 속에 가라앉았다. 곤색 스웨터를 입었다. 몸에 꽉 끼었다. 팔을 들어 냄새를 맡아보았다. 좀약 냄새가 눅진

하게 풍겼다. 간판에 불을 켰다. 이제, 바다에서 보면 파도민박이
라 쓰인 간판이 이곳에 내가 있다는 것을 알릴 것이다. 바다에 혼
이 뒤섞여 있는 나와 미라의, 우리의 아버지에게도, 할머니에게
도 이 간판이 보일 것이다. 미라가 지내던 방으로 갔다. 방문을 열
고 신발로 문이 닫히지 않게 받쳐놓았다. 방 안으로 비가 들이쳤
다. 문 앞에 걸레를 펼쳐놓았다. 얼굴을 문 앞에 두고 비스듬히 누
웠다. 눈높이로 바다가 출렁거렸다. 안개와 파도가 엉켜 있는 사이
사이로 어둠이 내려앉았다. 어둠 속에서 바다는 온 허리를 뒤척이
는 소리를 냈다. 가끔, 군인들이 서치라이트로 바다의 몸을 훑었
다. 그때마다 바다는 검게 번들거리는 속살을 드러냈다. 열린 문으
로 비릿한 바다 냄새와 함께 빗물이 들어왔다. 멀리 오징어 배 불
빛이 보였다. 굵은 비가 떨어졌다. 방 안으로 들이닥친 비가 눈에
떨어져 눈가를 타고 귓속으로 흘러들어갔다. 눈을 감았다. 강력한
빛이 눈을 찔렀다. 감았던 눈을 뜨고 밖을 내다보았다. 서치라이트
가 빠르게 움직였다. 일어나 방문을 더 활짝 열었다. 서치라이트가
비추는 곳에 비가 납으로 만든 바늘처럼 떨어졌다. 서치라이트가
집중적으로 비추는 곳에 검은 물체가 움직였다. 강한 불빛을 받으
며 천천히 이쪽을 향해 움직였다. 서치라이트에 완전 노출된 물체
는 사람이었다. 바다에서 나온 사람은 처음 걸음을 걷는 것처럼
모래사장 위에서 휘청거리다 서서히 내가 있는 곳을 향해 다가왔
다. 하얀 살결 위로 굵은 비가 떨어지고 불빛이 비춰졌다. 나는 어

둠 속에서 몸을 웅크리고 숨을 죽인 채 응시했다. 물미역 같은 머리칼이 앞가슴을 가리고 있었다. 몸이 휘청거릴 때마다 머리카락 사이로 출렁이는 하얀 가슴이 드러났다. 나는 일어나 떨리는 손으로 방 한구석에 개켜져 있는 이불을 꺼내 들었다. 맨발로 젖은 모래사장으로 나갔다. 얼굴과 어깨로 비가 척척 엎혔다. 나는 벌거숭이로 이곳을 향해 휘청거리며 걸어오는 그녀를 위해 커다란 이불을 펼쳐 들고 어둠 속을 달려 나갔다.

소녀는 인간의 오래된 미래다
― 박정윤의 『목공 소녀』 읽기

류보선(문학평론가)

1. 『목공 소녀』의 섬뜩함과 『프린세스 바리』라는 이정표

박정윤의 첫 소설집 『목공 소녀』는 대부분 작가의 첫 소설집이 그러하듯 낯설고 기묘하다. 그래서 『목공 소녀』는 그 성에 들어설 입구를 찾기도 힘들고 어렵게 입구를 찾아 들어섰다고 하더라도 길을 잃기 쉽다. 그렇게 미로에 갇힌 채 헤매다 보면 악몽 같은 섬뜩함만 선연하게 남을 뿐 그 성채를 구성하고 있는 인식론적 지도나 심상지리지들을 같이 읽어 나오기는 힘들다. 아마도 모든 신예 작가들이 그러하듯 『목공 소녀』 역시 우리가 사는 세상을 새로운 횡단면으로 잘라서 보고 새로운 유사성의 원리로 결합시키는 까닭이리라. 이러한 기묘함 때문에 우리는 놀라울 정도로 징후적인

『목공 소녀』에게서 그 소설집에 깃든 현재적 의미로 충만한 진리 내용을 읽어내기보다는 전혀 우리의 삶 같지 않은 삶에서 바로 자신을 발견하는 악몽 같은 섬뜩함만을 경험할 가능성이 높다.

그런데『목공 소녀』에는 그 성에 들어설 입구와 그 배치를 알려주는 이정표가 하나 있다. 장편소설『프린세스 바리』이다. 박정윤의 출세작이자 제2회 혼불문학상 수상작으로 꽤 많은 독자들의 사랑을 받은『프린세스 바리』는 여러 가지 점에서 흥미로운 작품이다. 무엇보다 작가 박정윤이 현재 세상을 느끼고 보는 세계감과 세계관, 그리고 세계를 맥락화하는 문제틀을 모두 엿볼 수 있는 바로 그 작품이다.『프린세스 바리』는 제목에서 알 수 있듯 '버려진 딸과 그 딸에 의한 가족(혹은 세상)의 구원'이라는 바리데기 신화를 기본 모티프로 오늘날 우리가 사는 세상을 재구성한다. 오로지 아들을 원하는 부모의 가부장적 요구에 의해 버려진 '바리'는 그 때문에 거듭거듭 고난을 겪어가지만 결국 가부장적 질서에 의해 더럽혀진 세상을 정화시킬 수 있는 존재로 성장한다. 물론『프린세스 바리』는 바리데기 신화를 즉자적이고 축자적으로 계승하거나 기계적으로 반복하지 않는다. 다만『프린세스 바리』는 바리데기 신화를 프레임으로 오늘날의 사회를 바라보고 평가한다. 그리고 일반적인 평가와 다르게 현대사회를 신화시대보다 퇴행한 그곳으로 위치시킨다. 보다 구체적으로 말하면 바리데기 신화시대의 가부장적 요구는 여전히 견고하되 그 시대에 살아 있었던 공동체적 결속력은 전혀 존재하지 않는 시대로 오늘날을 규정한다. 특히나 어떤 준비도 없이 현대사회에 강제적으로 편입된, 그래서 현대사회의 주변부로 떠밀려갈 수밖에 없는 모더니티의 추방자들은 '쓰레기가 되는 삶'을 살게 되는 극한 상황에 처하게 된다는 것, 이것이 바로 『프린세스 바리』가 바리데기 신화라는 프레임을 통해 본 현대사회이다. 때문에 『프린세스 바리』는 바리데기 신화시대를 단지 지나간 낡은 시대가 아니라 계속 돌아보아야 할 어떤 시대, 특히 공동체적 결속력이 존재한다는 그 점에서 되돌아가야 할 시대로 파악한다. 그리고 충분히 예측할 수 있듯, 우리 시대를 그 시대로 되돌릴, 아니면 우리의 불모성을 치유해나갈 주체로 현대판 '바리'를 내세운다. 가부장적 사회로부터 버려지고 '어머니들'에게서 길러졌으며 '자매들'과 함께하는 '바리'는 오늘날의 극한 상황을 넘어설 수 있는 모험적 행위를 감행하는 주체로 설정되어 있다. '바리'는 이곳에서는 더 이상 살 수 없어 죽음만이 유일한 희망인 존재들을 이곳이 아닌 곳으로 보내주는 일을 한다. 그러니까 견딜 수 없는 극한 상황이라는 막다른 골목으로 내몰린 모더니티의 추방자들에게 죽음이라는 안식을 제공하는 역할을 해낸다. 물론 삶의 극한 지점에 내몰린 존재를 죽음으로 인도하는 일이 논쟁적이긴 하다. 하지만 '바리'는 생명을 연장하는 것이 오히려 그 존재를 더욱 욕되게 하고 오로지 고통스럽게만 만들 때, 그들에게 '자발적 선택에 의한 죽음' 혹은 '자유죽음'에 이르도록 하는 것이야말로 그들을 진정

소중한 생명으로 죽게 하는 위대한 선택이라고 단호하게 믿는다. 믿을 뿐만 아니라 그들을 적극적으로 죽음으로 이끈다. 물론 그 과정에서 여러 고비를 맞이하지만 그때마다 그 위기를 타인의 생명과 자존을 무엇보다 존중하는 여성적 강인함으로, 또 여성들끼리의 연대로 극복해간다. 한마디로 『프린세스 바리』는 오늘날 가부장적 질서를 넘어서서 대지적 모성이 살아 숨 쉬는 여성적(혹은 모성적) 세계를 꿈꾸는 소설이며, 그러므로 '모계사회라는 역성혁명(易姓革命)의 의지'가 꿈틀거리는 소설이라 할 수 있다. 이렇듯 『프린세스 바리』는 다른 소설들과는 '나누어지지 않는 어떤 잔여물'로 충일한 특이한 소설이거니와, 그 특이성을 항목화하자면 이렇게 된다. 1) '(바리데기) 신화'를 통해 현실을 보고, 2) 그 시각에서 오늘날의 현실을 신화시대에 살아 숨 쉬던 공동체적 연대를 상실한 타락한 사회로, 그리고 갑작스레 모더니티에 편입되어 결국은 모더니티에 의해 쫓겨나는 모더니티의 추방자들은 쓰레기와 같은 존재로 전락하는 극한 상황의 사회로 규정하며, 3) 이 극한 상황을 넘어설 수 있는 어떤 가능성으로 여전히 공동체적 연대감이나 증여적 윤리를 잃지 않은 여성들에 주목하고 있다는 것이다.

미리 앞질러 말하자면 『목공 소녀』에 수록된 소설들은 『프린세스 바리』의 문제틀과 그 궤를 같이한다. 『목공 소녀』에 수록된 소설들은 저 먼 신화시대부터 이어져 내려온 원형적 혹은 원환적 삶의 보편성과 그 보편성이 행한 업적이라는 문제틀로 오늘날을 본다. 어떻게 보면 시대착오적이고 또 어떻게 보면 반시대적인 시선이라 할 수 있을 터인데, 참 흥미롭기도 하다. 『목공 소녀』의 소설들은 오늘날 우리를 바라보는 수많은 시선들이 보지 못하는 현대성의 또 다른 측면들을 매우 민감하고 정확하게 읽어낸다. 아감벤의 말처럼 '특정 시대에 너무 잘 맞아떨어지는 사람, 모든 면에서 완벽히 시대에 묶여 있는 사람'은 '그 때문에 그들은 시대를 쳐다보지도, 확고히 응시하지도 못하기 때문'에 '동시대인'이 될 수 없다면, 그래서 오히려 '이접(disjunction)과 시대착오를 통해' '시대와의 특수한 관계'를 맺을 때 '동시대성'을 확보*할 수 있다면, 『목공 소녀』에 수록된 소설들은 반시대적 시선으로 동시대성을 확보한 경우라고 할 수 있겠다.

자, 이제, 『목공 소녀』라는 기묘한 성에 들어설 입구를 찾은 셈이니, 저 신화시대를 동경하는 시선에 비쳐진, 그러나 우리는 상징질서에 가려 볼 수 없었던 또 다른 실재들을 확인할 차례.

2. '손목 위의 붉은 상처'와 우리 시대의 실재적 증상

『목공 소녀』의 주목할 만한 특이성과 문제성은 우리 시대의 핵

---

* 조르조 아감벤, 김영훈 옮김, 『벌거벗음』, 인간사랑, 2014, 24쪽.

심적인 증상으로 소녀들의 훼손된 몸과 정신적 상처를 들고 있다는 점이다.『목공 소녀』의 이 시대 소녀들의 실존 형식에 대한 관심은 가히 집요하다. 그것은『목공 소녀』에 수록된 소설의 제목만 보아도 확인할 수 있다. 우선 소설집 제목에서부터 '소녀'를 전면에 내세우고 있지만, 이 소설집에는 표제작인「목공 소녀」외에도「초능력 소녀」와「트레일러 소녀」등 '소녀'라는 제목이 붙은 소설이 두 편 더 있다. 이렇게 겉모습만 보아도『목공 소녀』의 소녀에 대한 관심은 분명하다 싶은데 안을 조금만 들여다보면『목공 소녀』의 '소녀'에 대한 관심은 단순히 관심이라 표현할 수 없는 그 어떤 것임을 곧 알 수 있다.『목공 소녀』에 수록된 소설들은 '소녀'라는 제목이 붙어 있지 않더라도 그 대부분이 '소녀'에 관한 소설이다. 그렇다면『목공 소녀』의 '소녀'들의 형상은 단순한 관심에 의해 반복되어 나타나는 것이 아니라 작가의 일관된 역사지리지나 역사철학적 맥락 속에서 집중적으로 배치되고 있다고 말해야 한다. 그렇다.『목공 소녀』는 '소녀'들을 우리 시대의 사회적 관계가 모두 응축되어 있는 전형적인 인물로 설정하고 있다.

그런데 여기서 하나 더 주목할 것은『목공 소녀』에 반복적으로 등장하는 '소녀'들은 우리가 '소녀' 하면 흔히 연상하는 그 '소녀'들이 아니라는 점이다. 사전적으로 말하자면 소녀란 '아직 완전히 성숙하지 아니한 어린 여자아이'일 터이고, 흔히 연상되는 이미지로 말하자면 세상의 더러움을 정화시킬 깨끗함을 지닌 순백의 상징 정도가 될 것이다. 하지만 『목공 소녀』의 그녀들은 이러한 사전적인 의미나 일반적인 이미지와는 거리가 있다. 아니, 대칭적인 위치에 서 있다. 『목공 소녀』의 그녀들은 하나같이 아프다. 그녀들의 몸은 상처로 얼룩져 있고 그 상처에는 문명사적인 사건들이 각인되어 있다. 정신적으로도 마찬가지이다. 『목공 소녀』의 그녀들은 몸이 상처를 입는 그 순간에 정신적으로 회복할 수 없는 정신적 외상을 입는다. 그 결과 그녀들은 상처를 입기 이전으로 되돌아가 성장을 멈추거나 아니면 끊임없는 죽음 충동에 시달린다. 이처럼 『목공 소녀』에 그려진 소녀들의 실존 형식은 처참하다. 아니, 『목공 소녀』는 소녀들의 외상적인 실존 형식을 말 그대로 외상적으로 재현한다. 『목공 소녀』에 수록된 소설들이 하나같이 소녀들의 처참한 실존 형식이 현재의 (상징)질서 구축 과정과 질서 운영 원리가 같이 만들어낸 필연의 결과물이라고 믿는 까닭이다. 『목공 소녀』의 소설들에 따르면 이 시대를 사는 소녀들의 처참한 실존 형식은 우리 시대의 핵심적 증상이자 도래하고 있는 파국의 가장 묵시록적인 징후이다. 그러므로 『목공 소녀』의 소설들은 그녀들이 겪는 악몽과 같은 고통들이 현존재들 모두의 것으로 확대재생산되기 전에 그녀들의 고통을 응시하고 그녀들을 그 고통으로부터 구원해낼 상징질서를 발명하는 것이 시급하다고 말한다. 동시에 그러한 상징질서는 그녀들이 처한 위기와 고통 속에서 얻어낸 윤리적 좌표 혹은 희망의 원리에 기반한 것이어야 한다고도 말한다. 이처럼『목공 소녀』는 현재의 상징질서에 의해 가장 직접적이고 전방위적인 고통을 받으면서도 역시 그것에 의해 쓸모없는 실존으로 격하된 소녀들의 전도되고 도착적인 실존 형식을 통해 이 시대의 세계상과 세계감을 제시하는 한편 그녀들의 그 고통스러운 삶 속에서 잉태된 실재의 윤리 혹은 희망의 원리를 우리 시대의 증환을 치유할 가능성으로 제시한다. 이것이『목공 소녀』가 세계를 느끼고 바라보는 문제틀이자 미적 인식의 출발점이며,『목공 소녀』가 특이하고도 문제적인 이유이기도 하다.

　앞서 잠깐 언급했듯『목공 소녀』가 육체적으로나 정신적으로 아픈 소녀들을 우리 시대의 핵심적 증상으로 파악하고 있는 만큼『목공 소녀』에 그려지는 소녀상은 상상 이상이다. 참혹하고 또 섬뜩하다. 악몽에 가까울 정도로 삶의 극한 상황을 저회하고 있다는 점에서 참혹하고 그 참혹한 실존 형식이 바로 우리들이 살아가는 바로 그 모습이라는 점에서 섬뜩하다. 먼저 표제작인「목공 소녀」의 '소녀'가 살아가는 모습을 보자.「목공 소녀」의 주인공이자 초점화자인 '진이'는 소녀이지만 소녀가 아니다. 아니, 소녀가 아니지만 소녀이기도 하다. 목공소를 하는 아버지와 어머니 밑에서 어떤 모자람도 없이 행복하게 성장하던 그녀는 모더니티의 광기 혹은 광기의 모더니티와 외상적으로 조우한다. 그녀를 모더니티의 광기로부터 안전하게 보호해주던 아버지가 죽고 그와 서의 동시에 어린 소녀 '진이'는 상어라는 존재에게 몸을 유린당한다. 이 충격으로 진이의 어머니는 앞을 보지 못하는 장님을 가장하며 살아가고 '진이'는 육체적·정신적 상처를 입기 이전으로 퇴행한다. 그렇게 '진이'는 그 사건 이후로 15년을 중학교 3학년 여학생으로 살아간다. 15년의 세월이 지났건만 여전히 단발머리를 하고 학교를 찾아갔다 쫓겨나고 고등학교 입학을 위해 수학 문제를 푼다. 그러나 이런 기이한 평화마저도 모든 재화와 여자를 독점하려는 원초적 아버지의 후예인 상어가 나타나는 순간 여지없이 깨져 나간다. 그녀를 중학교 3학년의 그녀로 퇴행시키고 고착시킨 상어가 나타날 때마다 그녀는 엄청난 공포와 걷잡을 수 없는 살의를 느낀다.

마당에서 상어가 황씨의 먹살을 잡고 있었다. 나는 상어를 보자마자 다락으로 올라갔다. 계단을 밟는 다리가 후들거렸다. 계단이 회오리처럼 휘감겨 올라가는 것 같았다. 매트리스에 엎드려 이불을 뒤집어썼다. 매트리스 아래에 손을 넣어 휴대용 전기톱을 집어 들었다. 톱은 황씨가 내게 준 거였다. 상어의 그악스런 목소리에 황씨의 목소리가 파묻혔다. 상어는 현관문을 발로찼다. (⋯⋯) 나는 전기톱의 스위치를 켰다. 덜덜 떨리는 톱이 이불자락을 잘라냈다. 튀어나온 목화솜이 흩날렸다.(114쪽)

이처럼 '진이'는 소녀이되 소녀가 아닌 삶을 살고 있다. 그녀는 소녀의 시간 속에 머물러 있되 전혀 소녀적이지 않은 정신세계를 가지고 있는 것이다. 하지만 그녀는 소녀가 아님에도 불구하고 소녀의 삶이라는 이중생활을 히스테리적으로 반복한다. 그 역할 연기와 가장 속에서만 자기를 유지할 수 있기 때문이다.

소녀이되 소녀가 아니고 소녀가 아니되 소녀인 그녀들의 이율배반적인 삶은 '진이'에 그치지 않는다. 『목공 소녀』에 등장하는 그녀들 대부분이 그렇다. 가령 「초능력 소녀」의 그녀인 '화(樺)' 역시 '그 일이 있기 전까지는'(15쪽) 소녀였다. 다만 다른 소녀들과 다른 점이 있다면 비록 결합쌍생아라 너무 닮았다고는 하나 자신의 딸들을 구분하지 못하는 무심한 부모를 두고 있다는 것과 결합쌍생아인 관계로 모든 것을 같이 느끼는 언니 '수(秀)'를 두고 있다는 것 정도다. 그런데 '그 일'이 일어난다. 부모도 구분 못 하는 '그녀들'의 이름을 정확하게 가려서 불러주는 휘열과 크리스마스이브 파티를 열던 날, 코스튬 의상을 빌리러 갔던 '수'가 폭력적으로 소녀성을 상실하는 사건이 발생한다. 같은 시간 초점화자인 '화' 역시 휘열과 그의 친구에게 일을 당한다. 그 일로 '수'는 소녀성을 상실했을 뿐만 아니라 코스튬 스토어의 남자로부터 '치명적인 독'을 옮겨 받고는 죽음을 선택한다. '수'가 죽기 직전 초점화자인 '화'는 '진물이 나오는 지그재그 상처'를 통해 옮겨 받는다. "수는 죽었지만 수의 몸에 있던 독은 내 몸으로 건너왔다."(33쪽) 그리고 그녀는 '수'를 죽음으로 내몬, 그리고 그녀를 치명적인 죽음으로 내몰고 있는 세상에 대한 복수심에 불타며, 그 복수를 위해 세상

사람들이 원하는 소녀를 연기하며 남자들을 유혹한다. 유혹해서 그 독을 넘겨준다. "이렇게 하얗고 젊고 탄력적인 몸에 치명적인 독이 번져 있을 것이라고는 너는 생각하지 않았다. 그 독이 너를 파멸로 이르게 할 것이라는 것도 예상하지 못할 것이다. 네 몸으로 스며든 독은 네가 성관계를 맺는 사람들에게 골고루 퍼져 나갈 것이다."(33쪽) 이렇게 「초능력 소녀」의 그녀 역시 어느 날 갑자기 외부세계의 폭력에 의해 소녀성을 상실한다. 그리고 그 순간 그녀 내면의 시계는 멈춘다. 그녀의 기억은 매번 악몽의 그 순간으로 돌아가고 그녀 역시 감당할 수 없는 공포와 걷잡을 수 없는 분노(혹은 복수심) 속에서 살아간다. 소녀였던 그녀는 어느 날 갑자기 외부세계의 폭력에 의해 소녀성을 잃고 그 시점에서 성장이 멈추었으므로 스스로는 여전히 소녀이다. 하지만 비록 강제적인 것이었으나 소녀성을 잃었으므로 더 이상 소녀가 아니기도 하다. 소녀이기도 하고 소녀가 아니기도 한 그녀는, 그렇기 때문에 끊임없이 소녀를 연기한다. 그러나 그 순간마다 그녀를 향해 달려드는 남자들. 이렇게 그녀는 거듭거듭 나쁜 것과 더 나쁜 것 중 선택을 해야 하는 극한 상황으로 내몰리고 결국에는 죽음이라는 파국을 향해 질주한다.

「미역이 올라올 때」의 그녀는 운명이라는 상징적 회로에 갇혀 애초부터 소녀다움을 발산하지 못한 경우에 해당한다. '미랑'은 이모 '미라'와 같은 날 태어난다. '미라'를 낳고 할머니는 얼마 후 손녀 '미랑'의 탯줄을 잘라낸다. 그녀들, 그러니까 미라와 미랑은 아버지가 곁에 없다. 그녀들에게는 '횟집 여자들이 뒤에서 수군거'릴 정도의 '출생의 비밀'(248쪽)이 있다. 미라의 아버지도, 미랑의 아버지도 바다로 들어가 죽었다고 전해 듣는데, 그녀들의 아버지는 정보가 충분하지 않아 확정하기는 힘드나 같은 인물인 것으로 보인다. 그렇다면 미라와 미랑은 이모/조카 사이이기도 하고, 언니/동생 사이이기도 하다. 그러나 주변의 수군거림 속에서도 그녀들은 '친구들이 끼어들 틈을 주지 않'(249쪽)을 정도의 견고한 유대를 통해 그녀들을 둘러싼 세간의 의심을 방어해낸다. 하지만 그녀들을 둘러싸고 있는 운명이라는 상징적 회로는 그녀들에게 소녀다움을 발휘할 기회를 원천적으로 차단한다. 그녀들은 항상 운명적으로 떠안은 상처 때문에 전혀 자유롭지 않다. 이 때문에 미라는 할머니로부터 내려오는 반복되는 운명, 그러니까 운명의 대물림을 끊기 위해 쉽게 사랑하고 단호하게 헤어지며 그 과정에서 생긴 아이는 망설이지 않고 떼어낸다. 반면 미랑은 할머니가 넘어져 다치고 어머니가 정신병으로 요양원에 입원하면서 그녀의 자유의지에 따른 삶을 포기한다. 운명이라는 수레바퀴를 담담하게 받아들인다.

「목공 소녀」 등에 등장하는 소녀들처럼 극단적이지는 않지만 『목공 소녀』에 등장하는 나머지 '소녀'들의 삶 역시 대부분 이런 지점쯤에 위치해 있다. 「트레일러 소녀」의 그녀는 아빠와 자신을 배신한 엄마에게 '죽어버려'라는 독한 말을 서슴없이 내뱉은 후 소녀이되 소녀일 수 없는 이율배반적인 상황에 처한다. 그녀의 말처럼 실제로 엄마가 죽고 그 충격으로 아빠마저 세상에서 사라져버린 까닭이다. 「기차가 지나간다」의 소녀 역시 소녀이되 더 이상 소녀일 수만은 없다. 가부장적 질서가 만들어낸 비극적인 삶을 견디지 못한 '청년'의 죽음을 경험했을 뿐만 아니라 '내 이마에 닿았던 청년의 입술'에 대한 기억이 무슨 저주처럼 그녀의 가슴속에 깊숙이 각인되어버린 상황에 놓여 있다. 「소요」의 그녀는 가족이기도 하고 가족이 아니기도 한 기이한 인연으로 맺어진 '소요'의 방황에 매어 있느라 그녀의 소녀다움을 발산하지 못한다. 「파란 평행봉」의 그녀는 배다른 동생 때문에 갈팡질팡한다. 그녀는 그녀가 차마 말하지 못하는 숨겨진 욕망을 대변해주는 분신에 해당하는 여동생의 끊임없는 자살 충동과 자해 중독 앞에서 속수무책이다. 그녀는 꿈틀거리는 애벌레에게서마저도 곧 자신의 무기력한 모습을 발견할 뿐만 아니라 그런 경험을 할 때마다 손목을 칼로 긋는, 그래서 손목 위가 온통 붉은 상처로 얼룩져 있는 그녀의 여동생과 자신을 집요하게 구분하지만, 결국에는 그녀의 여동생이 그녀의 또 다른 자아임을 인정한다. "처음으로 진의 생각을 헤아려보았다. 죽고 싶었고 동시에 살고 싶었을 것이다."(179쪽) 「내 곁에 있어줘」의 그녀는 부모가 떠난 집을 홀로 지킨다. 한때 세탁일을 하며 행복한 시절을 보냈으나 어머니가 떠나고 이후 아버지마저 떠나 생사를 알 길이 없는 상태가 된다. 이렇게 홀로 남겨진 그녀는 그녀가 거주해서는 안 되는 공간인 '청소년 통행제한구역'에서 환각제를 팔아가며 하루하루를 살아간다.

한마디로 『목공 소녀』는 그간 상징질서에 의해 순백의 상징으로 왜상(歪像)화된 이 시대 소녀의 실존 형식을 전도시켜 그녀들의 정신적·육체적 상처를 우리 시대의 핵심적인 증상으로 위치시키는 한편 그것에서 곧 도래할 파국적 상황의 징후를 읽어낸다. 『목공 소녀』는 우리 시대 소녀들의 실존 형식에 주목하되 상징질서가 맥락화한 그것과는 전혀 다른 맥락에서 읽어낸다. 육체적으로 정신적으로 감당하기 힘든 상처를 받은 그녀들, 그래서 소녀이되 더 이상 소녀이지 않은, 아니 오히려 한순간에 소녀가 아닌 존재로 전락한 까닭에 더욱 소녀이고자 하는 그녀들, 『목공 소녀』는 이렇게 우리 시대 소녀들의 실재적 형상으로 외상적으로 제시한다. 그리고 덧붙인다. 그녀들의 육체적·정신적 상처는 우리 시대의 핵심적인 증상이며, 그것은 곧 도래할 미래 시대의 징후이거나 아니면 인간을 인간이게 할 수 있는 마지막 방어선이 무너지는 신호이기도 하다고. 그러므로 무엇보다 육체적으로 정신적으로 감당하기 힘든 상처를 받고 있는 그녀들의 외상적인 목소리 혹은 목소리의 외상에 귀를 기울어야 하며, 그래야만 순백의 소녀들마저 타락시키는 타락한 사회에서 타락한 사회가 강요하는 그것이 아닌 삶을 살 수 있다고. 이렇듯 『목공 소녀』는 상징질서에 의해 고착된 소녀상을 전복시키고 대신 실재적인 소녀상을 전면에 부조시켜 그것을 우리 시대의 핵심적인 증상으로 또는 우리가 실재의 윤리를 되살려낼 수 있는 의미 있는 출발점으로 제시하고 있거니와, 이는 무엇보다 『목공 소녀』의 특이성이자 문제성의 원천이라 할 만하다.

3. 소녀의 몸 혹은 파국적 상황의 교착점

우리 시대 소녀들의 훼손된 몸과 정신적 고통을 우리 시대의 핵심적인 증상으로 제시했다는 점에서 『목공 소녀』에 수록된 소설들은 충분히 문제적이지만 그것이 『목공 소녀』에 수록된 소설들을 문제적이게 한 유일한 요소는 아니다. 『목공 소녀』에 수록된 소설에는 앞서 제시한 것 말고도 『목공 소녀』에 수록된 소설들을 더욱 문제적이게 한 또 다른 작인들이 존재하는데, 그중의 하나가 『목공 소녀』를 가로지르고 있는 역사철학적 맥락이다. 앞질러 말하자면 이렇다. 『목공 소녀』가 문제적인 것은 상징질서에 가려 보이지 않던 이 시대 소녀들의 육체적·정신적 상처를 외상적으로 재현한 까닭이기도 하지만, 더욱 중요한 것은 그 상처뿐인 소녀들을 보편타당한 역사적 맥락 속에 위치시켰기 때문이다. 아니, 인류 역사에 대한 독특한 문제틀로 누구보다도 먼저 이 시대 소녀들의 육체적·정신적 상처에 깃든 역사철학적 의미를 깊은 심급에서 짚어냈다고 해야 하리라.

반복되는 이야기지만 『목공 소녀』에 수록된 소설에 등장하는 소녀들은 하나같이 육체적으로나 정신적으로 아프다. 그러나 그녀들이 아픈 것이 어떤 의미를 지니기 위해서는 두 가지 질문에 대한 응답이 필요하다. 하나는 그녀들이 왜, 무슨 이유 때문에 아픈가이고, 다른 하나는 왜 다른 존재가 아닌 그녀들이 아픈 것에 무엇보다 큰 의미를 부여하는가 하는 문제이다. 이 두 질문 모두 『목공 소녀』의 역사철학적 맥락과 관계된 것임은 물론이며 만약이 질문에 합당한 답이 없다면 그것은 『목공 소녀』의 진단이 세계에 대한 단순한 직관적 인상에 그친다고 볼 수도 있다. 하지만 다행스럽게도, 아니 당연하게도 『목공 소녀』에는 문제작답게 이에대한 치밀한 답이 준비되어 있다.

우리가 던진 질문에 『목공 소녀』가 어떤 답을 하고 있는지 살피기 전에 먼저 전제할 것이 있다. 『목공 소녀』에 등장하는 소녀들이 태어나는 그 순간부터 극한 상황을 저회하고 아픈 것은 아니라는 점이다. 오히려 『목공 소녀』의 그녀들은 엄혹한 현실원칙이 폭력적이고 외상적으로 개입하기 이전까지는 대부분 '생애 최고의 순간'까지는 아니더라도 그 나름대로의 목가적이고 전원시적인 풍경 속에서 평화로운 일상들을 이어간다. 자연에 순응하는 삶을 실거나 혹은 가족이라는 공동체 안에서 구성원들끼리 서로가 서로를 자극하고 발전시키는 원환적 질서를 유지하며 살아간다. 예컨대『목공 소녀』에 등장하는 소녀들 중에서 가장 기묘한 소녀에 해당하는「목공 소녀」의 '진이'만 하더라도 처음에는 목공소를 운영하는 아버지와 어머니가 만들어주는 목가적인 풍경 속에서 '순백의 소녀'로 자란다. 어머니의 요구라면 비록 그것이 지나치게 과잉이거나 과소의 것이라고 해도 무조건 들어주는 아버지와 그 아버지의 울타리 안에서 현실의 어려움이라고는 전혀 모른 채 원하는 모든 것을 얻는 어머니, 그녀는 이 목가적이고 원환적인 풍경 속에서 행복하게 성장한다.「초능력 소녀」의 '화'와 '수' 역시 비록 부모가 자주 집을 비우기는 하지만 자매 사이의 남다른 공감 능력으로 견고한 자신들만의 세계를 구축해간다. 하지만 그녀들의 목가적인 풍경은 어떤 외부적 계기의 외상적 침입에 의해 순식간에 균열되어버린다. 그뿐만 아니라 그녀들은 극한 상황 속에 병증을 지닌 존재로 내던져진다.

그녀들을 이처럼 한순간에 전락시키는 외부적 계기로, 그러니까 그녀들의 병증의 원인으로『목공 소녀』에 수록된 소설들은 크게 두 가지를 지목한다. 먼저 하나는 남근 달린 존재들의 무한한 욕망이다. 모든 여자와 재화를 독점하는 원초적 아비가 더 이상 불가능한 이 시대에 그들은 원초적 아비를 꿈꾼다. 세상의 모든 여자와 재화를 독점하고자 하며 그를 위해서라면 어떤 폭력도 마다 않는다.「목공 소녀」의 '상어'가 그러하고,「초능력 소녀」에서 '수'에게 치명적인 '독'을 옮겨 결국 '수'를 죽음에 이르게 한 코스튬 스토어의 주인이 그러하고 그 순간 '화'를 범한 '휘열'과 그 친구 역시 그러하다. 그뿐만 아니라 소녀를 연기하는 '화'를 보기만 하며 그녀를 육체적으로 소유하기 위해 '낚이는' 수많은 남근 달린 존재들이 그렇다. 「기차가 지나간다」의 아버지는 남근을 내장한 여성인 할머니와 공모, 아들을 얻으려 또 다른 가족을 거느리지만, 그 아들이 불구가 되자 냉정하게 뿌리친다. 「파란 평행봉」의 아버지와 어머니들은 그들의 자식들이 어떤 마음의 고통을 겪건 말건 거듭거듭 상대를 바꿔가며 가족을 꾸린다. "우리에겐 각각 두 명의 어머니와 아버지가 있으며 양부와 양모에게 있는 형제자매를 합치면 다섯 명이었다. 성이 다른 우리들은 모두 형제자매이기도 하고 아니기도 했다."(157쪽) 그런가 하면 「미역이 올라올 때」는 아버지의 원초적 아비에 버금가는 무한한 욕망 때문에 '미라'와 '미랑'은 이모/조카이자 언니/동생 사이라는 기묘한 관계가 된다.

이처럼 『목공 소녀』는 우리 시대 소녀들에게 정신적으로 육체적으로 상처를 입히는 외상적 계기로 남근 달린 존재들의 무한한 욕망에 주목한다. 그런데 『목공 소녀』의 소설들은 그것을 남성들 각 개인의 과잉과 과소의 문제로 바라보지 않는다. 『목공 소녀』에 따르면 그것은 구조적인 문제다. 『목공 소녀』는 현재의 상징질서가 남성들에게 무한한 욕망을 지닌 존재로 살아가도록, 이제까지 우리가 썼던 표현에 따르자면 원초적 아비처럼 세상의 모든 여자와 재화를 독점하며 살아가도록 노골적으로 혹은 암묵적으로 부추긴다고 파악한다. 『목공 소녀』에는 유독 이채로운 소설이 하나 있다. 「길은 생선 내장처럼 구불거린다」가 그것이다. 「길은 생선 내장처럼 구불거린다」는 『목공 소녀』에 수록된 소설 중 유일하게 남성이 초점화자로 되어 있는 작품이다. 초점화자가 남성이지만 그 역시 육체적으로 정신적으로 큰 상처를 입고 있기는 마찬가지이다. 어린 시절 집창촌에서 유곽을 운영하며 '가게에 새로 들어오는 미희들을 차례차례 데리고 밤낚시를 다'(225쪽)니던 원초적 아비에 가까운 아버지 밑에서 성장한 그는 어느 날 그 아버지의 무한한 욕망에 분노를 느껴 반항하다 그만 큰 화재를 일으킨다. 의도한 것은 아니지만 아버지는 죽고 그 자신은 마음과 몸 깊숙한 곳에 회복할 수 없는 화상을 입고 극한 상황에 처한다. 하지만 모든 여자와 재화를 독점하려던 욕망의 화신인 아버지에 대한 적대감은 서서히 잦아들고 그 역시 아버지에 대한 지연된 복종을 시작한다. 도배일로 몇 푼만 생기면 여자를 찾고 끝내는 "부드럽고 애교가 많으며 특히, 잠자리 기술이 뛰어"나며 "말투가 본능적으로 자극적이고 남자를 즐겁게 해주는 센스가 있"(214쪽)는 '베트남 처녀와 결혼하'기로 한다. 아니, 베트남 여자를 돈으로 사기로 한다. 하지만 돈과 육체를 서로 맞바꾸는 이 관계는 친밀한 관계로 승화되지 못하고 그의 아버지가 그러했듯 그는 아내의 몸을 팔아 자신의 욕망을 채우는 악마적 존재로 더욱 타락해간다. 「길은 생선 내장처럼 구불거린다」에 기대어 말하면 소녀들의 몸과 영혼을 폭력적으로 훼손하는 남근 달린 존재의 무한한 욕망은 단지 각 남성들의 인간성이나 절제력 문제가 아니다. 모든 여자와 재화를 독점하고자 하는 원초적 욕망은 현재의 상징질서가 질서를 구축하고 그 질서를 운영하는 과정에서 남근 달린 존재들에게 권유하고 또 때로는 강요하는 그것이다. 그 대타자의 명령을 거부하면 그는 잉여로 전락하거나 아니면 루저가 된다. 이 순간 그들은 자신의 존재감을 최소한 실감하기 위해서라도 어쩔 수 없이 원초적 아비에 대해 지연된 복종을 행할 수밖에 없으며, 그 과정에서 소녀들의 몸과 정신에 치명적인 상처를 가하게 된다.

『목공 소녀』에 수록된 소설들이 소녀들을 치명적인 히스테리로 몰고 가는 외상적 계기로 주목하고 있는 또 하나는 교환의 정치경제학을 유일한 원리로 하는 문명화 과정이다. 이제 세상은 환금가능성 그 하나로 모든 것이 통일되며 그 과정에서 자연에 대한 두려움이라든가 목가적 풍경에 대한 동경, 소외된 존재들에 대한 배려, 그리고 선물의 형태로 서로에게 필요한 것을 제공하는 증여의 윤리 등은 모두 쓸모없는 실존으로 격하된다. 문명은 이제 모든 자연의 신비 혹은 신비로운 자연을 인간을 위한 그것으로 파헤치고 뒤집어 결국은 인공적인 그것으로 전화시켜버린다. 그 순간 자연과 더불어 살던 존재들은 벼락처럼 문명권에 편입되어 문명을 유지하기 위해 필수불가결한 과잉의 자원이 되었다고 곧 모더니티의 추방자로 전락한다. 예컨대 「소요」의 '먼바다에 서성이는 구름의 꼬리만 봐도 비의 시간을 예측'하던 '나'는 그녀가 살던 터전이 갑작스레 문명권에 편입되자 소녀다움을 잃어버린 것은 물론 어떤 곳에도 귀속할 수 없는 정체불명의 존재가 된다. "바보 천치가 되었다. 감각은 굳었고 지각은 애초에 없었던 것처럼 무엇을 봐도 생각과 판단을 할 수가 없었다."(128쪽) 「내 곁에 있어줘」의 '소요'는 '청소년 통행제한구역'에서 청소년들에게 환각제를 팔며 집 떠난 부모를 기다린다. 아마도 환금가능성을 추구하는 그 세상에 홀려서일 것이다. 그녀의 어머니는 어느 순간 집을 나가고 아버지마저 어머니를 쫓아 집을 떠난 뒤 어느 누구도 돌아오지 않는다. 그녀는 그곳에 홀로 버려져 역시 자신과 처지가 같은 '개값'이라는 별명을 가진 소년에게 환각제를 건네주는 것으로 잠깐잠깐의 우정을 나눈다. "가스레인지의 불을 끄고 소년의 가느다란 허리를 끌어안았다. 앙상한 몸은 주인 없는 옷처럼 헐렁했다. 높이를 헤아릴 수 없는 빌딩 밑 그림자에, 골목에, 세상에 둘만 버려져 있는 것 같았다."(205쪽)

『목공 소녀』에 수록된 소설들은 소녀들의 훼손된 몸과 정신적 상처의 발생론적 원인으로 이처럼 남근 달린 존재의 무한한 욕망과 교환의 정치경제학을 지목한다. 세상의 모든 것을 오로지 환금가능성이라는 단 하나의 가치로 등가화하는 교환의 정치경제학과 남근중심주의의 원초적 아비와 같은 무한한 독점 욕망, 바로 이것이 현존재들의 실존 형식을 결정하는 상징질서의 핵심적인 원리라는 말일 터이다. 좀 더 풀어 말하자면 『목공 소녀』는 인간적 가치니 윤리니 하는 것은 돈이 되지 않으니 그런 '쓸모없는 것들의 목록'에 매이지 말고 오로지 눈앞에 있는 여자와 재화를 독점하라는 것. 이것이 현재 대타자의 유일한 명령이라고 보고 있는 셈이다. 이 대목쯤에서 앞서 우리가 제기했던 또 다른 질문, 그러니까 『목공 소녀』는 왜 다른 존재가 아닌 소녀들이 아픈 것에 무엇보다 큰 의미를 부여하고 있는가 하는 문제에 답할 수 있을 듯하다. 답은 간단한지 모르겠다. 소녀들이 앓고 있는 병증이 머지않아 인간 전체가 맞이할 파국을 미리 보여주고 있다는 것. 좀 더 풀이하자면 이쯤 될 것이다. 우리의 사회 운영 원리가 그러하고 대타자의 명령이 그러한 만큼 앞으로 다가올 미래시대는 문명화 이전 원초적 아비가 모든 여자와 재화를 독점했듯 소수의 몇몇 사람이 모든 사회구성원과 재화를 통제하고 독점하는 시대가 될 수 있다는 것, 그러므로 현재 소녀들이 앓고 있는 증상은 소녀들의 그것만이 아니라 남자들의 징후이며 더 나아가 인간 모두의 예후라는 것, 그러니 무엇보다 소녀들의 훼손된 몸과 정신적 상처에 주목해야 한다는 것. 어떤가. 이런 역사철학적 맥락이라면 이제 무엇보다도 먼저 현재 소녀들의 훼손된 몸과 정신적 상처에 대해 관심을 기울여야 하지 않겠는가.

4. 소녀의 몸, 소녀의 힘

이로써 박정윤 작가의 첫 소설집 『목공 소녀』에 수록된 소설들을 가로지르고 있는 특이성과 문제성의 핵심적인 요소들은 대충 다 드러난 셈이다. 정말 반복되는 감이 있지만, 다시 한 번 정리하자면 이렇게 될 것이다. 『목공 소녀』에 수록된 소설들은 상징질서에 의해 가려 보이지 않았던 이 시대 소녀들의 육체적 · 정신적 상처를 외상적으로 재현하여 다가올 미래의 파국을 미리 보여주고 있다는 것. 하지만 이 점이 『목공 소녀』의 문제성의 전부인가 하면 그렇지만은 않다. 한 가지 더 짚고 넘어가야 할 점이 있다. 비록 징후적이지만 『목공 소녀』에는 이 시대의 핵심적인 증상에 대한 진단도 있지만 그 증상으로부터 벗어날 희망의 원리 또한 암시되어 있다는 것.

『목공 소녀』에 등장하는 그녀들은 아프다. 존재 자체가 참을 수 없을 정도로 고통스러운 만큼 그녀들은 자신들을 그토록 혹독한 극한 상황에 몰아넣은 가해자들에게 복수를 꿈꾼다. 「초능력 소녀」의 '화'가 대표적일 것이다. '화'는 자신의 분신인 '수'에게 치명적인 독을 옮겨놓은 남성들, 그중에서도 원초적 아비처럼 세상의 모든 여자를 폭력적으로 정복하고 소유하고자 하는 남성들에게 복수를 시작한다. 그녀의 몸까지 옮겨 온 그 독을 거듭거듭 소녀성을 무참히 짓밟고도 만족할 줄 모르는 남성들에게 다시 되돌려주기 시작한다. 그녀는 소녀를 연기한다. 그렇게 남자를 낚아 그 치명적인 독을 다시 되돌려줄 뿐만 아니라 그 독이 세상에 널리널리 퍼지기를 바란다. 소녀성을 무참히 짓밟는 세계 전체에 대한 복수를 꿈꾸는 셈이며, 그것도 모자라 '수'를 죽음으로 이끈 코스튬 스토어 주인을 살해하기로 결심한다. "나는 남자가 만든 전기톱을 들고 있는 살인자 코스튬이 마음에 들었다. 나는 고무로 만든 전기톱이 아닌, 수령 삼십 년이 넘는 나무의 허리를 벨 수 있는 전기톱을 구입할 것이다. 그리고 나에게 남은 모든 능력을 사용할 것이다."(33쪽)

그러나 '화'는 악무한적인 복수를 감행하는 동안 내내 죽은 '수'의 목소리, 그러니까 양심의 목소리를 듣는다. "화, 멈춰. 이제 그만 끝내."(11쪽) 물론 「초능력 소녀」에서는 이 양심의 목소리가 가해자에 대한 악무한적인 복수와 세계 전체를 파멸시키겠다는 실재적 열정으로 무장한 '화'를 멈추게 하지는 못한다. 하지만 이 양심의 목소리가 한 번 들려온 이후 『목공 소녀』들의 그녀들은 이 세상에서 행해지는 더할 나위 없이 가학적이고 상징적인 폭력을 한 몸에 받았음에도 불구하고 더 이상 악무한적인 복수로 그것을 되갚으려 하지 않는다. 아니면 「길은 생선 내장처럼 구불거린다」의 그처럼 일시적으로 저항하다가 지연된 복종을 행하지도 않는다. 그녀들은 '수'의 목소리를 듣고는 '그만 끝'낸다. 그리고 대신 또 다른 길을 찾아낸다.

『목공 소녀』에 등장하는 그녀들이 주로 찾아낸 길은 공감과 위로의 공통체를 만드는 것이다. 상징질서의 폭력으로부터 아픈 몸을 가지고 있는 존재들이라면 그녀/그가 그녀들만큼 고통을 받았든 아니면 그녀들보다 더 혹은 덜 고통을 받았든 아픈 존재들끼리 서로 고통을 위로해주고 감싸 안아주는 관계를 형성하는 것이다. 예컨대 다음과 같은 관계를 구축하는 것이다.

아빠가 이곳에 사흘 동안 머물 때 알아차렸어야 했다. 아니, 나는 결혼하지 않은 첫사랑 여자의 집 옆에 트레일러를 놓자고 했을 때, 눈치챘다. 트레일러가 이 바다에 도착했을 때부터 어떤 예감을 받았다. 아직 예감은 확인된 바가 없다. 그렇지만 자꾸 눈물이 났다. 남자가 코를 훌쩍이며 울었다. 나도 따라 울었다. 하늘에는 누군가가 칼로 후벼 파놓은 상처처럼 날카로운 달이 떠 있었다. 큰 파도가 바닷속의 모래언덕을 타 넘고 몰려왔다. 자살한 엄마의 머리카락 같은 시커먼 미역이 내 발목을 휘감았다. 젖은 미역 냄새가 났다.(60쪽)

이렇게 같이 울고 고통을 나누며 서로 위로하는 관계, 이것이 『목공 소녀』의 그/그녀들이 특히 소녀인 그녀들이 구축하는 공동체이다. 그저 그뿐이고 이것이 전부이다. 그/그녀들은 같이 울고 고통을 나누며 서로 위로하는 연대 관계를 형성한 이후에 그 무엇인가 되고자 하지 않는다. 그저 서로의 고통에 공감하고 위로할 뿐이다. 「기차가 지나간다」는 그렇게 그녀들끼리 무덤 놀이를 계속하고, 「목공 소녀」는 상어로부터 일상적인 폭력에 시달리던 그/그녀들끼리 서로의 고통을 공감해주는 공통체를 유지한다. 「파란 평행봉」의 그녀는 걸핏하면 손목을 긋는 여동생 '진이'의 고통을 마침내 이해하고 같이 나누기로 하며, 「내 곁에 있어줘」의 그녀는 소년이 아무리 그녀를 멀리해도 그가 힘들 때마다 그를 따뜻한 장소로 이끈다. 그런가 하면 「미역이 올라올 때」의 미랑은 어머니를 돌보고 보살피며 어머니와 같은 증세를 보이는 누군가를 따뜻하게 감싸 안기로 한다. "나는 벌거숭이로 이곳을 향해 휘청거리며 걸어오는 그녀를 위해 커다란 이불을 펼쳐 들고 어둠 속을 달려 나갔다."(261쪽)

모든 것이 오로지 환금가능성으로만 평가되고 교환되는 이 세상인데, 그리고 남근 달린 존재 모두에게 모든 재화와 여자를 독점하는 원초적 아비가 되라고 강요하는 이 세상인데, 그래서 모더니티의 추방자들에겐 감당하기 힘든 고통만을 떠안기는 지옥 같은 세상인데, 아픈 이들끼리 만나 서로를 위로해주고 공감해주는 관계라는 것이 무슨 의미가 있느냐고 반문할 수 있겠다. 충분히 제기될 만한 질문이고 또 마땅히 물어야 할 질문이기도 하다. 물론 무엇인가를 전혀 목적하지 않는 그녀들의 이 공감과 위로의 공통제기 그 자체로 목적이어야 할 수많은 존재들을 쓸모없는 실존으로 격하시키고 또 인간을 인간답게 만들었던 수많은 가치들을 무의미한 것으로 전락시킨 이 파국적 상황을 넘어서거나 전복시킬 수는 없을 것이다. 하지만 현재 우리에게 필요한 일은 반드시 무엇이 되어 지금의 상징질서를 넘어선다든가 혹은 전복시킨다든가 하는 것만이 아니다. 더욱 중요한 것은 하루가 다르게 파국을 향해 치닫는 현재의 상황을 멈추게 하는 것이고 현재의 상징질서의 영향력을 줄여나가는 것인지도 모른다. 아감벤의 말처럼 우리모두가 "전례 없는 힘과 흐름에 휘말려 있음"을 감안한다면, 이제 우리에게 필요한 것은 무언가를 해야 한다는 잠재성에 대한 강박이 아니라 "우리가 할 수 없는 것이나 하지 않을 수 있는 것에 대한 명쾌한 전망"*이다. 할 수 없는 일을 군이 따라 하다가 모더니티의 쓰레기로 전락할 필요는 없는 것 아닌가. 또한 실행에 옮길 경우 누군가가 고통에 빠질 것이 예상된다면 그것을 행하지 않는 것은 얼마나 용기 있는 일인가. 비록 그것이 주어진 의무인 까닭에 그것을 행하지 않을 경우 사회적 제재를 받게 되고 동시에 그것을 행하지 않을 경우 그 사회의 루저가 되어 모더니티의 쓰레기로 전락한다고 하더라도 말이다. 오히려 그 몰락을 무릅쓰고 사회가 요구하는 그 무엇이 되는 것을 거부한다면 이것이야말로 진정한 용기이고 행위인 것이 아닐까. 그러므로 지금 우리에게 무엇이 되고자 하지 않는 선택, 그리고 무엇이 되고자 하지 않는 무위의 공통체의 모색은 이 시대를 파국적 상황으로부터 구해낼 수 있는 위대

* 아감벤, 앞의 책, 77쪽.

한 첫걸음일 수 있다.

만약 그러하다면 『목공 소녀』의 그녀들이 암중모색하고 있는 공감과 위로의 공통체는 오늘날의 '이 어둠에서 나오는 한 줄기 빛, 비록 우리에게로 향하나 우리로부터 무한히 멀어지는 빛'*이라고도 할 수 있다. 『목공 소녀』는 그녀들의 공감과 위로의 공통체라는 공화국의 언어로 이렇게 말한다. 상징질서가 강요하는 그 무엇이 될 것을 끊임없이 강요당하는 이 시대에 아무것도 하지 않는다면 저 집요한 원초적 아비들은 그 무위의 존재들을 그저 무위의 존재들로 살게 두지 않을 것이다. 아마도 노골적인 물리적·상징적 폭력의 대상이 되리라. 하지만 그런들 어떤가. 우선 모더니티 바깥의 삶을 살게 되면 저 집요한 원초적 아비의 삶으로부터 자유로울 수 있는 것을. 그리고 그 때문에 만약 고통에 빠진다면 고통받은 자들끼리 같이 울고 서로 위로하는 공감과 위로의 공통체를 만들면 되는 것을. 그리고 그 공감과 위로의 공통체 안에서 사는 순간이란 그 어떤 실존 형식보다도 훨씬 더 따뜻하고 감동적인 것을. 그러니 현재 우리에게 필요한 일은 상징질서가 강요하는 그 무엇이 되는 것이 아니라 무엇이 되지 않아야 하고 무엇이 되고자 하지 않는 무위의 공통체를 찾아 나서는 것이다. 「미역이 올라올 때」의 미라와 미랑이 소녀 시절 세상의 편견과 맞서 서로의 고통

* 앞의 책, 29쪽.

을 감싸 안아주는 공통체를 유지했듯이, 그래서 그때 그 어느 누구보다 시적인 삶을 살 수 있었듯이 말이다. 그렇다면 이렇게 말할 수 있지 않을까.『목공 소녀』에서 암묵적으로 제시하고 있는 이 공감과 위로의 공통체는 세상으로부터 잠시 도피하는 어떤 것이 아니라 빈틈없이 원초적 아비이기를 강요하는 현재의 상징질서를 멈춰 세우고 그것을 서서히 내파시킬 수 있는 아주 견고한 공통체가 아닐까 하고.

수록작품 발표지면

1. 「초능력 소녀」— (『소설문학』 2013년 겨울호)

2. 「트레일러 소녀」— (『작가들』 2013년 가을호)

3. 「기차가 지나간다」— (『작가세계』 2007년 겨울호)

4. 「목공 소녀」— (『웹진 뿔』 2010년 5월)

5. 「소요」— (『자음과모음』 2014년 가을호)

6. 「파란 평행봉」— (『미네르바』 2010년 여름호)

7. 「내 곁에 있어줘」— (『작가와사회』 2013년 겨울호)

8. 「길은 생선 내장처럼 구불거린다」— (『작가세계』 2005년 겨울호)

9. 「미역이 올라올 때」— (『작가들』 2009년 겨울호)

어린 시절 집 근처에 석재상이 있었다. 하굣길에, 혹은 심부름을 갈 때면 꼭 석재상이 있는 한적한 길로 돌아다니곤 했다. 커다란 돌덩어리가 오랜 시간에 걸쳐 석상이 되는 과정을 살펴보았다. 덩어리 돌이 삼층 석탑이 되고, 연꽃무늬 분수가 되고, 비석이 되고, 문수보살이 되고, 부처가 되고.

쩡, 쩡, 쩡. 불규칙적인 돌망치 소리가 어떤 리듬처럼 들리기도 했다.

소설은 돌 안에 스며든 것을 파내는 작업이다. 나는 덩어리 돌 앞에서 돌을 쓰다듬고 연장으로 톡톡, 쳐보기만 할 뿐, 돌 속에 스며들어 있는 것을 아직, 끄집어내지 못하고 있다. 늦게 돌 앞에 앉아 더디게 돌을 들여다보고 있지만 나는 멈출 수 없다는 것을 알고 있고 낡은 연장을 손에서 놓지 않을 것이다.

여기 묶인 단편들은 모두 장편을 쓰기 전에 쓴 것들이다. 오래된 것은 15년 동안 서랍에서 묵혀 문장이 눅눅해졌다. 새뜻한 바람이라도 쐬어줄까, 했지만 손을 대지 않았다. 촌스러운 것이 딱, 촌스럽게 느껴져서이다. 원고를 털어내고 닦아서 책으로 만들어준 자음과모음 출판사에게 감사의 인사를 드린다. 팔월의 신부가되는 지서 씨, 소설을 읽어주시고 달빛을 비춰주신 류보선 선생님, 하성란 선배님, 신기하게 매번 울고 싶을 때 전화를 걸어주셨던 이금림 선생님, 진심으로 감사드립니다. 나의 첫 독자인 랑, 늘 애틋하고 미안한 류와 류류, 고마워요.

나에겐 초능력이 있다. 만나지 않고도 진심을 전달하는 능력. 나에게 독자가 있다면 초능력이 통한 것이리라. 첫 소설집을 거친 파도를 품고 있는, 여름이 시작되는 날의 안목 바다에 바친다.

목공소녀

ⓒ 박정윤, 2015

초판 1쇄 발행일 2015년 7월 27일
초판 2쇄 발행일 2015년 9월 14일

지은이   박정윤
펴낸이   강병철
주간   정은영
책임편집   유지서
편집   김보미, 이수경, 이지웅
마케팅   이대호, 최금순, 최형연, 한승훈
홍보   김상혁
제작   이재욱, 김춘임

펴낸곳   자음과모음
출판등록   1997년 10월 30일 제313-1997-129호
주소   121-897 서울시 마포구 성지길 54
전화   편집부 02) 324-2347 경영지원부 02) 325-6047
팩스   편집부 02) 324-2348 경영지원부 02) 2648-1311
이메일   munhak@jamobook.com 커뮤니티 cafe.naver.com/cafejamo

ISBN 978-89-5707-855-6 (03810)

이 도서의 국립중앙도서관 출판예정도서목록(CIP)은 서지정보유통지원시스템 홈페이지
(http://seoji.nl.go.kr)와 국가자료공동목록시스템(http://www.nl.go.kr/kolisnet)에서
이용하실 수 있습니다.(CIP제어번호: CIP2015019331)